## 当代陕西文学评论文丛 | 编委会

主　编　贾平凹　齐雅丽

副主编　韩霁虹　李国平　李　震

编　委　（按姓氏笔画排序）

　　　　　仵　埂　齐雅丽　李　震

　　　　　李国平　杨　辉　段建军

　　　　　贾平凹　韩霁虹

当代陕西文学评论文丛

接续中坚

# 文心诗境漫裁量

刘炜评 著

陕西师范大学出版总社 西安

图书代号　WX24N2337

**图书在版编目（CIP）数据**

文心诗境漫裁量 / 刘炜评著. -- 西安：陕西师范大学出版总社有限公司，2025. 6. --（当代陕西文学评论文丛 / 贾平凹，齐雅丽主编）. -- ISBN 978-7-5695-4817-4

Ⅰ. I206.7-53

中国国家版本馆CIP数据核字第2024RZ6928号

## 文心诗境漫裁量
WENXIN SHIJING MAN CAILIANG

刘炜评　著

| 出版统筹 | 刘东风　刘　定 |
|---|---|
| 策划编辑 | 马凤霞 |
| 责任编辑 | 焦　凌 |
| 责任校对 | 宋媛媛 |
| 封面设计 | 周伟伟 |
| 出版发行 | 陕西师范大学出版总社 |
| | （西安市长安南路199号　邮编 710062） |
| 网　　址 | http://www.snupg.com |
| 印　　刷 | 中煤地西安地图制印有限公司 |
| 开　　本 | 720 mm×1020 mm　1/16 |
| 印　　张 | 15.5 |
| 插　　页 | 2 |
| 字　　数 | 220千 |
| 版　　次 | 2025年6月第1版 |
| 印　　次 | 2025年6月第1次印刷 |
| 书　　号 | ISBN 978-7-5695-4817-4 |
| 定　　价 | 59.00元 |

读者购书、书店添货或发现印装质量问题，请与本公司营销部联系、调换。
电话：（029）85307864　85303629　　传真：（029）85303879

# 文脉陕西，评论华章（序）

贾平凹

从延安文艺的烽火岁月，到新时代的文学繁荣，陕西文学以其独特的风格和深邃的内涵，赢得了国内外的广泛赞誉。在中国当代文学史上，陕西不仅拥有一支强大的文学创作队伍，同时也拥有一批占领各个历史阶段文学批评潮头的评论骨干。他们以敏锐的洞察力剖析文学现象，参与文学现场，解读作品内涵，为陕西文学的发展注入了源源不断的活力。在新时代文化浪潮中，文学评论作为党领导文学事业的重要途径和方式，作为文学繁荣发展的重要推动力和引导力，正凸显着越来越重要的作用。

为了贯彻落实习近平总书记关于文艺工作和文艺批评的重要论述，以及中宣部等五部门联合印发的《关于加强新时代文艺评论工作的指导意见》，进一步加强和改进陕西文学批评工作，打磨好批评这把利剑，把好文艺的方向盘，同时也为深入总结和发扬陕派文学批评的历史经验，全面呈现陕西当代评论家队伍及其丰硕成果，推动陕西文学批评再创佳绩，助力陕西乃至全国文学发展，陕西省作家协会精心策划并编辑出版了"当代陕西文学评论文丛"。

在选编过程中，丛书编委会始终遵循着精编细选的原则，力求每篇文章都能代表作者个人的最高水平，同时也能反映出陕西文学评论的独特风格和时代特征。所选文章以研究和评论承续延安文艺传统的陕西作家、作品为主，也不乏对中国文坛或域外文学研究的独到见解。丛书汇聚了三代文学批评家中三十位代表批评家的学术成果。他们或生于陕西，或长期在陕工作。他们以笔为剑，以墨为锋，用睿智深刻的见解，共同书写了陕西文学批评的辉煌华章。他们的评论文章，或激情洋溢，或理性严谨，或高屋建瓴，或细腻入微，共同构筑了这部丛书的独特魅力与丰富内涵。

丛书将陕西老中青三代评论家分为"笔耕拓土""接续中坚""后起新锐"三个系列。三代评论家有学术师承，亦有历史代际。每个系列都蕴含着不同的时代气息和文学精神："笔耕拓土"系列收录了陕西文学评论界先驱和奠基者的成果，他们如同手握犁铧的开垦者，为陕西文学评论的沃土播下了希望的种子；"接续中坚"系列展现了新一代批评家中坚力量的风采，他们的评论既有深厚的理论功底，又有敏锐的时代洞察力，为陕西文学评论的繁荣发展注入了新的活力；"后起新锐"系列则汇集了新一代批评家的文章，他们敢于创新，勇于探索，为陕西文学评论的未来开辟了广阔的空间。

"当代陕西文学评论文丛"的出版，不仅是对陕西文学批评历史的一次全面总结和回顾，更是对未来陕西文学发展的有力推动和期待。相信这部丛书的问世，将激发更多文学评论家的创作热情，使陕西文学创作与批评携手并进，比翼齐飞，为推动陕西文学批评事业的繁荣发展，为陕西乃至全国文学的发展贡献新的智慧和力量。

2024年11月8日

# 目　　录

001　文坛时评八篇
022　批评人格的自渎与自救
　　　——关于李建军"直谏"引发争鸣现象的再思考
035　"思理"与"诗情"的化合
　　　——《夹缝中的历史》漫评
039　方英文小说简论
055　妙手论艺道，胜义惠人多
　　　——评《中国文学欣赏举隅》
061　平心从头诊"诗病"
　　　——与任东方先生商榷
071　用真诚之笔传榜样人物精神
　　　——评《汪良能传》
075　一个明白女人的叙事世界
　　　——莉媛中短篇小说印象
080　好句由心见痴气
　　　——高璨诗歌印象
085　一部有看头和有嚼头的小说
　　　——长篇小说《子宫》谫评

089 "火气"与"挚情"
　　——评杨宪益先生诗

099 当代诗话十二篇

110 当代诗词论评六章

117 欣慰与期待
　　——评散文集《缘起西大》

122 这样的教授，这样的歌诗
　　——评周晓陆教授诗词

128 一个江南素衣才子的西大情结
　　——评随笔集《泱泱中文系》

132 雷抒雁晚年关于新诗的几点重要思考

141 要从当代铸高峰
　　——评《庐外庐诗稿》

146 李育善散文创作简论

160 扬葩振藻壮三秦
　　——评《陕西诗林撷秀》

167 悼陈忠实：世道人心的一面镜子

173 丰临和他的文学

181 旧体诗的现代性问题
　　——兼论当代诗词的发展历程

192 桥门卌载仰先生
　　——评《我的诗生活：紫洪山人诗学文选》

198 孙志文的诗意栖居
　　——《小草诗集》印象

205 天意君须会，人间要好诗
　　——评《第六届"抒雁杯"青春诗会获奖作品集》

213 五味子散文的新收获
　　——评《且从诗句看青史》

217 我眼里的三秦女子诗社
　　——建社五年创作览评

230 情怀·识见·格局
　　——读周燕芬《燕语集》

236 后记

# 文坛时评八篇

## 一、宁"恨"毋"悔"

十多年前,陕西作家邹志安获全国优秀短篇小说大奖后曾撰一文,题曰《不悔》。陕西名作家中,邹志安算不上成就特别突出的一位,但《不悔》却无疑是陕西当代散文中的上品。它是一篇精神宣言,展现了一位以营建和守护意义世界为己任的作家对文学事业的大痴情与大执着。屈原宣称:"亦余心之所善兮,虽九死其犹未悔。"王安石则谓:"尽吾志而不能至者,可以无悔矣。"钱锺书也说,在人生价值取舍方面,他"宁恨毋悔",盖因"恨(regret)者,本欲为而终憾未能为","悔(remorse)者,夙已为而今愿宁不为也",所以悔不如恨。在我看来,就心境而言,邹志安已与这些文化先贤们处于同一"界面"。至于在创作上修成了什么样的"正果",那是另一回事。邹氏一生清寒,五十一岁便病困而殁,委实不幸;但征诸其志,亦可谓"求仁得仁"了。

我由此想到了当今更多作家的处境和心境。真正的作家是"社会良心"的秉持者和提醒者。作家这一职业的高尚性,当然毋庸置疑。但由于各种原因,自古以来,作家的处境很少优裕过。20世纪80年代后期,我所在的大学办过几届作家班。那时,文学正值"牛市",作家们一进校,就沐浴在学子们羡慕的目光里,以至于使人产生错觉:"天之骄子"并非大学生,而是这些作家。而今,一般作家来大学做报告或签名售书,学生们往往不甚关注。高等学府的情形尚且如此，文学和文学家在整个社会的处境可想而知。的确，现时文学仍能被鲜花和掌声簇围，对多数作家来说已是一件不敢奢望的事情了。

但是别忘了，意义世界会与时缩张，却永远不会消亡；而构成中国社会基座的老百姓最需要的扶贫，尤在于精神方面。一部掏心窝子的《随想录》，曾唤醒多少人的羞恶之心和忧患意识？其拯救人心、激旺民气的作用，绝不是几百万扶贫款所能替代的。"风物长宜放眼量"，作家尤其不能没有这样的视境。我觉得，相当一部分作家面临的问题，并不在于处境局促、恶劣，而在于心境居下、逼仄。人的一生，处境不易自择，心境却可以自适，重要的是有一颗"明明白白的心"，知道自己该取舍什么。作家欲有大出息，就该像旧时酷吏审讯囚犯那样时时拷问自己：我的价值取向是什么？我究竟想干什么？我又能干成什么？拷问明白了，心境的"生态"也就归于平衡了。只有这样，才能进入"一蓑烟雨任平生"的大境界。如果确实以为投身文学事业是走错了房间，那就赶紧改弦更张，务弄别的好了。

当年，青年巴尔扎克经过反复权衡，认定了自己的事业在文学方面，便毅然远遁利禄，息交绝游，独居巴黎拉丁区，虽艰难度日，却每天笔耕达十六小时以上，因为他相信，"拿破仑用剑锋未能完成的事业，我会用笔锋来完成"。正是这样的大心境，支撑了巴尔扎克的文学人生。巴尔扎克也只活到五十一岁，我想，他临终前的心声，也一定是"不悔"。

## 二、才气与学养

没有才气是当不了好作家的。这一点，想必不会有人提出异议。作家的才气，也可分而言之："才"指生活感受能力和文学表现能力的超常，"气"谓创作激情的充沛和持久。"才"到而"气"不逮或"气"盛而"才"不及，都不易登堂入室于意义世界。但才、气兼具，亦未必就能玉成"淡妆浓抹总相宜"的佳构，盖因一部（篇）好作品的大功告成，需要的条件支撑是多方面的。这篇短文，仅谈谈作家的学养问题。在我看来，对于有才气的作家而言，强调学养，绝非题外之议。

以我交往所及，相当一些作家不很喜欢甚至反感别人在学养问题上"找茬"。他们似乎认为，学养在学者那里是"大道"，在作家这里却是"小道"。况且古往今来，总是时有文化名人告诫作家不要"掉书袋"，避免染上"学究气"，所谓"诗有别材，非关书也；诗有别趣，非关理也"。只要能很好地"吟咏情性"，就是好作家了。

这种看法，显然是走入了误区。首先，我想提醒这些作家的是，说作家不必太在乎学养问题的人，大多是学养极佳的饱学博识之士。他们的话，并不是对没学养的人讲的。正如鲁迅所言：曹植谓文章是"小道"，那是因为"子建的文章做得好——于是他便敢说文章是小道"，所以作家万不可听错了话。其次，学植深厚、学术功力扎实对学者来说确实是至关重要的素质，但对作家而言，却也并非无关紧要；在才气大致相当的情况下，学养的薄厚，就往往成了决定作家创作实绩高下的重要"指数"，至少关乎着作品文化品位的高与下和作家创作后劲的足与不足。

作家应备的学养，说浅点是指作家的知识积累足敷创作之需，说深了则是指作家受人类优秀文化遗产的较充分的浸染和对其的把握。在这两个方面，当今的大多数中国作家都需要补课。兹举数例，足见我言不谬。

中国20世纪最有成就的武侠小说大师当然是金庸了。著名学者饶宗颐教授甚至认为，金庸的创作，已经到了"百节疏通，万窍玲珑"的大境。可是，金庸小说中，不止一次地出现"疏通"不到位、信息不合史实的文字。如《射雕英雄传》第一回云："（曲三）慢慢烫了两壶黄酒，摆出一碟蚕豆，一碟咸花生，一碟豆腐干，另有三个切开的咸蛋。"《神雕侠侣》第六回谓："（杨过）四下张望，见西边山坡上长着一大片玉米，于是过去摘了五根棒子。玉米尚未成熟，但已可食得。"《天龙八部》第十一回写道："段誉听着途人的口音，渐觉清雅绵软，菜肴中也没了辣椒。"花生、玉米、辣椒之类食用植物，都是明代中期以后才传入中国的，小说中的宋人，怎么可能见到这些东西呢？

《雍正皇帝》的作者二月河在《光明日报》上列举了他读过的书目：《二十四史》《资治通鉴》《唐书》《续唐书》等等。不知道他凭什么把《二十四史》与《唐书》并列；至于《续唐书》是什么玩意儿，恐怕连专家也要如坠雾里了。还有，《雍正皇帝》中有作者为小说人物代拟的诗词曲若干，多不合乎律制。

西安南郊省委党校旁一家茶艺馆中悬有作家贾平凹书法作品数幅，其中一幅所书，乃苏东坡那篇写给苏辙的《水调歌头·明月几时有》。书者把"千里共婵娟"的"里"写作"裡"。

高建群《我在北方收割思想》一书序文有句："伍子胥破梦以后，将楚怀王鞭尸三百……"伍子胥是楚平王（前528—前516在位）和楚昭王（前515—前489）时代人，那时候，怀王（前328—前299在位）的祖父还没出生。如果伍子胥能鞭抽怀王尸骨，"关公战秦琼"就不是笑话了。

我无意在此出几位文学大腕儿的丑，事实上，在我心目中，他们都是才华横溢、成就突出的作家。我是想说，这样的学养之失，不会在曹雪芹、鲁迅、钱锺书、吴祖光、姚雪垠、汪曾祺那里发生。而我列举的，还只是浅层问题。逻辑不通、识见不广、持议偏狭等"结构性"的学养缺失，在很多作家那里都屡见不鲜，容我另文评说。

"诗有别材，非关书也……"，是宋人严羽说的。但严羽很快又补充道："然非多读书、多穷理，亦不能至其极。"这才叫持论公允全面。

如果想从作家的角度感受什么是"学养"，那就多读几遍《红楼梦》好了。

## 三、能写的和不能写的

大约四年前，乘一时兴之所至，写过一篇随笔，题曰《"费厄泼赖"

不宜缓行》。文章大意是说，鲁迅当年号召国人"痛打落水狗"并没有错，但此后数十载，斗争哲学在中国一再被加码升温，为祸之烈，天下共知，而今到了该提倡宽容主义的时候了。文章将被寄出之际，忽然感到不妥：虽是安定团结的年代，恶性未改的"落水狗"仍为数不少，并时有"作为"，我的提法，客观上难免有"齐善恶"的副效应。忖度再三，终是把稿子扔进纸篓。

类似这样曾想写而终决定不写，或写了又废掉稿子（全部或部分）的事，在我这里不止两三次。写作当然是张扬生命自由意志的精神活动，大凡钟爱此道者，都不愿受太多约束。我亦如此。但绝不能说，文章家笔下，什么都可以写。在我看来，至少有四种文章是不可以作的：趣味低级的文章、违心之论的文章、轻易出尔反尔的文章和确实不合时宜的文章。

先说第一种情况。鲁迅曾言："譬诸画家，他画蛇，画鳄鱼，画龟，画果子壳，画纸篓，画垃圾堆，但没有谁画毛毛虫，画癞头疮，画鼻涕，画大便。"对文章来说，这样的趣味自律，同样必要。《围城》里写一胖妇给小孩喂奶，说："她满腔都是肥腻营养，小孩子吸的想是加糖的融化猪油……"《高老庄》里描述一个乡间小摊贩用粘着黄色粪便的脏手抓凉皮卖给顾客，有人质疑，小摊贩便声称那是芝麻酱，随即把脏物一把抹进自己的嘴里搪塞了之……每读到这类文字，总会感到很不适。钱锺书是我最敬重的学问家和作家之一，却在小说中如此写母亲喂养孩子的情景，委实一时缺失了悲天悯人的情怀。才华卓荦的贾平凹详悉乡里风土民情，《高老庄》中所写的"不卫生"的事，生活中未尝无有，但以这种笔墨出之，却就堕入了恶趣之中。还是鲁迅说得好："世间实在还有写不进小说里去的人。倘写进去，而又逼真，这小说便被毁坏。"

次说第二、第三种情况。写文章的人多少有了点名气，就难免被抬举、被贬议或被利用，这都正常。不正常的只是自己顶不住外力的"诱"或"逼"，不能精神"守土"，乱"帮忙""帮闲"或"扯淡"，干出一些知是行非的事情，自个儿亵渎了自个儿的角色人格。用陈寅恪的话说，就是"曲学阿世，侮食自矜"。前几年曾读过一篇文章，说一评论家挨不过某氏的缠和磨，撰文吹捧那人的"道德文章"，交稿后又痛悔不已，夜饮醉哭了一场。我想，这又何必呢？脑袋是长在自己脖子上的，笔杆子是握在自己手上的，任他怎样软磨硬泡，"我自岿然不动"，他又可奈我何？"夜饮醉哭"的讽刺喜剧，只能说明文人蒙辱的遭际，多是"先自辱而后人辱"而已。而轻易出尔反尔的文章，也往往出自这类文化人格上的自打折扣者之手。我不一概反对自己修正自己，毕竟"实迷途其未远，觉今是而昨非"的过而能改之举，和"出自幽谷，迁于乔木"的君子之行一样，都是有大出息的表现。我反对的只是不真实的出尔反尔。有一则"名人逸事"说，某教授1974年发表一论文，题曰《王夫之是法家》；1977年又发表一论文，题目却成了《王夫之是法家吗？》。事实是否如此，我无力考究，但即使是属于"编派人"的故事，也至少说明，做过此类出尔反尔事情的知识分子，在人们心目中形象欠佳。教授当然有与时俱进、改变自己观点的权利，但这样的颠之倒之，无乃太速乎？又有多少真实性可言？

至于最后一种情况，我已在第一段文字中现身说法过了。我说的不合时宜，不是指政治上的不识时务，而是指有些文章虽有价值，但在某些时候发表出来，未必于"易风俗""正民心"有益。20世纪80年代中期，中国老百姓的衣食问题还没有根本解决，却有人写文章为"能挣会花"张帜，便是不合时宜之举。至于有文章拿杨白劳与黄世仁的事比喻"欠债的是爷，要账的是孙子"现象，就不仅不合时宜，而且有拿残忍当有趣之嫌了。我以为。

## 四、评论家是开会的？

在陕西当代文学界，我只是一介"票友"，可自打写了几篇批评文章、参与了几回"争鸣"以后，就被人称作了"青年评论家"。所谓"种瓜得豆"，大概便指这种事情。世人大多爱戴高帽子，我也不能免俗。听别人呼我以"家"，不免觉着舒坦。但我儿子不这么看。他才十三岁，眼睛有点儿近视，学习也一般。但我觉得，这小子眼亮虽比我不如，心明却超过乃父。有一天，儿子放学回家，冲我直乐："听说你现在也是什么'评论家'哩。"我说："你知道什么叫'评论家'吗？"儿子说："评论家？不就是开会的嘛。人家都是这么说的呀。"口气中颇透出几分不屑，仿佛他老子扮演了一个很没意思的角色似的。

童言无忌，却也可能"微中"。我儿子的话，是道出了一点事实的。这几年，文学是萧条了点，但文坛并不萧条。文坛的不萧条，多半是得了文人的纸笔"骂仗"之助，少半则是仗了各种由评论家唱主角的大小会议的掀澜造声。评论家开会，并没什么不好，但评论家被目为"开会的"却就不怎么好了。任何一个头脑正常的评论家，都能听出"评论家是开会的"这句话是"义归讽谏"的。在我看来，至少以下两种会议，称职的批评家还是少去或不去参加为好。

一曰"新作研讨会"。作家尤其是那些未出名作家出一本书，的确挺不容易的，害怕"寂寞开无主"，欲借评论家之力"火一把"，自是人之常情。但作家心可以热，评论家头不能昏，头一昏就要说胡话，害了读者也害了作家。中国是个重人情的国度，人家请了你去捧场，你就不好扫人家的兴，心里觉着这作品不怎么样，嘴里讲出来的，却只能是些"光面话"，回去自己觉得难受。一篮子好话见诸媒体后，又在识货者那里落了"没水平""胡说哩"的评价。何苦呢？

二曰"生意捧场会"。评论家里的名人和准名人多，精明的生意人自然乐与亲善。以我的经验，对这种亲善之举，评论家还是提高警惕为好，因为这种生意人里，真正注重文化建设、敬重文学、看重评论家的所谓"儒商"是很少的，仅仅好虚荣、爱花些钱附庸风雅的"憨大哥"也很少。多数喜欢拉扯文人（主要是作家和评论家）的生意人，内心都有精密的盘算，表面把文人抬得老高，心中并无对文学的真热爱，"特邀"文人参加什么文化"研讨会",或让文人在什么"发布会"上跟官员一起剪彩,帮着出售什么黄金楼盘,热销什么电器、化妆品、壮阳药等等,说白了,不过是让文化给商业"站台"而已。运气不好的话,你还可能是个不自觉的"托儿"呢。我心如秤,岂能为他人低昂?评论家应该有这样的自重。

该评论家们显山露水的会议,自应有庄正的文化内涵,它所承载的,是精神世界的命题之设、义理之辨、辞章之赏、价值之估。如果什么"场子"都去赶,什么会上都敢"脱口秀"一番,那就把"我思故我在"变成"出场故我在"了。我所认识的一些评论家,水平不低,名望很高,发表过不少可圈可点的文章,但在很多会场上的表现,实在乏善可陈。本着尊老敬贤之心,我就不在这里列举比较恶劣的例子了。

由此看来,对评论家而言,各种会议是很敏感的角色实践区域。什么会可以与,什么会应该避;如果与会,什么话当讲,什么话不能说,都是应该三思而后行的。至少,这种事关乎评论家的名节,可不慎欤?

## 五、尊敬与真诚

西北大学的费秉勋教授是我十分敬重的学者之一。他既治古典文学,又事当代文学批评,皆有所成。20世纪80年代,我曾从游于费老师,受过他的教诲;90年代,又与他同教研室共事,学业上有了疑难,少不了向他讨教。在我心目中,费老师道德文章俱佳,因此多年来,始终对他执弟子礼甚恭。我绝非谢家宝树,但也算不得朽木难雕,谅不至于在老先生那里讨嫌,这一点,自觉还是有把握的。

可笑的是,一场被称作"直谏"的文学争鸣过后,我和费老师的师生之谊遭到了一些人可以原谅的误读和另外一些人不可原谅的歪曲。在这场持续时日匪短的文学争鸣中,我的观点和费老师的观点是基本对立的。再加上费老师的文章措辞激烈,少了一向的蔼然长者之风,使我颇难心悦诚服，就难免要在我的发言和我的文章中坦陈心声，于是师生便在这件事上分曹而立，成了论敌了。学术问题，向来都是"各言其志云尔"，我与老师持论相左，实在再正常不过。

但很快就有"圈子"内外人士开始说三道四了。最先听到的议论是在一次座谈会之后，大意是说，这人一向挺敦厚的，怎么敢在稠人广众场合说自己的老师？我听了一笑置之。时隔不久，我的文章在外地一家学术杂志上发表，又先后被核心、权威期刊二度传播，读者面不断扩大，难听的话就很快升级加量了。其中最有意思的两种说法是：此二人素有积怨，"直谏"中势不两立无可避免；费教授退休了，做学生的便肆无忌惮起来。这类话听得多了，就有了"曾子杀人"的心理效应，惶惶然不能自释。恰在这时，薛瑞生教授约我去府上吃饭，闲聊之间，我叹息着谈到这件事，薛老师说："尊敬不如真诚，真诚乃最大的尊敬——这是学术上的道德通则。你和费老师都没错，全怪现今的学风不正，理它干什么？"听了这话，我的心情便逐渐敞豁了。

别林斯基说："尊敬归尊敬，礼貌归礼貌，批评终归是批评……真正重要的是不计个人利害的、毫不躲闪的意见发表。"谁也不会说这话不对，但贯彻起来怎么就那么难呢？我绝不在乎别人非议我的批评观点：敢说真话就不怕招致非议。但我绝对很在乎别人如何看待我和我的业师的关系。它是纯正的授道受业、教学相长，容不得一丁点曲解和玷污。事实上，大半年过去了，费老师和我毗楼而居，时相过从，一如既往。我书房里的装饰品之一，还是费老师前些日子手书赠我的条幅。忖度者的想象力，未免丰富过头了。

中秋时节，大学同窗聚会，又有人提起这件事，并开玩笑说我"目无师长"。我也开玩笑地告诉他："古人说'无君无父，禽兽也'。但我还要补充，'曲学阿世，亦禽兽也'。就算我是无君无父的'禽兽'，也比曲学阿世的'禽兽'好一百倍。"一座闻之大噱。

## 六、心定方为大文章

　　人世间的事，想来往往令人感慨却无奈。我年轻时，因为作文写得出众些，常能得到褒奖，便自觉是块搞写作的料，遂浑身来劲，经常下笔不能自休，乃至日近万言，写出来的那些东西，却大多华而不实。后来年岁渐长，读书、经事渐多，知道了写作的严肃性，就恐惧和疏远了它，到了近几年，累月不涉一字的事，更是常常无可奈何地发生着。有朋友问："除了敬畏文章，你知道造成这种情况的另一重要原因吗？"我说不知。朋友说："那是因为你做不到心系一处，事不他顾，想想吧，在你同时务弄的事情中，究竟为写文章付出了几多精力和时间？人的能耐是有限的，一辈子做好一件事就行了啊。"朋友的话十分恳切，也击中了我的性格弱点，让我很是汗颜了一阵儿。

　　由此我想到了我的那些读文学专业的学生们。在我工作的文学院里，很多年轻学子都具备很好的文学感觉，其中相当一部分又是做着文学梦走进校园的，但多年以后，真正在创作上收获丰实者，往往不是大家当初看好的那一拨，而是为文资质稍逊的那一群，原因就在于前一拨兴趣纷乱或急功近利，而后一群用心、用力专一。近几年，给我寄来或送来作品集且不能不让我刮目相看的，很少有被我当年看重过的才男才女。我想，这些才男才女们看到他们曾不大瞧上眼的同窗反过来在文学上将他们甩得老远的情形，心中难免会生出些许尴尬。

　　由此我也想到了陕西文坛的青年作家们。因主持西北大学"中国西部作家研究中心"之故，近年与本省作家及其作品直接或间接交往较多，此间大小"行情"，不可谓不熟知。对陕西作家方阵的评说，不能不置于全国文学坐标上进行。20世纪50年代至60年代，柳青、杜鹏程、王汶石、李若冰等的创作实绩，使陕西成为当代中国的文学重镇之一；20世纪80年代至90年代，陈忠实、贾平凹、路遥、邹志安、京夫等作家一系列重要作品问世，进一步巩固了这一地位。稍后"入道"的高建群、叶广芩、程海、方英文、冯积岐、朱鸿、红柯、伊沙等人虽未推出《白鹿原》那样的宏章巨著，却也都有不俗的表现，令海内文坛未可小觑。但在这一批作家之后，情势就不那么令人看好了。我说的情势不看好，是指在四十岁以下的陕西作家中，目前尚未发现在文学创造上露出大气象端倪者，从而有可能导致陕西文学综合实力在全国文学大格局中的位次后移。

在我看来，陕西青年作家群创作的主要不足，仍在于"心定"程度不够。阅见和学养不敷创作之需、想象力略显贫乏、文字基本功不到位等方面的问题，全是枝叶。所谓心定，就是既视文学创作为一种驰骋生命自由意志的精神活动，便能以一种痴迷乃至近于神经质的心理状态持久为之，就像何塞·马蒂所说的那样："用我自己的血写作。"事文章而欲修成大果者，舍此而外，全非紧要。事实上，四十岁以下的陕西作家中，才气在陈忠实、贾平凹之上者不乏其人，其读书之多、视野之广也并不逊色于陈、贾们，但这些作家送给我看的作品，大多思想意蕴和文学质地比较差，难以激起我说长道短的冲动。有的青年作家每推出一部新作，累加起来已近积箱盈案，可这些作品的文学含金量叠加，还未必抵得上王汶石当年的一个短篇。我常常想，古人讲"见贤思齐"。20世纪50年代柳青酝酿《创业史》，在皇甫村"修行"多年；20世纪80年代路遥创作《平凡的世界》，远离省城，遁身陕北小县城，孤馆劳作，含笔腐毫；稍后陈忠实为撰《白鹿原》，更是幽居原下老屋，闭门杜客，定静思游，惨淡经营数载方成大著：这都是身边的榜样，足证柳青"文学是愚人的事业""六十年一个单元"之说不谬。我们的青年作家们为什么视而不见、见而不思、思而不行呢？

大文豪韩愈曾告诫过青年作家："根之茂者其实遂，膏之沃者其光晔。"意在强调为文须秉心定志，厚积薄发，切勿急于求成。我总想，世上的天纵高才者和愚不可及者总归是少数，大多数人跟我差不了多少，定下心来踏实做事，终会老来于己于社会有个大致不错的交代。在写作方面，道理尤其如此。我已吃过多年用心不专的亏，所以至今一事无成，但愿陕西的青年文友们少犯些这方面的错误。我知道我说的只是常识，可在现今文坛，真正遵守常识的人，并不太多见。

## 七、你的范儿对不对

应老同学张艳茜之邀，我和一群作家去陕北米脂县，参加为期三天的文学活动。张艳茜是一位出色的编辑，担任《延河》杂志常务副主编已多年；同时也是一位艺术感觉相当好的作家，发表过很多优秀散文。目前，正在米脂做着挂职副县长。

在县里安排的文学座谈会上，来自西安、延安、榆林、米脂的文友们相见甚欢，交流颇多。我发言时，着重谈了作家的"范儿"问题，大意如下：

对文学创作，我没有什么高论，只能讲些常识。常识，大约属于低论吧。但低论，有些时候，比高论更有用。我今天要说的低论，一言以蔽之就是，当作家，一定得努力不差"范儿"。这个"范儿"，关中话里谓之"起手"，很是形象。说某人"起手不对"，是说他做事，一开始，姿势、路子便不大正确。

范儿，本指铸造器物的模子。范儿不对，据以造出来的东西，怎么能有好的品相呢？很早以前，人们就屡屡借范儿一词说事——不论干什么事体，都得像那么回事。《左传·宣公二年》中有一段文字，后人题为"晋灵公不君"。"不君"，就是作为君主的范儿不对。史家写道："晋灵公不君。厚敛以雕墙。从台上弹人，而观其辟丸也。宰夫胹熊蹯不熟，杀之，置诸畚，使妇人载以过朝……"翻译成白话便是："晋灵公不像个国君：他过度征收赋税用以豪华装饰宫墙；从高台上用弹弓射击行人，观看他们躲避弹丸的狼狈样子；厨师没有把熊掌炖烂，他就把厨师杀了，放在筐里，让宫女们抬着从朝廷经过……"如此大差"范儿"的诸侯，当然不会有什么好下场——后来，他被赵盾的堂兄弟赵穿杀了。

自古以来，无论圣贤还是老百姓，都很看重做人做事的"守范"。

《论语·颜渊》载："齐景公问政于孔子，孔子对曰：君君，臣臣，父父，子子。"就是说，支什么角儿，便得像什么角儿。如果做爹的不守爹的范儿，做儿的不守儿的范儿，那就乱套了。在《离骚》中，屈原最强调的"美政"内容之一，便是"循绳墨而不颇"，绳墨，即规矩、章法。著名的《滕王阁序》里有一句话："宇文新州之懿范。"懿范者，美好风范也。在王勃眼里，这位姓宇文的地方领导人，范儿非常之好。

与范有关的不少语词，都再三昭示了好范儿的不可忽视：堪作临摹的书画样本，谓之范本；足供仿效的成功事例，谓之范例；优秀的文章，谓之范文；可以作为学习、仿效标准的人或事，谓之典范……

从事文学创作的人，什么样的范儿才是对的、好的呢？我的低论是，如果能做到"三保证"和"三保持"，你的范儿就是对的、好的。

在谈"三保证"和"三保持"之前，我得先说一个前提：从事文学创作——无论是专业的还是业余的，必须有一定的才气。我常给我的研究生们说，文学创作和学术研究，对从事者的才气要求是不一样的：前者要求高，后者要求低。才气不足的人，如果能坐冷板凳做学问，迟早会出成果。才气欠缺而又迷恋创作，基本上是白忙活一场。世界上的多数人，不可能干什么都行。《水浒传》中的李逵要板斧可以，去李师师那里搞公关，一定"没情况"。钱锺书是举世公认的大才子，国文和外文都棒极了，但当年考清华，数学只得了十五分。而我的一位中学同窗，数学成绩从来在九十五分以上，我们称他是学校里的华罗庚，可他的作文，总是写得一塌糊涂。贾平凹是文学天才，让他种地或者下矿井，可能就"笨笨的"。所以我提醒大家，文学才气太差，最好务弄别的去。在文学这块地里劳碌而打不出好粮食，实在划不来。一个人有无文学才气，从三个方面自测一下，就大致清楚了：第一，对语言文字是否具有超过常人的敏感；第二，有没有活跃且丰富的想象力；第三，有无筑建情趣化意义世界的能力。

先讲"三保证"：

第一，完成基本的阅读量。读书的好处，世人都知道。但对于不同行当的人来说，读书与做事的相关系数是不一样的。让酒店里的打工妹"博览群书"，显然不必要；做学问和搞创作，不下功夫读书，则"不知其可也"。我曾经为从我习文的学子们开列过一个"刘门弟子必读书目"，共有三十五种。我对他们说，这个"必读"，是我对你们的一个保底性要求。人生短暂，世上的书，其实是读不完的。一个想成为作家的人，读哪些书、读多少书才合适？我的看法，不外两条：第一，泛读公认的文学经典。凡通行的中外文学史教材上予以专章述论的作品，差不多都是经典。第二，精读自己所"宗"的作家的作品。所宗的作家，就是所仿效的对象，犹如练书法的习欧、习颜、习柳等等。陈忠实初学写作时，习的是柳青；贾平凹初学写作时，习的是孙犁。在阅读上，他们都是下了大功夫的。阅读面太窄、阅读量太少以及阅读粗放以致"纳差"，在现在的年轻作者群体中，几乎成了一个普遍的现象。我不能理解，一个连《红楼梦》《安娜·卡列尼娜》都不曾通读过的人，怎么可以上手就写长篇小说呢？

第二，经过足够的写作训练。谁见过没有练过几年琴的人，就轻轻松松拿到了十级证书？谁又见过未曾狠下气力习过帖的人，就成了著名书法家？难道从事文学创作，就可以不经过类似的过程吗？柳青说过，写作是愚人的事业。这里所谓的"愚"，不是愚蠢的愚，而是愚公的愚。做生意可以取巧，泡豆芽可以速成，写作，靠取巧和速成修得正果的，吾未之见也。庄子说："水之积也不厚，则其负大舟也无力。"如果说，作家需要积的第一道水，是阅读，那么第二道，便是用笔进行愚公式的耕耘了。有一个愿意受我指导的文学青年，天分不薄，也挺勤奋，常送来或发来习作请我"斧正"。我不间断地给他以肯定和鼓励，却不支持他贸然投稿。他问我：师傅呀，练到什么时候，才可以有了稿子便外寄？我说，按过去的经验，写够两麻袋就行，你现在用电脑写作，自己换算吧。我有一个朋友，是老舍和贾平凹的粉丝。两位作家的代表作，他当年曾抄写了好几遍。他写散文和小说，下了多年的"闷苦"，文字表达水平，一年一个样子，现在已经接近游刃有余了。我想对各位特别强调的一点是：如果立志当作家，无论打算"主打"什么文体，都务必把散文写好。写好散文，是作家自我建设最为基础的环节。

第三，具有一定的学养。有不少人认为，学养是学者的事情，作家不需要学养建设。这个观点，不能成立。书法家、画家、音乐家等都知道，只懂"技术"而学养欠缺，就只是行当里的"匠人"，作家岂能不明白类似的道理？各位还记得吗，2002年，在由央视举办的"青歌赛"上，歌手索朗旺姆的歌声响遏行云，场内外一片喝彩；可在文化知识测考环节，她一不知道大屏幕上的赵本山手里的乐器叫葫芦丝，二听不出来赵大哥演奏的乐曲是《月光下的凤尾竹》。这时候的索朗旺姆，只能说是个唱歌的，离歌唱家还远着呢。陆游曾告诫儿子："汝果欲学诗，工夫在诗外。"我以为，他说的诗外功夫，不仅指生活经历和阅历，还包括学养。关于"吃文字饭"者的学养，我想这么说吧，对于学者和作家，它都重要，只是重要程度和侧重面有所不同：前者的学养，主要指学问积累的厚实；后者的学养，主要指文化知识面足敷创作之需。作家的文化知识，又大致包括两个方面：一指普适性知识——基本的人文知识和科学知识，一指专题性知识——创作某篇、某部、某类作品所需要的知识。20世纪80年代，王蒙先生曾提出"作家学者化"的命题。就概念来说，固然不甚准确，但提法指向没有错——作家要注意不断地提高文化水平，丰富知识储备。当代作家和古代、现代作家的差距之一，正在学养方面。伟大作家曹雪芹之所以能写出不朽的《红楼梦》，才气、生活经历、情感体验以及于"悼红轩中披阅十载，增删五次"的埋头苦干劲儿，固然是主要的支撑，但同时也是因为大大地得了学养之助。曹雪芹不仅精于诗词曲赋，还懂园林美学、中医药、佛道、绘画、金石、烹饪、茶学……现代作家群"第一梯队"里的鲁迅、郭沫若、茅盾等等的学养之足，大家都是知道的。大家不知道或不太知道的学养富厚的作家，还有很多很多。例如，创作了小说《倪焕之》的叶圣陶先生，不仅撰写过《文章讲话》之类引领年轻人学写作的著作，还独立完成了"轰动业内"的大型工具书《十三经索引》。如果各位对比一下姚雪垠先生的《李自成》和二月河先生的《雍正皇帝》，就会发现，姚先生替书中人物写的诗词，都是中规中矩的；而二月河书中的此类篇什，大多范儿不太对。两部影响都很大的历史题材小说，何以在这方面差距如此？曰：学养深浅有别之故也。

再讲"三保持"：

第一，充盈的痴气。《红楼梦》第一回写道："满纸荒唐言，一把辛酸泪。都云作者痴，谁解其中味？"这是曹雪芹的开篇明义。诗的第三句用了一个"痴"字，蕴意极深——曹雪芹深重的哀伤、苦闷、同情和希望，都倾注、寄寓在了这个"痴"字之中。"痴"是什么？不是傻笨，也不是呆板，是对自己所向往的人、事、物、境持久迷恋的生命状态。我读于右任先生诗集，乍见他早年的两句自题辞："换和平以颈血，爱自由若发妻。"便顿觉心弦剧颤，因为这两句话，道出了于先生对和平、自由的"痴"。蒲松龄说："性痴则其志凝。故书痴者文必工，艺痴者技必良。世之落拓而无成者，皆自谓不痴者也。"什么是"朴素的真理"？此之谓也。中国古代的笔记体著作记人纪事，常有"痴绝"类标题，题下所写，都是至为感人的痴人痴事。"痴绝"，即"痴极"。尾生等待情人，宁可抱信柱而死，是情痴；玄奘十七年间行程五万里取经，是佛痴；怀素种万棵芭蕉树以取叶练字，是书痴；李贺常年背一破囊朝出晚归寻觅佳句，是诗痴；贝多芬在双耳全聋、生活困顿的情况下顽强写出系列交响曲以鼓励人类"通过苦难，走向欢乐；通过斗争，获得胜利"，是乐痴；梵高"用全部精力追求了一件世界上最简单、最普通的东西，这就是太阳"，是画痴……作家之所"痴"者，当在于自己用语言文字所构筑的意义世界。我常常想，曹雪芹和陀思妥耶夫斯基创作小说的时候，其痴态，一定是世上最动人的画面。所以，我衷心地希望，各位作家朋友，在你的创作生涯中，能够一以贯之地保持痴气。这痴气，要言有二：一是对文学要有一种爱人感，以护卫它为己任；二是在具体创作情境中，能进入一种身心高度投入的甚至类似癫狂的状态。这后一条，如果觉得不好理解，那就多读几遍李白的《将进酒》。

第二，悲悯的情怀。哀伤而同情，谓之悲悯，其本质是以感同身受的情感来对待苦难的人和事。居高临下式的可怜或同情，当然不是悲悯。悲悯的反义词，是冷漠。比悲悯更高一级的情怀，便是慈悲了——即能以博大的爱和智慧来怜悯、救护苦海中的世人。慈悲，是一种进入了宗教层面的情感态度。事实上，在我们的人生历程中，较诸慈悲，悲悯更具可造达性和可操作性。要求从事写作的人都"慈悲"，显然过分了；悲悯，却是一个真正的作家必有的"人间情怀"。纵览中外文学史，那些伟大的作家，无一不是心怀悲悯以事文学的。在这里，我想着重说说诗圣杜甫的悲悯情怀。可以坦然相告，我最崇敬的中国古代诗人，首推此公——作为诗人，他的范儿最正，所以才"圣"。对才华横溢的李白，我更多报以欣赏。李杜的高下，限于时间，这里不能细论。闻一多先生曾在《杜甫》一文中说，子美"是我们四千年文化中，最庄严、最瑰丽、最永久的一道光彩"，并指出，李白逊色于杜甫之处，不在才气，而在人格。我同意闻先生的看法。悲悯，正是杜甫人格中最核心的部分，因此也就成了杜诗的"文化之魂"。清人吴乔在《围炉诗话》中说杜甫："于黎民，无刻不关其念……诗出于人，有子美之人，而后有子美之诗。"我们读杜诗，感受确乎如此。《自京赴奉先县咏怀五百字》是杜甫的代表作之一，大家熟知的名句"朱门酒肉臭，路有冻死骨"便出自该篇。但我认为，这首诗最令人感动的，不是这两句，而在最后一段："入门闻号咷，幼子饿已卒！吾宁舍一哀，里巷亦呜咽。所愧为人父，无食致夭折。岂知秋禾登，贫窭有仓卒。生常免租税，名不隶征伐。抚迹犹酸辛，平人固骚屑。默思失业徒，因念远戍卒。忧端齐终南，澒洞不可掇！"诗人从京城回家探亲，刚进门，便听到一片哭声，原来自己最小的孩子已经饿死了。他悲痛欲绝，并陷入了深深的自责中。可是自责之后，诗人所想到的，却是那些比自己活得更艰难的天下苍生——"失业徒"和"远戍卒"们。这样的情怀，能不感人吗？杜甫还有一首让我读了泪目的诗作，题为《又呈吴郎》，其句如下:"堂前扑枣任西邻,无食无儿一妇人。不为困穷宁有此?只缘恐惧转须亲。即防远客虽多事,便插疏篱却甚真。已诉征求贫到骨,正思戎马泪盈巾。"大历二年(767),即杜甫漂泊到夔州的第二年,住在瀼西的一所草堂里。草堂前有几棵枣树,西邻的一个寡妇常来打枣,杜甫从不干涉。后来,杜甫把草堂让给一位姓吴的亲戚,自己搬到东屯去住。不料新主人一来,就在草堂插上篱笆,禁止打枣。杜甫不同意这种做法,便作此诗婉言相劝。大家看看,诗中每个词、每句话,都说得多么得体、到位,多么能替人着想!对那位与自己毫不沾亲带故的"无食无儿"的妇人,诗人给予了何等朴素而深切的同情和关爱,还有对其人格的尊重和心情的体谅。大家想想,没有深厚的悲悯情怀,怎么能写得出如此感人肺腑的诗篇?记得陕西民歌中有句:"唐朝诗圣有杜甫,能知百姓苦中苦。"这么好的诗人,人民能不永远怀念他吗?钱锺书的《围城》是一部好小说,但书中有一段文字,写一个底层妇女哺乳婴儿,作者用了很刻薄的文句突出她的"胖",这就不仅不悲悯,而且有失基本的厚道了。我每次读到这里,总为钱先生感到遗憾。

　　只有悲悯的文字,才是有温度的文字。杜诗如此,关汉卿的杂剧如此,归有光的散文如此,曹雪芹的小说如此。所以,它们都成了中国文学的不动产。

　　第三,清正的追求。不浊谓之清,不邪谓之正。"只道他腹内草莽人轻浮,却原来骨格清奇非俗流。"此乃越剧《红楼梦》"宝黛初会"一场中,黛玉的两句唱词。只因"骨格清奇"的第一印象,黛玉原来对宝玉先入为主的"草莽""轻浮"定性就忽地抵消了多半。而宝玉的"名言",大家更熟悉:"女儿是水做的骨肉,男人是泥做的骨肉。我见了女儿便清爽,见了男子便觉得浊臭逼人。"(《红楼梦》第二回)这固然是小说人物语,只能作规定情境中的理解,不可呆看,但乐"清"而厌"浊",却是"人情之常"。对那"清凌凌的水来蓝格莹莹的天",谁个不向往、留恋?至于"正",其义甚明,大概无须我在这里饶舌了。为什么要对作家特别强调保持清正的追求？盖因作家是纯粹的精神工作者，其社会形象和工作成果，都被公众框定在了脱俗、高尚的界面内。作家的"清正追求"，具体何指？我以为要点有三：一曰有"朝饮木兰之坠露，夕餐秋菊之落英"般的精神洁癖，珍惜清誉，正道直行，绝不趋利若蝇，沽名钓誉，"侮食自矜"。旧时代的一些为朝廷歌功颂德的作家，被称作御用文人。现在，御用文人少了，以文字为某人、某行业、某单位"壮色"的文人却多了。不能泛泛地说，这样的诗、文、剧之类，都不是正经东西。但写作者应该有必要的自律、自重——不能"只要给钱啥都写"。我自己的做法是：其人其事庄正，就值得写，给钱当然写，有时不给钱也写；其人其事邪乎，便不值得写，给多少钱，都决不写。二曰有"艺匠经营惨淡中"的创作定力，秉志定气地纸上春耕秋耘，不玩花拳绣腿，不搞偷工减料、趋时媚俗之类旁门左道。蜗居乡间老屋，倾五年之心血著就"死后可以垫枕头"的大作《白鹿原》的陈忠实先生，是这方面的一个很好的范儿；"隐居"海南十余年，终于完成了五百多万字的巨型小说《大秦帝国》的孙皓晖先生，也是这方面的一个很好的范儿。现在个别作者，才气不到贾平凹的十分之一，竟能在两三个月内捣弄出一部长篇，草草拿去出版后，还要开什么研讨会，实在是标致极了的"行为艺术"。可惜这种"率尔"制造的玩意儿，只是文字垃圾堆里的又一袋新垃圾而已。三曰推向社会的作品有清气贯注、格调健康的质相，能够屏乖情悖理、污七八糟、油腔滑调、花里胡哨、江湖乱道之类"恶趣"于作品之外。用我老家话来说，就是作品"味气很正"。这方面的好范儿很多，远的不说了，各位的乡党路遥先生的作品，便是当代的典范之一。他的小说和散文，并非每一部、每一篇都无可挑剔，但就绝无恶趣这一点来说，确实是无可挑剔的。

## 八、评论行里的"日弄客"

新年伊始，河南文艺出版社推出了青年女作家辛娟的长篇小说《月亮背面》。前几日，我和同事段建军、杨乐生二位教授一起去参加了这部新作的研讨会。与会的作家、评论家有陈忠实、贾平凹、雷涛、畅广元、费秉勋、李星、肖云儒等十来位，彼此都是熟人。开会前，贾平凹和我一见面，就调侃道："评论家们啊，大概又有半个多月没见面了吧。"我说："哈，所谓当代的评论家，其实就是一群'日弄客'，他们大约每隔十五天，就围着一张大圆桌举行一次合伙'日弄'作家和读者的活动，通常叫作作品研讨会。"我们的对话，惹得举座大笑。

说评论家在研讨会上合伙"日弄"作家、读者云云，当然是玩笑话。借用鲁迅的话："用以指一部分人则可，倘若加于全体，那简直是诬蔑。"比如对《月亮背面》的研讨，就很扎实。大家的发言，从早上9点持续到了下午1点多，没有虚套的捧场、扯淡之谈。我参与过的类似的研讨会，至少在陕西地面上，每年并不少开。

但我这样说，又不完全是玩笑话。因为，"日弄客"型的评论家、"日弄"性的研讨会，我不止一次地躬逢过。在这样的场合，我很郁闷，也很无奈，只好尽量不发言。

"日弄客"是本地语词，指的是擅长糊弄、忽悠他人的人。在我们生活着的这个国度，日弄客本来就多产，如今则更发展到盛产了。可是，文学批评行当里冒出日弄客或准日弄客，还是近些年的"新生事物"。一切日弄行为的本质特征，都是故意地把日弄对象"往沟里引"。庸医给人看病，把脉不准，开的方子不咋样，便不能说是日弄客。日弄型的医生，一定对病人说假话，开假方子，只是假的程度有所不同罢了。日弄客型的评论家在研讨会之类场合的表现，亦是如此。他们明知作家水平有限，作品毛病不少，就是捂着不说，偏说作家才气很盛，作品艺术质地相当上乘，并且还能给出颇像回事的"论证"；或者那部被研讨的作品确实不错，可得六七十分，却被拔高到八九十分以上。

有卖什么的，是因为有买什么的。日弄型的评论家，识力并无不足，其所以实施日弄行为：一是因为个人品质庸俗、低下，缺少批评角色承担上的自尊与自律；二是因为有些作家虚荣心太强，愿意摆场子享受被人日弄的快感，于是日弄型评论家便报之以"你爱听啥我说啥"的态度，净讲些让作家听了飘飘然的好话了事。

一个人实施日弄的效果，远不及合伙式日弄。好多人说武大郎身强力壮，武大的本事，就似乎不比武二差，甚至还超乎武二之上了。而合伙式的日弄，又多实施于有钱或有权的作者。盖因这两类作者，其作品的发表或出版，本来就掺入了或多或少的身份、职务附加值。日弄型的评论家的集体煽呼，使得这类作者真以为自己不仅会发财、能做官，还是搞文学的料，于是生产文字垃圾的胆子更大、干劲更高。日弄客们的评论见诸媒体，则使得被评论作品在"学理支撑"下一时升值，读者自然也就一时地多了起来。

但多数读者，并不是傻子。作品好不好，他们是能看得出来的。评论家是不是日弄客，他们也是能看得出来的。前一阵，一批日弄客型的评论家合伙大吹特吹一部作品多么了不得，众多媒体做了报道。我们学校的一位工友受日弄客们的影响，买了该书阅读，大呼上当，很气愤地对我说："你们一些评论家，要么是瞎子，要么是骗子。"我说："对对的，你才是真正的评论家。"

所以，文学评论中的日弄事体，还是少干些的好。

**本文为多篇短文缀合成篇，原载《三秦都市报》副刊2000年9月—11月，《延河》2002年第3期、第4期等**

# 批评人格的自渎与自救

## ——关于李建军"直谏"引发争鸣现象的再思考

如果不是睁眼说瞎话，任何一个有良知的中国文人都不能不对中国的当代文学批评现状表示失望：失血、失气和失语的痼疾尚未得到彻底治愈，失职、失范和失序的新症又并发于当前。批评诸环节中的问题甚多，但最首要的却是批评人格的病态化，其症状或表现为角色实践本领的萎缩和疲软，或表现为对角色话语权的误用和滥用。究其成因，并不在于外部因素的左右，如市场经济力量的过分干涉，而在于批评者对批评角色的尊严和责任缺乏捍卫的勇气和能力，从而造成了种种自渎现象的出现。对这种情况，不少作家、批评家都做出过激烈的反应，关心批评的读者也屡屡表示了不满。作家高建群直言不讳地说："我们几乎没有好的批评家。我们几乎没有像样的文学批评。没有别林斯基，没有胡风、冯雪峰。文学界被切割成一个一个的小圈子。对圈内的人，瞎捧；对圈外的人，乱咬……环顾域内，我们能找出几个批评家，在那里潜心研究小说创作的奥妙？"[1]批评家余开伟愤慨地指出："现在文艺批评已蜕变为商业批评和人情批评了。为数不少的批评家，尤其是北京、上海和一些省的，派系林立，各立山头，把一些报刊当作他们的地盘，拉拢同类互相吹捧，排斥异

---

[1] 高建群：《对中国文坛深深的失望——写给世纪告别》，见《我在北方收割思想》，四川文艺出版社，2000年，第218页。

己，党同伐异，完全丧失了理性立场和科学精神。这是中国文坛的悲哀和耻辱。"[1]至于读者对批评界现状的失望，尤其是对一部分捐客化的批评家的鄙夷，则往往通过更尖刻、更情绪化的方式表达出来。

一篇由李建军博士发表在报纸上的被称作"直谏"的文章所引起的持续了近两个月（2000年10月至11月）的从陕西波及全国的文学批评争鸣现象[2]就发生在这样一个大背景下。关于李文发表的意义，拙文《陕西评论界的进行时态：冬烘与委琐》曾有过如下分析："由'青年文学博士直谏陕西作家'引发的一连串争鸣已成为本年度三秦文坛上的一段精彩插曲。李建军关于《白鹿原》'缺乏博大的人道情怀'的新说，尤其是对《怀念狼》的整体否定的观点能在《三秦都市报》这样的大众媒体上露脸，让我们看到了一种久违了的直率批评人格和凌厉批评风格在陕西文化界的回归迹象，其连锁冲击意义远在具体批评要义的价值之上，的确可喜可贺。在我看来，李建军的'直谏'对陕西当代文学批评界而言，不啻是一个讽刺喜剧，这个圈子总体上的迟钝、疲软、冬烘和委琐，都在'直谏'的反衬下暴露无遗了。"[3]陕西虽号称文学大省，但陕西的文学评论多年来在全国批评界并不占有突出席位。20世纪90年代中期以后，受染时风，血气原本就不够健旺的陕西文学批评也出现了日趋严重的批评人格萎缩现象，其典型的表现就是有和气而缺棱角，多"合唱"而少"独奏"，喜捧场而羞棒喝。李建军的文重在批评的"精、气、神"上与本地近年的文学评论风习相去甚远，给貌似安定团结实则低迷沉闷的陕西文学评论界带来了一股强劲而清新的气流，不能不让我产生批评精神上的共鸣。只是由于篇幅的限制，我那篇文章中关于"批评人格"问题的个人观点未能展开。虽然那

---

[1] 哈未：《一篇赞扬中的逆耳忠言——余开伟批评余秋雨兼谈批评精神》，载《杭州日报》1999年9月17日。
[2] 《"博士直谏"已成文坛热点——本报系列报道引起全国反响》，载《三秦都市报》2000年9月17日。
[3] 刘炜评：《陕西评论界的进行时态：冬烘与委琐》，载《三秦都市报》2000年10月29日。

场争鸣于正在走向深入和拓宽之时突然"休克",让无数关注者发出"一声叹息",但它毕竟如火如荼过一段日子,从而使批评人格方面的现实问题能以更多的样态凸现在争鸣过程中。时过境迁之后再来讨论这个话题,也许更得其宜。

我以为,健全的批评人格至少包括四个方面的批评主体建构:道义的承担精神、明确的角色意识、边缘的自主对话立场和观点陈述上的逻辑自持能力。

批评中的道义承担精神指的是批评者对文学的痴情、对文学事业的忠诚、对文学创作健康发展的义不容辞的捍卫勇气。如果缺乏这份痴情,批评对于批评主体来说就可能降格为一种谋生方式或交际手段。尽管在世纪之交的中国从事文学批评事业,不能不对批评生存环境方面的问题视而不见:非正常的外部干扰因素依然存在,作家接受批评的心态还不是很好,读者的阅读水平也还参差不齐。但这些都不能成为批评家弱化道义承担精神的理由,相反,正因为批评生态欠佳,才更需要批评家强化自身的道义承担勇气和能力。批评的道义承担并不是一个大而无当的口号,或一种高蹈的精神姿态,它必须落实到具体的批评实践环节中。当今批评家的道义责任更应该体现为努力减弱腐败社会风气对文学的独立性和纯洁性的损害和污染。李建军在他的文章中厉声谴责批评中的"空话、假话和套话"太多,感慨"真的恶声"太少,期待"大家一起来努力,做些矫世变俗的工作",实际上就是对这个时代的文学批评中最缺乏的道义承担精神的热切呼唤。而他的"直谏"笔无藏锋,放言无忌,表现出的也正是一种"慨然澄清"时风的抗俗勇气和从我做起的务实作风。

批评中的角色意识是指批评者对自己的批评权利和批评义务的领悟。从社会学角度看,批评本身是一个社会角色扮演过程,任何合格的社会角色都必须遵守一套预设的行为规范,批评角色当然不得例外。错误地行使批评权利和失当地承担批评义务,必然导致批评角色的扭曲变形和批评活动的脱轨。在社会生活中,每个具有自为能力的人都是一个"角色集",

角色之间潜在着发生充实的可能性。为了保证批评过程的正常推进,批评者必须在批评中让自己承当的其他社会角色退居幕后,使批评角色成为实践主体。文学批评的基本权利是不受任何压制地对各种文学现象和文学批评现象剖明真见、纵论得失、判断然否,而不是对文学以外的人与事窥探琢磨,评头品足。文学批评的义务则是既对作家负责又对读者负责,即以善意的态度和犀利的识力激评本文,担当起作品的"检验仪"、鉴赏的"导读器"的双重使命,而不是充任作家的轿夫和作品的推销商。作品的被推销是必要的,但推销者的角色应该由出版商和销售商扮演,而文学批评恰恰是文学作品接受环节中的一个理性制约因素,只有它的存在才能有效地减少作家自我感觉上的失度和读者阅读中的盲目性。批评家时刻要保持清醒的角色意识,对批评来说,利缘的、业缘的、地缘的、亲缘的等等人际关系因素必须退避三舍。真正的批评是"六亲不认"的。

边缘的自主对话立场是现代文学批评活动中最理想的角色位置和角色扮演方式。它的基本要求有二:一是批评主体对批评对象始终保持一种不粘不隔、不即不离的关系——既非"山中看山",亦非"山外观山"。正如人无法从世界之外认识世界一样,文学批评也不可能在文学以外进行。但是,它既然是一种关怀性的评价行为,就必须使评价者与被评价者之间有所间距。"山中看山"可能造成批评者批评眼光的近视和批评冲动的弱化,从而无法离析出批评观点;而"山外观山"则容易导致批评者和批评对象过分的疏远,使批评观点成为和批评对象不搭界的个人宣言。二是批评主体对批评对象能够秉持"以我观物""以意逆志"的精神主动性。自从圣·佩韦奠定近代文学批评原则以来,独立行使话语权就成为社会对批评者普遍的角色期待。一切"代圣立言"的、迎合长官意志的、和利益集团合谋的、看作家脸色行事的、迁就俗众低级趣味的批评家都只能扮演一个滑稽的小丑角色。文学批评中没有终极裁判,也不会形成"最后真理",唯有独立自主的观点之间的交流、融通和碰撞所激活的思想启导着创作的别开生面和批评自身的继往开来。作为文学研究界最前沿、最活跃、最贴近创作实践的一个环节，批评所面对的是一个流动不居、变幻不定的批评对象。因而批评过程中的误读、误判现象难免时有发生，修正、推翻个人旧见而倡为新说的情况也会偶尔出现。这并不可怕，可怕的只是人云亦云、言不由衷、虚与委蛇和见风使舵。

但是，独立不迁的批评姿态并不能充分保证批评者的角色实践获得圆满的成功。在保证批评获得成功的要素中，观点陈述上的逻辑自持能力不仅必不可少，而且至为关键。对批评者来说，它是一道基本的智慧人格"底线"。率尔武断、强加于人、自相矛盾的"批评"，无论如何地"独立不迁"，也是难以被人接受的。中国传统的印象式文学批评确实存在着重直感少实证的不足，但即使在这样的批评中，逻辑的圆通仍旧被批评家看作应有的学理自律。近些年来，形形色色的批评思想武器被引入中国文学批评活动中，尽管其"创造性转换"尚不尽如人意，"眼药点到脚后跟"的事情也偶有发生，但总的来说，这种引入对中国文学批评的现代化进程是起到了极大的推动作用的。问题不在于批评视角、批评观点的分歧迭起，而在于逻辑上的自律意识不够和自持能力不足造成了观点阐述上的治丝益棼，从而使批评中的良性互动变得比较困难。我认为，批评陈述上的逻辑自持能力起码包括三条基本要求：一是尊重事实材料，不做无根游谈；二是界定有关命题，避免概念不清；三是论证思路明晰，决不强词夺理。

以上述观点比照"直谏"引发的争鸣现象，真让人"别有一番滋味在心头"：李建军的文章的发表，本是对自渎了的陕西文学批评的拯救，却并没能广泛地激发出陕西文学批评的自救意识，反倒事与愿违地招致了一些陕西批评家和作家的情绪对立，而向为文坛所诟病的"绿林好汉"式的、"诗外说诗"型的"批评"又借机登上舆论阵地，给陕西的文学批评事业造成了另一种负面影响。于是人们失望地看到，"自救"的正剧尚未在陕西批评界拉开序幕，"自渎"的讽刺喜剧却继续上演了。

李建军的文章是一篇谈话录，原题为《关于文学批评和陕西作家创作的答问》（《文艺争鸣》2000年第6期），《三秦都市报》2000年10月7日捷足先"登"的只是李文的摘要。标题改作《青年文学博士直谏陕西作家》（以下简称"直谏"）固不妥当，删削方式也颇有可商议处，但文章的主要观点还是"传真"给了读者。虽然对于李建军来说，文中的观点早已在此前的文学批评活动中表达过，但就陕西的读者而言，见到这样的批评文字，却是不虞之幸，这使它的牵动广泛关注成为必然：它不是小沙龙里切磋琢磨式的对谈或和风细雨式的交流，而是借助大众媒体而发出的"尖叫"，受众面极大，招致多方多种反馈也就不可避免。它和广大读者对近年来贾平凹的长篇小说阅读感受欠佳、得到的"专业"评价却越来越"神"的现象的抵触情绪产生了一定的共鸣，人们很自然地把它视作了又一篇反文坛神话的檄文。更重要的则是，学理式批评和激情点射式批评在李文中得到了较为理想的结合，使它成为一面逼现出弄臣式批评、红包式批评丑陋面目的镜子。"直谏"问世以后，本省的批评家和作家田涧菁、李国平、邢小利、李震、王晓新、耿翔、和谷、刘亚丽和外地的批评家和作家何西来、郭铁成、王彬彬、王旭峰等均对李建军的胆魄和见识予以很高评价。

然而，在另一些人看来，李建军的"直谏"并非学理式批评，而是一种"自炒"行为，目的在于制造声势以哗众取宠。第一个从动机上指责李建军的是作家苑湖，在《独立，在自负与自卑之外》一文中，他以反感的口吻对李氏热嘲冷讽，说李氏"在若干年前，还仅仅是一位年青教师——一个彻头彻尾的民族主义的鼓吹者"，其发言"想起来都让人感到冗长而乏味"，"而此时仅仅是多戴了一顶所谓博士帽的作者，却开口闭口以'狭隘的民族主义者'为符号，急于给自己贴上各种令人目眩的标签"。并认为李氏对《怀念狼》的批评，更是一种危言耸听的做法，它"使我们从另一个视角看到了这些自喻为青年学人的萎缩"。对本该作为对话焦点的李文的批评观点，苑湖在他文章中却不展开充分讨论。①

稍后，著名学者费秉勋教授先后在《三秦都市报》和《华商报》上撰文，以更激烈的方式"揭批"李建军的"直谏"动机。在《醉翁之意在哪里》和《是"直谏"还是自我炒作》②两篇从题目到内容都咄咄逼人的长文中，费教授通过对"直谏"的个案分析而总结出"自我炒作"者的五种"炒"术：一是专打名人，耸人听闻；二是不作分析，只下断语；三是把话说绝，不留后路；四是语言过激，时有谩骂；五是气度如虹，自封权威。结论是，这是一种"圣斗士逞英豪"式的批评，长此以往，"中国文坛和中国文学将变成怎样的情景是可想而知的"。③作为首个被批评者，作家贾平凹的反应是："这场议论，我反复斟酌，总觉得是一种非文学现象。"④这绵里藏针的闲评，不仅点到为止地伴奏了费教授对"直谏"拍案而起的"怒斥"，更收到了橡皮棍抽打一大片人的回击效果。既然不是个别文章而是"这场议论"都属于"非文学现象"，它的文学意义就自然被它自己消解殆尽了。

但是，在批评活动中费尽心力挖掘其他批评者为文动机的做法明显地违背了现代批评规则，所造成的结果便是于事无补，对人有害。前不久读王朔、老侠新著《美人赠我蒙汗药》，使我越发感到了这种做法的欠妥。王朔、老侠在文中说：余杰这类年轻人"工于心计"，"圆滑得如同历尽沧桑的商人或政客"，专"打"打了白打的人，却"媚态可掬"地讨好关乎自身利益的导师、老师。这是那本总体上不无新见的书中最不讲理、最恶俗的文字，它呼应了一种病态的社会心理：利害取舍永远优先于是非判断。在批评中以这样的思维定式"钻探"人心，不免要得出很多一厢情愿的结论。文学批评中的事实就是文学文本和评论者的观点，舍此而外，

---
① 苑湖：《独立，在自负与自卑之外》，载《华商报》2000年10月16日。
② 费秉勋：《醉翁之意在哪里》，载《三秦都市报》2000年11月5日；《是"直谏"还是自我炒作》，载《华商报》2000年11月12日。
③ 贾平凹：《我说几句话》，载《华商报》2000年11月18日。
④ 贾平凹：《我说几句话》，载《华商报》2000年11月18日。

岂有他哉？如果以猜谜射覆的心理度人之腹，批评中的正常对话根本无法在双方都可以接受的层面上进行。贾平凹反对批评中的"非文学现象"是对的，但把这顶帽子扣在李建军的文章和大多数紧随其后参与争鸣的文章上面，却完全混淆了视听。李建军的批评对象是《白鹿原》和《怀念狼》的文本以及批评界的说假话现象，由此引发出的绝大多数批评声音也都是题内之议，如果一言蔽之为"非文学现象"，就等于说《白鹿原》《怀念狼》不是文学作品，而在这场争鸣中被批评了的陕西文学评论也不是文学批评。费秉勋教授在文章中对李建军的"直谏"动机所作的考辨是下了功夫的，但分析思路上存在着明显的问题。一切自我"炒作"的动机，都不是为了走近真理，而是为了通过旁门左道升值自身以获取一己之私利。对李建军来说，用"直谏"这种得罪一大批"圈内人"的方式捞取名利，岂非缘木求鱼？而一切借助于媒体的"炒作"都不是一种纯个人化的行为，它的圆满完成，必有赖于精心谋划、见机而作、拉拢朋党、大造声势等等具体环节的运作，否则便可能成为无人喝彩的独角戏表演。如果认定李建军的犯颜"直谏"是一种自我"炒作"，岂不等于说它的背后还隐藏着某种心照不宣的阳谋或阴谋？如此推理，这场"直谏"争鸣就变成一桩糊涂公案了。因此费文的说法不仅是一种傲慢的偏见，也是一种武断的忖度，更是一种酷虐的杀伐。费文发表以后，陕西蓝田毛安曹先生很快予以回应，在文章中逐条反驳了费文对李文的动机猜测，虽展开不够，却有一定的说服力。①至于苑湖对李建军的人身攻击，因为过于情绪化，也就无人认真理会了。

　　从性质上说，在批评与反批评中对他人进行为文动机"考辨"是一种批评角色不清现象，它由批评者对角色权利的误用所导致。国内近年的批评活动中，这样的现象频频出现，并由此引发过很多无谓的"笔仗"，实在是对批评家们才情的浪费。倘若我们能平心静气地思考一下这个问

---

① 毛安曹：《不要诋毁李建军是"自炒"》，载《三秦都市报》2000年11月14日。

题，就不难发现在批评中纠缠它是多么地无谓：第一，动机无法作为事实依据而进入批评的对话领域之中，因为它只是批评者的内心活动，此间"忠奸"谁得知？也就是说，无论怎样的猜测都不具备可"实证"性。第二，批评动机与批评效果是两回事，前者的善恶和后者的好坏并不总是统一的，纵然批评者有不良的为文动机，其批评观点亦未必就不具有批评价值。所以我以为，李建军是否"自炒"是一个根本无须进入批评中的话题。

和为文动机"考辨"异曲而同工的另一种批评角色不清现象则是将批评的关注点从文学作品转移到作家的个人生活方式方面。这才是贾平凹所说的批评中的"非文学现象"。邢建海的长文《陕西文坛真诚几何》[①]的缺失正在于此。邢文呼唤真诚无可指责，对陕西作家和评论家的精神独立和雄气重振寄予厚望亦可谓爱之也深。但是在文章观点的展开过程中，邢建海不仅时犯动机"考辨"的错误，更为出人意料的是，文章中用了不少文字对一些陕西作家的个人生活方式横加指责，且不说邢文对作家们的"揭短"本身与事实有无出入，单就其为文方式而言，就已是一种"脱轨"的"批评"。这种"批评"与苑湖式的人身攻击"批评"并无二致，只不过掉转了攻击方向而已。表面上看，它似乎应和了李建军的"直谏"，实则南辕北辙，绝不可同日而语：李文批评的是文本和文品，邢文评说的却是作家和批评家的生活方式和人品质量；贯穿李文的是历史主义的批评立场和比较批评方法，支撑邢文的却是泛道德主义的批评观点。邢文良好的批评初衷毁于作者对批评权利的误用，不仅造成了对这场争鸣的另一种方式的自渎，而且授人以柄，招致多方非议。作家贾平凹正是在这种情势下不失时机地以《我说几句话》作出皮里阳秋式的反应，将"直谏"引发的正常争鸣一概笼统地曲解为"别的活动"。相比之下，作家陈忠实的表态有理有节："对于文学讨论，我们只

---

① 邢建海：《陕西文坛真诚几何》，载《今早报》2000年11月15日。

能在文学领域的范畴之内对作品、作者的创作思路、评论家的评论作出讨论和争鸣,这才是文学讨论的核心,但是,将文学评论引申到关注作家的隐私、钱袋和生活态度这一方面,那么这种文学讨论就没有了任何意义。"[1]

与"考辨"批评动机和横议作家个人生活方式这两种批评角色不清现象同时出现的还有另一个批评人格方面的问题:批评的逻辑力量的不足。虽然由于多种原因,一些陕西作家和评论家对这场争鸣保持了一反常态的沉默,使它的参与面受了一定的局限,但总的来说,多篇见仁见智的文章的陆续发表仍使它成为一次规模不小的"分曹部署,歌喉相斗"的批评盛观。受李建军"直谏"的凌厉文风的影响,争鸣中的大多数批评和反批评文章都能以意气风发的面貌见诸报端。遗憾的是,观点陈述中逻辑自持力有所欠缺的现象依然在一些文章中时有发生。作家孙见喜先生和学者周艳芬博士都认为李建军的文章在"批评尺度"上出了问题,用孙见喜的话说,李文犯了"用尺子买米"的错误,理由是陈忠实"走的是民间化路子",贾平凹是坚持"中国作风和中国气派"的作家,以西方文论为准星来衡量他们的作品"真正是牛头不对马嘴"。[2]征诸李文,这种说法显然没有什么道理。所谓文学批评中的"用尺子买米",只能是指那种用非文学的价值尺度衡量文学现象的做法。在这一方面,李文并无错失。批评从来都是参照性的评价活动和关怀行为,因为文学作品不能拿自己来说明自己。"民间化"也好,"中国作风和中国气派"也罢,都只能在参照和对比中确立,只不过参照物和对比物有距离远近的不同而已。李建军用他认可的优秀小说文本比照陈忠实的杰作《白鹿原》,以现代的人道主义观念衡量它的"人道情怀",拿一般的文学创新标准对照贾平凹近作的"精神视境""话语风格""叙事策略"和人物塑造等方面的得失,正可谓以彼

---

[1] 陈忠实:《脱离范畴的文学讨论是庸俗的》,载《今早报》2000年11月17日。
[2] 孙见喜:《人参杀人也有过吗》,载《华商报》2000年10月16日;周艳芬:《我们需要什么样的文学批评》,载《三秦都市报》2000年11月1日。

"声"求识此"声"、以彼"剑"比量此"剑",这和"用尺子买米"的说法是挂不上钩的。

费秉勋教授的文章中对李文观点的反驳同样存在着逻辑上有欠圆通的问题。费老师是老资格的评论家,也是贾平凹研究专家,迄今为止,在国内所有立体研究贾氏文学创作的专著中,还没有哪部能在分析的深度和广度上堪与他的《论贾平凹》相伯仲。在对《白鹿原》的批评方面,费老师也发表过见解颇为精辟的《谈白嘉轩》。但他这次推出的争鸣文章中的两处论述却实在难以使人"低首下心"(费文用语):一处是对李文关于《白鹿原》"缺乏博大人道情怀"的驳论。费文的立论依据是小说中朱先生的"狭隘"不等于是作家陈忠实的"狭隘"。这是对李文观点的误解。李文的意思是说鹿兆海割发和朱先生焚发反映了当时的中国人包括其中的优秀分子在对待生命价值方面有一定的狭隘民族主义心理,而作家对小说人物的行为持肯定态度,因此导致了作品倾向性上的失误,使它未能"为我们提供更博大的情感空间和更可取的人道立场"。这是完全符合《白鹿原》文本形态的事实判断。朱先生虽是白鹿原上的圣人、精神领袖,却也是儒家文化的守灵者,他有炽烈的爱国主义情感,却不可能具有现代的人道情怀,作家写他以焚烧"野兽的毛发"这种以恶报恶的方式祭奠民族英雄的举动不仅是可以的,而且,如果能从此揭示出儒家"华夷之辨"心理的某些历史局限的话,无疑具有深刻的意义。问题在于,就焚发这一情节而言,作者的精神指衡和情感立场并未与朱先生的心态拉开距离。《白鹿原》是一部现实主义小说,它的倾向性当然要"通过情节自然而然地显示出来",难道这部小说还为我们提供了超越朱先生狭隘民族主义心理的"情感空间"或生活情节吗?因此费文的反驳是缺乏说服力的。另一处是对李文批评贾平凹近年创作的几部长篇小说"不A不B"的反批评。费文认为,李文所指责的七个"不A不B"恰好是贾氏多部新作的优点:"说的正是色调上对立两极的和谐统一,这给他的小说带来某种温和与多向性的美感。"这真是匪夷所思的结论。我虽曾受业于费老师,却怎么也难以理解老师这段要言的妙谛。倘若说"不今不古""不阴不阳""不文不白"尚能反述为亦今亦古、载阴载阳和且文且白,因而勉强可算是玉成了"和谐统一"的"美感"的话,那么"不死不活""不人不鬼"究竟能给我们带来什么样的"美感"呢?假如费老师是在另一个理解平面上使用"不A不B"这一命题,则须对它予以界说,既非如此,我们就只能按约定俗成的含义理解它了。不死不活的生物必然是残废,不人不鬼的东西注定是怪物,如果认定它们也有"美感"的话,岂不是应和了鲁迅的一段妙语:"即使无名肿毒,倘若生在中国人身上,也便'红肿之处,艳若桃花;溃烂之时,美如乳酪'。"[1]我看"在逻辑上很难成立的"(费文用语),恰恰不是李文的批评而是费文的反批评。

就在这场争鸣正在像陈忠实所期望的那样日益"激活陕西文坛的学术气氛,在实事求是的基础上创造一个有利于陕西文学发展的良好的语境环境"时,突然拉上了大幕。无人谢幕,也无人喝彩。原因何在?不得而知,也无法深问。

这场争鸣发生于陕西,但它所逼现和牵拉出的诸多批评人格自渎现象却绝不为陕西批评界所独有。在各地此起彼伏的批评"风波"中,这种现象频频出现,使公众对批评界的尊敬度、信任度大打折扣。从王国维用全新的文艺观念批评《红楼梦》算起,中国的现代文学批评已经走过了一个世纪的风雨历程,积累了丰富的经验和教训。应该说,最近二十多年来,中国文学批评的生存大环境已经得到了极大的改善,它也确实取得了不少实绩。但我们必须看到,就批评人格的健全程度而言,世纪之交的批评家们从总体上说,还远远达不到以李长之、李健吾为代表的二十世纪三四十年代的自由批评家们的水平。如果我们能认真读一读李长之的《鲁迅批判》《诗人和战士:鲁迅之本质及其批判》和李健吾的《咀华集》《咀华

---

[1] 鲁迅:《热风·随感录第三十九》。

二集》（均署名刘西渭），再对照近年的诸多文学批评文章，就不难发现后者在批评人格上存在着多么严重的病症。这个问题得不到解决，中国当代文学批评的真正兴旺发达局面是不会到来的。

*原载《南方文坛》2001年第2期*

# "思理"与"诗情"的化合

## ——《夹缝中的历史》漫评

公元2000年仲夏，我读到了高建群兄的新散文集。这本书内容精彩，书名尤为精彩：《我在北方收割思想》。两年之后初春的一个上午，我在家中开始阅读朱鸿兄的文化随笔集《夹缝中的历史》。开卷半个小时，建群兄那个好听的书名就蓦然跳上心头。我直觉到，朱兄这部新作的思想收割量是不可以低估的。次日丑时，我所在的这座城市尚在沉睡，而我已一口气读完了全书，心绪翻腾不已。可以肯定，我的直觉不是错觉。

七八年前，我已从报刊上零星读过朱鸿一些散文，初步感知了他的作品与陕西多数散文家文字质地的不同。因我那时很少主动靠近文学圈，就与他缘悭一面。直到前年深冬，因为一个偶然的机会，才在茶馆里与他初逢。原以为他是刘成章、匡燮那一辈文人，见了面，方知道他和我是同辈。他长我几岁，却显得比我年轻。此后与他接触不过数次，但每次都能比较认真地交流看法。他说文论艺，少戏谑而偏庄重，使我感受到，这是一个笃学好思的文化人，随之也就敬畏了我们之间的谈话，不敢以"胡诌"对他。古人云：白发如新，倾盖如故。我们是前者。

纵观朱鸿近十年的散文创作，大抵经历了从重体验到重思考、从偏于尚情到偏于主理的演变过程。

朱鸿属于学者型作家，知识准备充足，文化视野开阔，散文写作自为于儒雅一途。这样颇有学养的散文家，陕西目前还不多。我曾在一篇文章中说，学养对学者来说固然十分重要，但对作家而言也并非无关紧要：在才气大致相当的情况下，学养的薄厚就往往成了其创作实绩高下的重要参数，至少关乎着作品文化品位的崇与卑和作家创作后劲的足与乏。才气与学养兼备，是朱鸿写散文的优势所在。到目前为止，他已出版多部散文集，且都得到好评。实际上，他的作品的影响力，已不局限于陕西，而早已赢得了更为阔大的接受空间了。新时期陕西散文家中，贾平凹当然是最优秀的，当代散文史已无法绕开不论。贾平凹后面，可以排出的陕西散文家方队也颇有规模。但散文作品入选了大中学语文教材的，只有四五位吧，而朱鸿便是其中之一。我刚刚主编完一部《大学语文》教材，在工作过程中深切体会到，酌选课文是一件艰难而审慎的事情。据我所知，全国教育界从事教材编写工作的学者，大多数还是很在乎名节和文化责任的。朱鸿的作品能够入选，至少是他散文创作实绩不俗的明证之一。

朱鸿以前写过不少以情致取胜的散文，但从总体上说，他早已是主理的散文家了。《夹缝中的历史》更属主理类文化随笔。他的阅见、思考、价值取向，都在本书中得到了较充分的显山露水。对思考型散文家来说，如何处理好"思理"与"诗情"的关系，是不能避绕的问题，因为"思理"所构筑的话语意义世界，更适于用学术专著承载。散文承载思想，只能以自己的方式进行。"理过其辞"，必"淡乎寡味"；诗情太甚，又难免虚飘。这本书的可圈可点处之一，正在于"思理"与"诗情"化合得不错。支撑这本书的思想情怀，乃是忧愤与悲悯——忧民族恶劣生态，愤千年专制传统；悲人性迭遭扭曲，悯生民命途多舛。我在阅读的过程中，常想到艾青的诗句："为什么我的眼里常含泪水，因为我对这土地爱得深沉。"的确，作者是用一个中国当代知识分子的良知、责任感去撞击历史的厚墙，以当代价值尺度，去衡量过去完成时态的人与事的是非曲直的。

在思辨、分析和批判中，不仅作者作为文化苦旅者的识力派上了用场，作者作为平民子弟的社会底层生活体验也派上了用场。文中的大量推论，都是揆情度理的结果，而诸多沉实的思考，又能以情境化的描述出之，这就尽量地尊重了散文的文体属性。

文化批判类散文（主要是随笔）的兴盛，是20世纪90年代以来大陆散文创作的一道风景。总的来说，实绩突出，问题也不少。问题的主要表现是，不少此类散文，激情有余而沉思不足，"畅快"话讲了很多，却也时时"气"太盛而言不尽宜，就不免招致讥议。另一类文化批判散文，虽能恪守传统的"清正""厚重"之路，却又往往质胜于文，阅读快感不足。这两种文病，在《夹缝中的历史》中是不存在的。此书品相庄正严肃，文字却很清新俊逸；既颇富书卷气，又绝不沉闷枯燥。

在本书中，朱鸿多次使用了心理拟态分析之法还原历史情境，大体上是成功的。例如关于孔子、荆轲、韩信、吴三桂的若干文字片段，都基本合情契境。但苛求点看，也还有不尽妥帖处。如第十八页说孔子"把对父亲及其生活背景的幻觉，提升为对过去的社会的幻觉"，我就不以为然。"他人有心，予忖度之"是可以的，但这忖度必须谨小慎微，否则就容易强加于人。孔子的失怙遭遇与他的气质、心态肯定有关系，但说孔子"向后看"的思维定式由此而致，却很难令人信服。比孔子更具这种倾向的是老子和庄子，但老、庄思维方式的成因，却很难进行同样角度的释解。这本书中，类似的瑕疵并不一见，我认为朱兄应该更慎重些才好。

朱鸿正当盛年，他的思想和散文创作尚属变量。大家的发言，尤其是李建军兄书面发言，给了这本书过多的溢美。我希望朱兄把这些好话打七折接受。建军是一个真诚、博学而热情的学者，但常常把话说得"满"了些。在我看来，朱鸿还是一个正在走向成熟的作家，谓其已到了"庾信文章老更成"的写作境界，未免言之太过。说"这部散文具有振颓起溺、开一代新风的意义，打破了陕西乃至全国散文创作的沉闷局面"云云，令人不禁想起了苏东坡赞美韩昌黎"文起八代之衰"的嘉言。赠送这样的好话给朱兄,李兄是过于慷慨了。不知朱兄以为然否?

2002年3月

# 方英文小说简论

当代陕西商洛籍作家中，方英文无疑是一员大将。商洛籍作家群崛起于"文革"之后的新时期，形成于20世纪80年代后期至90年代中期。如果按代际划分，屈超耘、张中山、贾平凹、孙见喜、陈正庆、田井制、高信等属于第一代，代表人物当属贾平凹。第二代作家方阵，主要由王宏民、王盛华、刘少鸿、方英文、何丹萌、陈彦、鱼在洋、慧玮、远洲等组成，方英文为其代表。就创作勤奋程度和作品数量而言，方英文不及贾平凹，但论艺术创作个性的鲜明程度，方英文并不比贾平凹逊色。

## 一、方英文的创作道路

方英文出生于陕西镇安县西口镇，祖籍湖北。镇安地处秦岭腹地，在商洛诸县中位置最南，山大沟深，环境闭塞，交通不便，居民构成复杂。唐代诗人贾岛曾以绝句描述旅行镇安（唐时称安业）的感受："一山未了一山迎，百里都无半里平。宜是老禅遥指处，只堪图画不堪行。"（《题安业县》）清代中叶以后，陆续有长江中下游地区和珠江流域的大量民众迁徙至镇安、山阳、柞水一带。方英文的祖上，便自湖北西迁于西口生息。西口位于镇安东部山区，距县城八十余公里，风景优美但条件艰苦。

方英文出生于1958年，小学未读完即赶上"文革"，学校教学秩序极不正常，因而方英文接受的早期基础教育，显然不够系统和扎实，但其聪慧好学尤其对写作的擅长，在中小学时期即时有显露。1974年高中毕业后，方英文回乡务农三年，后又当过两年代理教师。五年期间，方英文过着简单艰苦的"回乡知青"生活，同时开始了文学阅读和创作练习。

1979年7月，方英文以镇安县高考文科第一名的成绩被西北大学录取，同年9月入该校中文系学习。方英文真正意义上的文学创作，即始于就读西大期间。1983年7月，方英文大学本科毕业后，被分配回商洛地区文化系统，供职于地区文化馆，主要从事群众文艺创作的组织、辅导工作。1983年秋天以后，方英文在商州小城（前为商县县城，今为商洛市商州区）生活、工作了十年。商州是商洛的行政、经济和文化中心，商洛文化人多半聚居于此。20世纪80年代至90年代初，商洛地区文学艺术创作的"气候"和"环境"相对良好，文化人的精神激情普遍高涨，在相互鼓励、相互切磋中，作家们的创作潜力不断得以激活和释放。多年之后，作家何丹萌还在一篇文章中生动描述过那时商州城里的作家们"一锅糊汤，一盆炭火，一间斗室，一夫笔耕，互相鼓气，你追我赶"的场景。商州距镇安一百五十多公里，方英文落脚此地，仍属客居异乡，但很快适应了新的环境，使个人生活、工作与这座城市的文化氛围相融合。方英文作为作家的人生历程，正是从定居商州开始的。商州十年，方英文已创作了近二百万字的作品，主要体裁为中短篇小说，一大批作品的陆续问世，使读者对其叙事智慧和遣词驭句能力有了十分鲜明的印象，评论界也开始对其的创作予以关注。

1993年初，方英文只身来到西安"打工"。初到西安，被一家杂志社聘为副主编。供职杂志社的一年里，起居条件欠佳，但笔耕热情却为多年创作经历中所少见。一年之内发表了各类长、短文章近一百篇。1994年，陕西日报社创办《三秦都市报》，方英文受聘担任文艺部副主任，一年后正式调入报社。1996年，全家由商洛迁入西安。在商洛文化艺术界为他举行的欢送宴会上，方英文风趣地说："倘若连毛带皮地算，我在商州城里生活了十三个年头，伟人毛泽东也在延安生活了整整十三年，可以说商州就是我的延安时期。"这一番笑谈背后显然包含了两重意思：一是他的初步文学成就是在定居商州期间取得的，商州对他的创作曾具有"根据地"意义；二是离别商州重入省城，对他来说又不无"进京赶考"意味，自当有更大作为。此后十年间，方英文一直在陕西日报社工作。2000年4月底，方英文请求报社免去其《三秦都市报》总编助理职务，并希望到资料室做一名普通资料员。这一请求，显然既是出于腾出更多时间和精力从事文学创作的考虑，也与方英文的个人生活趣味越来越趋于"名士"化、其比较自由散漫的生活习惯和报社一线管理工作要求不甚合拍相关。根据部门工作需要和方英文的个人意愿，报社领导改派他担任《报刊荟萃》杂志主编。此刊物发行量比较稳定，日常工作不算特别紧张，对方英文来说，显然是报社环境下一个比较合适的岗位选择。

20世纪90年代以后，尤其是重回西安工作的十年间，方英文文学创作的一个重要变化是兴趣由以小说为主转移到了以散文为主。方英文说："1990年之前，我主要写小说，基本不写散文。后来读了一位散文家的文章，说写散文要有真学问真才情，不像写小说那样只要能胡编故事就成。这种说法强烈地刺激了我。事实上，这种说法本身就非常没学问，因为五四新文化运动以后，中国最好的散文无一例外不是小说家写出来的，国外的例子也很多。在我看来，一个真正意义上的作家，是什么体裁都可以写的，只是存在着单项杰出的问题。"谓中国现当代最好的散文"无一例外"不是小说家所为，难免有失偏颇，却又从一个方面显示了方英文对自己散文写作能力的自信。20世纪90年代的十年，是方英文散文创作的丰产期，以致在长篇小说《落红》问世之前的较长时段里，不少读者在对方氏作为散文家的印象日趋强烈的同时，多少淡化了对其小说家的身份认可。方英文的散文涉笔成趣，自成一格，引人入胜，拥有广泛的读者。2004年，台湾高雄市中学生毕业会考，考题中用了方英文的散文《写情书的故事》。在当下的陕西散文作家中，方英文是被评论界经常"点击"的一位，多数评论家都对其散文的可读可赏性称誉有加。

和"商州时期"相比，"西安时期"的方英文虽在小说创作方面用力较少，却仍不时推出佳作。与此同时他的一些小说"旧作"的艺术价值，也不时被有识者所重。1999年，方英文的一篇数百字的对话体小说《绝望》被南开大学用作了文学理论方向研究生的入学考题材料。2004年，方英文的另一篇小小说《太阳语》入选了陕西省的初中生毕业会考试题。这篇作品创作于方英文商州工作期间，首刊于《商洛报》，不久先后被《小小说选刊》和《散文选刊》转载，后又被收入过不少选本。

2002年初，方英文的第一部长篇小说由大陆的长江文艺出版社和台湾的金安出版社分别以《落红》和《冬离骚》为书名同时出版发行，很快在文坛和读者中引起了较大反响。中国作家协会副主席陈忠实认为，《落红》足以"以其陌生新鲜的面孔立于当代文学画廊"。评论家曾镇南、李星、李建军、邢小利、杨乐生、狄马等都撰文指出这部小说是时下不可多得的一部长篇佳作。

和贾平凹一样，方英文也被人们称作"才子作家"。生活中的方英文亲切随和，思维敏捷，谈吐风趣，人缘颇好。方英文作品给读者留下的第一印象是"庄谐杂出，翠素并陈"的奇思妙句层出不穷，陈忠实称之为"方英文式的语言"。这显然是方英文作为"才子"的突出标志。除小说、散文外，方英文的书法、旧体诗和联语也颇可一观。方英文只在早年有过短暂的临帖经历，总体来说并未接受过正规、扎实的书法训练，但由于悟性好，善琢磨，其书艺在近十年间不断提高，具有了一定的欣赏价值。方英文的行楷心腕交应，从容洒脱，端庄中透出秀逸之趣，内容则多为自作诗、赋、联。方英文说："我的字不行，不是书法家，但我不写唐诗宋词，我只写我自己的语句。"方英文的联语和旧体词在平仄、用韵上并不完全合乎规范，但意象新颖、情趣盎然且不失古典风致，受到人们的普遍赏爱。

从镇安小县里的一名山村知识青年成长为一位个性鲜明、成就突出、"人气"甚旺的著名作家，方英文的人生道路并不平坦，但与很多作家、艺术家相比，又并非坎坷多艰。这是因为，成年以后的方英文毕竟生活在一个相对比较太平、整体上气象上升的年代，生活和艺术创作的自由空间对他来说始终是不断扩大着的。

方英文文学成就的获致和个人精神气质的形成，既得于禀赋的既成，也与人生经历中的一些"变数"的影响不无关系：

——家庭背景的影响。方英文的祖父是一位医术精湛、在镇安当地德高望重的中医，父亲是一位以教书为业的小知识分子。方家居于乡村，却素有读书传统。在陕南山区，这样的家庭具有一定的"书香门第"色彩，其子女在心理上往往有一定的优越感和疏远土地的心理倾向。方英文三岁时，父母因性格不合等原因离异，父亲另立家庭，母亲却未改嫁，终生笃信佛教，独撑门户抚养方氏兄弟成人。家庭这一变故，给方英文心灵上留下了抹不去的阴影。年幼时方英文既对父亲心存怨恨，又渴望得到父爱。事实上，方英文父母的分手并不是一个简单的"痴情女子负心郎"的故事。方英文母亲善良而坚毅，父亲为人也不失"读书人"良知。父亲在假期曾接儿子去学校小住，后来又请托关系让儿子做代理教师，都是为了弥补舐犊之情。因而，作为离异家庭子女，方英文心理的失衡并不至于严重，而其性格中内敛、细腻、敏感的一面，又确实与成长中接受母爱多于接受父爱有关。

——大学环境的影响。方英文于1979年考入西北大学中文系修业四年，接受过完整、正规的汉语言文学方面的专业训练。西北大学中文系历史悠久，学风严谨而不失自由宽松，既是培养学者之所，又素有"西北作家摇篮"之称，著名剧作家张子良、诗人雷抒雁、小说家贾平凹、散文家和谷等都毕业于该系。方英文上学期间，贾平凹佳作迭出，声誉鹊起。由于出身、成长背景近似，由商洛考入西北大学中文系的学生都不同程度地存在着"唯贾首是瞻"的心理倾向，相对疏远学术钻研而耽好文学创作。与1977、1978级以及后来的1980、1981级相比，方英文所在的中文系1979级是文学热情最高的一个群体，四年期间，全班一直保持着你追我赶的写作风气。曾为该班级讲授写作课的冯有源教授回忆，在他的教学生涯中，很少遇到过像中文系1979级那样形成了竞争性文学创作局面的班级。冯有源也是较早发现方英文创作天赋并予以热情鼓励的师长。总的来说，就读西大中文系的经历对方英文的影响是：一方面他接受了比较规范、系统的汉语言文学专业教育，获得了作为人文知识分子的基本知识储备和精神视境，从而使其文学创作由自在阶段进入自为阶段。另一方面，由于在大学时期已开始确立文学创作为平生"志业"，因而其知识汲取主要围绕着创作能力提高的需要，避免了大学环境下课业教育偏重学术研究能力的培养而对其感性、灵气、形象思维特长的某些框缚和减损。

文化价值接受的影响。作为作家的方英文的文化价值接受主要包括三个方面：山野文化价值观、市井文化价值观和古典文化价值观，总的取向是既排斥三种文化价值观中的"正统"成分又排斥其中的"野性"因素，而竭力吸纳其中平民化的一面。学者赵良指出："他不致力于提出新思想、新观念，他是世俗价值观的奴隶。但他有自知之明，几乎不发定论。所谓定论是指作者认定的、带有普遍性的绝对真理。他只发感想——爱听不听！这样，他的议论就变得飘忽起来，也正因为如此，这些议论反而变得有意味了。所以有人说，方英文正经八百给你讲道理的时候，真正的方英文就消失了。方英文的价值在于'胡说'。在这里，'胡说'的意思是通过说的方式和所列举的事例以及说时所展开的极富实感、触及中国人世俗经验的逻辑，调动你的经验从中体会、体验他的话所具有的相对真理。"作家狄马也指出，方英文写作时，总是"尽可能多地以市民的日常经验取代艺术经验，以世俗趣味反抗坐堂趣味，以尽可能低的平民视角取代居高临下、救世济民的传统文人视角"。这都是中肯之论。事实上生活中的方英文尤其如此，几乎无人见过方英文正襟危坐、严肃认真地谈论文艺、哲学或政治，更多的时候，其言谈举止十分接近东方朔式的"俳谐"。这种做派在陕西作家中几乎绝无仅有。

## 二、方英文小说创作概评

　　方英文的文学创作，主要涉及小说和散文两个领域。比较而言，在后一领域，其成就更受人们关注。评论家邢小利指出："他既写小说，又写散文。山中日月长，似更宜写长一些的小说，他的小说就多写于居山时；城市生活节奏快，似更宜于写作短一些的散文和随笔，他的散文、随笔就更多写于城中。可读性是方英文作品——无论小说还是散文、随笔的一大特点。他的小说注重小说本身的魅力，即注重故事性和人物性格的描写，叙述语言自然、流畅。写世俗生活，却有文人化的特点，有古典美的韵味，特别是富于幽默感，颇为引人。他的散文、随笔，幽默、智慧，什么时候都可以读，什么地点都可以读，无须闭门谢客，无须正襟危坐，拿起就能读，读起来轻松而怡人。方英文注重作品的可读性，与其说是他在这个消费化时代，在坚持个人化（个性）写作的同时，考虑到了大众的阅读习惯与欣赏趣味，毋宁说这更是他的一种文学观念。"这一评价十分贴近方英文的实际创作情形。方英文认为，一切发表或出版的作品都是为了给读者看的，所以聪明的作家必须有让自己作品"好看"的意识自觉和能力自致。事实上，努力追求"吸引人"和"出个性"两方面的"双赢"，是方英文小说和散文的基本共同点。同是商洛籍的才子型作家，贾平凹宣称"我要改造我的读者"，因而其20世纪90年代中期以后的创作，尤其是小说创作便显示出愈来愈轻视可读性的倾向。方英文却认为，作品不"好看"，不"抓人"，就没有作者与读者之间的精神互动可言，作品的问世也就失去了最基本的意义。这种"重可读"意识引领下的作品，自然容易具有对读者的亲和力。但"好看"和"抓人"不等于媚俗和丧失作家的审美主动性。正如邢小利指出的，方英文对世俗生活的描述，始终具有"文人化"的特点。所谓"文人化"，显然不是指技术手段而是精神立场而言，它关乎着创作主体的价值取向和审美品位。方英文作品的价值取向是平民的、常态的、温馨的，其审美品位却又是优雅的、从容的和智性的。两者的结合，构成了其作品的主导品相。

方英文的第一篇小说发表于1983年的《长安》文学月刊，题为《解脱》。小说写两个男人和一个女人之间的故事：乡间邮递员赵大哈收到一封挂号信，寄信者是一个已经上了大学的男孩。男孩幼时失足落水，被"表姐"香妮救起。香妮的生日是7月7日，为了在这天送上一份礼物对香妮表谢，男孩偷了赵大哈两元钱。长大后，这件事成了男孩的一块心病。上大学后，男孩因发表小作品而获得两元钱的稿费，遂决定寄给赵大哈。这两元钱是诚实劳动所得，还给被偷者，偷者的心情便"解脱了"。男孩并不知晓的是，其"表姐"香妮本是赵大哈的初恋。由于家境方面的原因，香妮最终无奈地远嫁了异乡。不久前，香妮也曾寄给赵大哈一封挂号信，内中只装了一块手绢，可见她的心情并没有"解脱"。这篇作品选材俗常而别致，故事简单却抓人，总体上具有轻喜剧感，却又不无伤感色彩。小说通过三个小人物的故事告诉读者：人生难免阴差阳错，但生活总得继续下去；无助与有助、主动与被动的双重变奏，乃世俗民生的原色。这是作者人生感受的一种传达，也是小说的基本主题。在后来的小说和散文中，方英文反复表现过这种意绪。这篇处女作的叙述语言已经比较圆熟，没有多数当代小说作者初期作品难免的稚嫩感。这说明方英文小说的发表起点比较高。方英文以后发表和出版的小说作品的许多手法上的和语言上的特点，也已在此作中初显端倪。

方英文20世纪80年代至90年代的代表性中、短篇小说主要收入太白文艺出版社出版的《方英文小说精选》（以下简称《精选》）中，该书初版于1995年3月，系"中国当代实力派作家大系"丛书之一，全书近三十四万字，入选作品三十篇，以短篇为主。收入《精选》中的作品，大多曾发表于各地文学期刊。

《精选》中的三十篇小说，并非篇篇精品，但总的来说，水平比较整齐，风貌比较统一。以题材划分，大致涉及四个方面：一是山区农民生活的状写;二是小城邑居民生活的描摹;三是大学生活的再现;四是"历史传奇"的讲说。评论家田长山指出:"收在这本集子的小说,其写作的范围是他生活过的山区和大学,故事人物是以他的生活阅历为基础的平民百姓和莘莘学子的最日常、最一般的生活。可以看出,作者自己选取的角度,首先是有意味,即有情趣有意义,所以作家笔下有浓重的世俗意味、人间情怀,大多是小人物身上的或优美或高尚或智慧或猥琐或卑劣的品行。同时作家在其叙述的过程中,一以贯之的是幽默与讽刺的语态,所以情调诙谐而活泼,有洋溢着的生活气氛与生命张力。"这一评述,大体比较准确地概括了《精选》所收作品的类特征。概而言之,这些作品的题材、内容大多是俗常性的,但由于作者选取的叙述角度比较别致,所传达的文学意义亦往往富于趣性与智性,故能使读者在看似轻松的阅读中,感受到作者人生情怀的宽厚和审美情趣的儒雅。

以比较苛刻的文学标准衡量,收入《精选》的作品中,以《毛主席来到咱农庄》《银铃子》《炊烟》和《赤芍》四篇最为出色。或许可以说,在长篇小说《落红》问世以前,这四篇作品标志了方英文小说所达到的艺术高度。

《毛主席来到咱农庄》是一篇文字优美、气韵饱满、含义隽永、耐人寻味的佳作。在当代中国老百姓心目中,"毛主席"不仅是一个无法抹去的历史记忆符号,同时也构成了一种持久地牵动着现实情感的精神背景。在这样的记忆符号和精神背景中,几乎交织、渗透着几代中国人的复杂心理。《毛主席来到咱农庄》本是20世纪50年代后期广为传唱的一首歌曲,歌中以朴素的语言和优美的旋律描述领袖视察农村、深入田间地头了解群众生产、生活的情景。从"激情燃烧的岁月"走过来的中国人,大多仍对这首歌曲记忆犹新。作者直接以歌名作小说题目,给读者以"熟悉的陌生化"印象,本身就体现出了一种文学智慧。小说写山中"村官"柯村长夏日歇晌时梦见毛主席头疼,醒后想起家藏的主席石膏像被遗忘在老屋阁楼上,遂上楼查看,发现塑像的耳孔中藏着一个小马蜂窝。柯村长如今的日子虽已好过，石膏像久被遗忘，但心底仍深埋着对领袖的神灵般的崇敬。出于这种心理，柯村长将毛主席石膏像中的马蜂窝去掉，再将他虔诚地供奉于新堂屋中。是夜，毛主席又一次分别托梦给柯村长和柯妻，一感谢老柯给他治好了头疼，二肯定柯妻有见识并支持她主张儿子补习考大学的想法。这一年，柯村长的儿子果然考上了大学，柯家认为这是毛主席"显灵"的结果。但毛主席再一次托梦给柯村长的儿子，告诉他：世上没有神仙皇帝，不要把石膏像放在香火台上供奉而最好将它"碾烂点豆腐"。

这篇小说显然具有很丰厚的精神文化内蕴。在对一个关于"梦"的不无荒诞性的故事叙述中，不仅浓缩了当代中国社会现实的沧桑变化，更浓缩了当代中国底层民众鲜活生动的世俗心理情感。一方面通过写毛主席给柯家人的四次"托梦"，揭示了人民领袖与人民的关系在岁月流转中的"不变"与"变"——不变的是领袖对人民的关怀和人民对领袖的热爱，变的是人民对领袖的感知在依然的神圣、崇高之中注入了愈来愈多的亲切味和平常性。另一方面又通过细致的人物心理刻画和乡村生活场景描写，极形象又极有分寸地揭示了中国乡村老百姓精神世界既丰富又贫乏、既敦厚又鄙俗的特征。小说写到毛主席问柯村长平生所冀："柯村长稍作思量，觉得自己平生只有三个愿望：一是当上乡长；二是有张五万元的存折；三是弄个小老婆。但他终究不敢明言。"几乎所有的读者阅文至此，都会发出会心一笑。"当乡长""有存款""讨小老婆"分别体现了"求贵"（地位)、"求富"（物质）、"求色"（女人）三种最具世俗性的价值取向，它们与人民领袖期望、引导广大人民树立的人生理想相去甚远，但确实又是平头百姓柯村长们的追求。对柯村长们的"愿望"，作者显然既给予了宽容的理解，又给予了善意的微讽。这是一种非常有分寸的讲授立场把握。由于有了这样的把握，整篇作品就显出了一种圆润、通达、畅朗的美学品貌。

《银铃子》属于童年记事类小说，叙写小顽孩"我"和山村姑娘银铃子的故事:"我"九岁那年,母亲去县上开会,把"我"托付给公社大院的炊事员银铃子照料。银铃子对"我"疼爱有加,在相处的日子里,两个孩子在纯真的嬉闹中享受了大人在动乱、贫困的年代里享受不到的快乐。然而银铃子是不幸的:父亲死了,妹妹也死了,自己最终嫁到一个很远的地方去。

温馨和伤感的交织变奏构成了这篇小说的基调。作品的立意在于揭示人生美好感觉的易逝和人的命运的无常。银铃子栩栩如生,令人过目难忘。作品通过写银铃子剪辫子买回香皂和小圆镜、给"我"剪小脚指甲、同"我"讨论"月亮"和"结婚"、送"我"小块锅盔等情节,活画出一个单纯、善良、开朗、活泼、乐观和爱美的乡野村姑的形象。银铃子的不幸,与其美好形象形成了强烈的反差,使人叹惋不已。

《炊烟》是一篇极富散文美的短篇。小说写一个叫石根的二十八岁青年农民新婚次日的劳作过程和心理波澜。石根是一个孤儿,好不容易娶回的新娘是一个死刑犯的老婆,且已生有一子暂留娘家。石根在山上一边挖地,一边眺望自家屋舍,看着炊烟袅袅升起,又等待着炊烟缓缓消失——那是晌午饭熟了的标志。等到石根眼见炊烟消失而回到家中时,新娘子做好了饭菜,自己却被炊务累得睡着了。

这篇小说的特点是虽有情节,却几乎没有冲突,而在几乎没有冲突的故事、场面叙写中,不仅塑造出了一个山村青年农民的朴实形象,而且极细致、极准确地刻画出了普通劳动者对土地、家庭、女人最实在、最真切的感觉。小说最后写石根收工、饥肠辘辘回到家中之后的情形:

一进门,他傻了眼了。堂屋的大方桌上,摆满了色彩绚烂的菜肴,香气缭绕,熏得皇帝都要流口水。而最好吃的,让他天天吃、一辈子也吃不完的菜,却是自家的女人——

女人伏在桌上,两手各捏一只精巧的陶瓷小酒盅。她眼皮乌青,睫毛和嘴巴相映成一种让人忍不住伸手去摸的微笑。

由于过度疲劳,她睡着了。

石根一下子饱了，饱得快要流出眼泪了。他坐在女人身边，静静地观赏着，像观赏记忆中的母亲。他没有惊动女人，而是想着等她醒来，要给她说一句什么话，思来想去，终于想好了一句：哎，明天去把儿子，咱们的儿子接回来吧！

　　左邻右舍的炊烟又升起来了，那已经是做晚饭的炊烟了。

即使把目光扩散到中国现当代文学史范围内，与最优秀的乡村题材小说中的精彩情节、场面相比，《炊烟》中这段描写也毫不逊色。没有对农村生活、农民处境和心理的细微体察和深度感受，无论具备多么高超的文字表达能力，也难以写出如此富于质感的农家情境。

《赤芍》是一篇构思别致、诗意充盈，颇有茹志鹃《百合花》般的美学品格的历史题材小说。作品写革命战士吴晓山和革命文艺工作者苏红娥的故事。吴晓山十五岁参加革命，被安排到苏红娥担任团长的战地文工团做杂事。苏红娥是个"漂亮得没法说"的女领导。一次战斗胜利后，团长安排团员们下河洗澡。吴晓山从河里回住地，"掀起帘子，一下子傻眼了：苏红娥在一丝不挂地洗澡。"吴晓山吓坏了，躲进苞谷地里不敢露面。但苏红娥却并不介意，主动找吴晓山回来且对他关怀有加。新中国成立后，苏红娥成了大明星，仍不时过问在地方基层工作的吴晓山的生活和工作。又经过了四十三年的疏隔，吴晓山在报纸上看到了苏红娥生病住院的消息，遂去医院探望年过七旬的苏大姐。故事的结尾是：在病房里，吴晓山向苏红娥提出了一个困惑了他四十多年的问题："苏大姐，你当年洗澡时为什么不关门呢？"作者接着写道：

　　当时呀，老人深情地回想道，全国就要解放了，我的心情非常激动。我看见院子里，有一丛芍药花正开得艳红艳红，就像我当时的心情一样。所以我不忍心关门，我要一边洗澡一边隔着竹门帘看花。那花实在好看，我以后再也没有见过那么好看的花了。

这个结尾和《炊烟》收篇一样，是整个故事的点睛之笔，读来令人心动眼湿。苏红娥洗澡赏花的情境，在作者笔下不仅毫无俗艳色彩，相反,被升华为关于革命者情怀、品格的一种象征。从这里可以看到,真正的革命者的心灵不是粗糙、简单、质木无文的,他们不仅有着坚强的意志和伟大的追求,也有着细腻的情思和幽雅的心境。作者并没有经历过革命战争,却能隔着时空聆听到那一代革命者的心音,刻画出他们的美好形象。这不仅需要想象力的支撑,也需要具备一种对历史情境的透彻读解能力。由于叙事角度十分独特,整篇作品便具有了纯净却绚丽、优美而崇高的格调。

《方英文小说精选》可以说是方英文小说的第一个阶段性小结。综观方英文第一阶段(1983—1993)的小说创作,大约可以简要概括出以下几个特点:

第一,注重小题材选取,关注小人物命运。收入《精选》中的三十篇小说,几乎都未涉及重大题材或大人物。作者关注的是底层俗常生活的"外色"和"内质",刻画的人物,多为普通干部、农民、市民和大学生。

第二,善于开掘人物心灵世界的细微变化,长于揭示人物性格的多重性,作者笔下几乎没有一个扁平人物,同时又几乎都不具备传奇色彩。像《好人老沙》那样既写出人物的卑琐、庸常的一面,又写出其温厚、善良一面的作品,如《一夜风不流》中惟妙惟肖地刻画出"我"和梅影爱情心理活动的篇什,在《精选》中数量不少。

第三,十分讲究小说布局,努力追求结构精巧。《精选》中的大部分作品都出自精心的构思,起承转合十分自如,叙述、描写疏密有度,有时显示出契诃夫式的浑然,有时又接近欧·亨利式的妙巧。

第四,叙事口气略显俏皮,话语风格偏于幽默。方英文是一个幽默感很强的作家,宽厚的人文情怀和谐谑的话语表达方式的结合,使其小说兼具富于同情感的"德性美"和致笑感的"趣性美"。但总的来说,在这一时期的中短篇小说中,作者的幽默才能,还没有得到充分、淋漓的释放。

1994年至2000年的七年间,方英文的小说创作量较此前明显偏低,其更大的为文兴趣，似乎转移到了散文方面。1998年在《佛山文艺》上连载的系列小说《绝代》及散见于国内诸报刊的一些小说，虽仍保持了较足的可读性，但总体上说，思想、艺术水准较《精选》提升不大。相对而言，这是方英文小说创作的休整期。休整期过后，作者开始了小说创作的又一轮高度冲刺——这便是《落红》的诞生。

《落红》出版于2002年，是方英文的第一部长篇小说。作品杀青之后，先在《华商报》连载，后分别以《落红》和《冬离骚》书名在大陆和台湾出版，各方面好评如潮。论家普遍认为，在国内近年都市生活题材、知识分子生活题材小说领域，《落红》是一部别具风神、不可多得的佳作。

关于《落红》原名《冬离骚》，方英文的解释是："是借用。《冬离骚》的主人公唐子羽和屈原一样，都丢了官。不一样处有两点：屈原官大，唐子羽官小；屈原丢官就自杀了，唐子羽丢官了却当成儿戏。唐子羽是屈原的'劣质子孙'。我判断，以后再不可能有屈原那种'死爱国'的人了。"（《答中国西部文化网记者问》）关于《冬离骚》正式出版时更名为《落红》，方英文解释道："是出版社给我的建议。他们说《冬离骚》太雅，读者不一定接受和理解。至于改名作《落红》，一是从表层意义讲书里主人公的一条带在身边三十多年的红纱巾到最后弄丢了，二是从深层意义上讲代表着青春年少的失去、理想的失去以及某种贫穷但却富有的诗意的生活的失去。"（《答〈今早报〉记者问》）

《落红》是一部具有充分的现实主义品格、极强可读性和诱人语言魅力的长篇小说。《落红》笔致洒落，处处涉句成趣，引人入胜。作者的语言天分、幽默情怀、叙述策略和修辞本领等，在这部长篇中得到了既相当充分又十分自然的展现，从而给作品增添了智性和灵气。作者此前的散文创作和中、短篇小说创作，在文学经验上对这部长篇的写作不无准备、铺垫之效，但就才华和功力的彰显而言，《落红》的集中度、耀眼感，较诸作者以往的作品，更为突出。

《落红》之于笔者，有着强烈的阅读代入感，故笔者曾有阅读随笔如下：

> 辛巳年春，英文兄以新著《落红》手稿见示，读未竟，已觉芒刺在背，悲痛弥膺，太息者三，急呼内子曰："方君尝与余同门先后受业，其滑稽多智，昔年已屡见称师友，然为文每好谐谑，颇类东方曼倩之风；奇思妙句，固已甚夥，沉哀深悲，似嫌不足。而是书命意笔法，大异前趣；感喟议论，尤移人情。吾将往贺矣。"内子曰："我不悉人物情节，未知别趣何在？"余曰："叹浮生身不由己，哀中年知是行非；染黄染苍，皆非所愿；扬波溷泥，徒唤奈何。虽非宏章巨构，实乃尤命之作。视一世之男女，率多命途如此，而我与君亦书中人矣。"内子默然，索稿静读，一夕无眠，翌日掷书余前，嗔而戏曰："君诚子羽友也，我岂嘉贤辈哉？"乃相视大谐笑。昨夜中酒，噩梦连环；今晨推窗，南山隐约，复忆书中诸人物遭际心境，感慨不止，遂援笔命意，以新韵七律《读〈落红〉有感》寄呈著家："红墙白塔渐尘灰，思发春前事每违。寻木效猿翻恶趣，亡羊歧路费沉推。难圆新梦三更好，未卜余年半世非。笑我生涯亦如此，知南走北总堪悲。"

《落红》通过叙述主人公唐子羽的家庭生活、官场经历、爱情遭遇和社会交往，揭示了发生在一个中国当代官僚知识分子身上的自由、健康人格与庸俗、病态人格之间的冲突与调适。同时，作品围绕唐子羽的行止，描摹了当下诸多世态图相。作品以喜言悲，机锋闪露，显示了作者清醒的批判意识和对理想社会状态、人生状态的呼唤。色调的喜剧感和质地的悲剧感，既构成了这部小说笔致上的一种反差，又构成了意味上的一种协调。而这样的反差和协调，连通着作者的人文情怀。

唐子羽是一个具有相当典型性的文学形象。"暧昧的疏离"是这一人物之于由职场、家庭、朋友圈构成的生存环境的基本态度。清醒与糊涂、抗俗与趋俗、向往独立与随波逐流、厌恶现实与依附现实等等，在这一人物身上始终相伴生和相纠缠，成为一种无奈、不甘、窝囊、伤感的人生状态。因此，这一文学形象是立体的、复杂的和极有深度的。

与唐子羽相关的人物嘉贤、朱大音以及梅雨妃，也都刻画得十分生动。小说的人物谱系比较简单，但由此扭结的社会关系和呈现的社会生活内容却十分丰富。

2003年10月

选自《当代商洛作家群论》，三秦出版社，2005年

# 妙手论艺道，胜义惠人多

## ——评《中国文学欣赏举隅》

西北大学中文系的学术声望是和傅庚生先生大名联系在一起的。一个世纪间，笔耕舌耘于此的博学鸿儒，至少有二三十位，傅先生便是这些先贤的代表之一。

傅庚生先生（1910—1984）生于辽宁沈阳，1934年毕业于北京大学，执教多所高校后，于1948年来西北大学担任中文系教授，教书育人直至谢世。傅先生才学兼美，一生著述甚丰，先后出版学术著作近十部，并发表了大量论文和文史随笔，是中国20世纪杜甫研究领域和文学鉴赏学领域的代表性学者之一。

《中国文学欣赏举隅》（以下简称《举隅》）是傅先生执教东北大学时期的学术代表作，初版于1943年，终篇处标明"脱稿于蜀中三台忍斋"。"三台"乃东北大学抗战时期的寓教之地，"忍斋"显系先生当时自起的书斋名，寓"坚忍治学以报效国家"之意。身为教授，艰难岁月在大后方治学的不易，今人可以想见其概而无法感同身受其详。斯著甫问世，即受到学术界和广大文学爱好者的推重，新中国成立前曾九次再版，在海内外拥有大量的读者。

由于各种原因，1950年以后的三十余年间，此书未能再版，直至1983年底，才由陕西人民出版社重印推出了简体横排本的《举隅》，装帧简约而精致。其时傅先生已卧疴经年，不久之后便驾鹤仙游了。我当年购买的，正是这个版本。2003年3月，北京出版社将此书列入"大家小书"再版，印制规格为小32开窄本，颇适携带。问世以来，销量甚大。

文史学者学术着力点或面的确定或转移，常常既由其师承和个人禀赋所引领，又与其学术价值取向及文化责任心不无关系。前一方面主要关乎个人趣味，后一方面则涉及了或多或少的公共忧虑。公共忧虑并不一定是政治家、思想家的专利，学者治学，也往往连带着端正人心之偏，良化世风、学风的追求。我以为傅先生著为《举隅》，就既是出于个人兴趣，又源自欲以此书矫学术风尚之枉的用心。在《书旨与序目》中，作者明确表示了对一种积习的不满："自有清一代迄于今，世尚朴学。探讨文学者，亦几乎以考据为本，若就文以论文，辄必震骇群目，甚至腾笑众口；本末之所在，久其蒙然，买椟而还珠者，宜不少矣。"正如陆侃如先生序言所评："这见解是正确的。"所谓"买椟还珠"，是说受染世风，很多人对文学作品的读解，重心全然偏向了对和作品相关的史料的考订，而并没有领赏到作品本身的文学美感。征诸文学创作和传播的最要紧意义之所在，这样的读解是捡小丢大、得不偿失的。清代以来因"世尚朴学"而取得的丰厚学术成就，人们有目共睹，傅先生早年及后来亦从不曾否认过，但认为它走得太过、太偏了，的确是合乎事实的论断。所以先生立志作此书以求纠正之效，冀能导引文学欣赏者披文以入情于古今华章佳构，"寻绎其情思之所寄，篇章之所蕴，美善之所存，与感人之所自；务能深入而浅出，求契作者之初心；既以明文学欣赏之例，随以析文学创作之法"。"一边倒"是国人生活中的陋习之一，学风方面亦屡有表现。作为一个文化责任心很强的学者，傅先生不免担心一偏既纠，一偏又至，所以又特别声明："本书既经脱稿，惧其重为世风之趋于文靡而张目也，用仍赘以文质兼重之说，以拔弃其萌蘖。"[1]这种既防"左"又防"右"的立场，体

---

[1] 傅庚生：《中国文学欣赏举隅·书旨与序目》，北京出版社，2003年。

现了一个人文学者立言行事的慎谨。

陆侃如先生说:"傅庚生先生的《中国文学欣赏举隅》一书,在近年出版的关于中国文学批评的著作中,是最值得我们细读的一部。"[①]六十多年过去了,《举隅》并不因岁月的流迁及其间文学欣赏类著作、文章的累见迭出而失去它的分量与光彩。在很多时候和场合,我都向文朋诗侣热心推荐过这本好书。

窃以为,作为一部兼顾了学术性和普及性的讲说文学欣赏之道的著作,《举隅》的可称可赞之处甚多,今择要者三点略陈如下。

一曰体例完整,内容赅备。傅先生认为:"文学之欣赏,所取资于文学作品者不外内容与形式两方面。作品之内容,则不外感情与思想二者之表现,起之以想象,乃成其文学。"这自然是切情入理的看法。在此畛域之内,傅先生从感情、想象、思想、形式四个方面框定文学欣赏的子环节,将全书分为二十六章,次第申论要法。感情方面之欣赏有六:精研与达诂、真情与兴会、深情与至诚、悲喜与同情、痴情与彻悟、情景与主从。想象方面之欣赏有七:联想与比拟、脉注与绮交、纵收与曲折、穿插与烘托、警策与夸饰、辞意与隐秀、仙品与鬼才。思想方面之欣赏有六:势度与韵味、渊雅与峻切、自然与藻饰、真色与丹青、雅郑与淳漓、善美与高格。形式方面之欣赏有七:剪裁与含蓄、巧拙与刚柔、练字与度句、重言与音韵、对偶与用事、诗忌与谶语、摹拟与熔成。如此划分,可谓连点成面,连面成体,气脉前后贯通,布局尤称妥善。

20世纪初以至今日,治文史而逻辑训练未足者,并不鲜见,其中一些学人的著作,单看目录便知其中必有夹缠不清的述论。此类读物,即使不无可圈可点的新见呈现,而在综合学术成色上,终究还是欠些火候的。可以说,在体系完整、申论全面、照应紧密、一线结体方面,《举隅》是一个很优秀的文本。至于各章节的内容呈示,傅先生有清晰的说明:"每

---

① 傅庚生:《中国文学欣赏举隅》,北京出版社,2003年,"陆侃如序"第1页。

章之中，采录中国文学名著为欣赏之资料，试出浅见为之睿解，寻绎其情思之所寄，篇章之所蕴，美善之所存，与感人之所自；务能深入而浅出，求契作者之初心；既以明文学欣赏之例，随以析文学创作之法。间更麇集前贤之说，借为规范，或资印证，或稍补充。辞或抑扬，情无偏倚，章自班分，义仍一贯。"这样，就最大程度地保证了全书的内容的实在、分析的有据和识见的精到。不像我们有时见到的一些学术著作，框架预设得蛮大，行文"势"扎得蛮老，并似乎要"词必己出""不蹈袭前人一词一语"，其实不过凿空发论、乱扯一气而已，用作家狄马的话说，便是"装神弄鬼，唬弄童蒙"之属。

二曰叙议剀切，精见迭现。傅先生兼通文史，览涉群书，学养深厚，同时又谙熟文艺鉴赏之道，因而书各章节例举丰富而贴题，论评公允且细微。例如第一章举李清照名作《声声慢》和《醉花阴》以明"精研与达诂"之必要与可能，条分缕析之后指出："欣赏文学，舍精研更莫由也。研之精则悟之深，悟之深则味之永，味之永则神相契，神相契则意相通，意相通则诂之达矣。"既而又告诫欣赏者："文词之通者必有达诂。晦而难通，失在作之者；诂而不达，失在述之者。未闻不通之诗文转可以传于后世者也，更未闻不通之诗文可以使人手之舞之、足之蹈之者也。"这样便情通理顺地纠正了一种庸说，即好作品"只可意会、不可言传"。

又如在"真情与兴会"一章中，著者起笔即立论点："至人皆蕴真情，蕴真情乃有至文，非矫饰可也。"其后所举诸例及讨论，都极令人心服亦启人思绎。下面是傅先生援引的两则材料：其一是陶渊明为彭泽令时，不以家累自随，乃送一"力"（男仆）给其子，更谕之曰："汝旦夕之费，自给为难。今遣此力，助汝薪水之费。此亦人子也，可善遇之。"其二是郑板桥的《寄弟墨》："郝家庄有墓田一块，价十二两。先君曰：'嗟乎！岂有掘人之冢以自立其冢者乎？'遂去之。但吾家不买，必有他人买者，此冢仍然不保。吾意欲致书郝表弟，问此地下落，若未售，则封去十二金，买以葬吾夫妇。即留此孤坟以为牛眠一伴，刻石示子孙，永永不废；岂非先君忠厚之义而又深之乎？"傅先生认为，陶文申"幼吾幼以及人之幼"之义，出于自然，了无矫饰；而郑文虽亦明"老吾老以及人之老"之心，不可不谓善，但"视陶潜之本真自然，逊一筹矣，为其为善以徇名也"。这样的见解，真可说是片言折狱，字字不失偏倚了。

我觉得，最能体现《举隅》叙议剀切特点的是"练字与度句"一章。此章通过大量列举唐宋诗家、词人写作中"字必练而始工，句因度而能稳"的例子，说明"练字与度句"的诸多"法门"所在。魏晋以降，诗人、辞赋家和骈文作者大都十分重视作品的语词修饰，至唐宋时代，风习更为深厚，留下了许多脍炙人口的佳话。傅先生援引的例子，大多出自古代文人的诗选、诗话和笔记，从中可以见出中古至近代文学家在炼字和度句方面的用功之勤、探究之多且深。援引加上著者的精到分析，给读者以多方面的启发，极有助于提高读者的诗、词鉴赏能力和写作能力。如文中第二段引《梦溪笔谈》以讨论唐人崔护《题城南》诗，谓原作四句为"去年今日此门中，人面桃花相映红；人面不知何处去，桃花依旧笑春风。"后以"意未全，语未工"，乃改第三句为"人面只今何处去"。傅先生分析曰："此诗本意着重在表达今昔不同、物是人非之感触。仅云'人面不知何处去'，于时间之'今'未能确实表白，故云'意未全'也。且'不知'二字，殊嫌冷漠，与全篇之情感不协，又太落实，故云'语未工'也。改作'只今'二字，则含情无限矣。"这是在沈括笔记已论该诗的基础上的再讨论，揆情度理，体味深细，取舍有据，令人信服。这样的论析，在《举隅》中不时可见。

三曰深衷浅貌，文笔淡雅。"深衷浅貌"是明人陆时雍在《古诗镜》中评价《古诗十九首》时的用语，我想借以说明《举隅》这本书的特点之一。"深衷"就是开掘得深入，体味得细微；"浅貌"则指表述得明朗、晓畅。"淡雅"者，素净雅致之谓也。傅先生在序言中谦虚地说本书"名曰举隅，未必果有取于反三；卑之无甚高论，冀有微助于初学之士而已"。但以我的感受，《举隅》不仅对"初学之士"大有引领其登堂入室之功效，对有一定学问积累者，也同样启发多多。我见过不少研究中国文学的学者，读书不可谓不够，学术训练不可谓不"有素"，却未具备对文艺作品艺术魅力的敏感力，讲说一篇诗或文时东拉西扯，就是搔不到真痒处。这是很可遗憾的现象，建议这样的同行们多读几遍《举隅》，好从傅先生那儿讨几招"深衷"之法。

  傅先生这本书是用浅近的文言行文的，字句省净，运笔从容。20世纪上半叶，文史类学术著作用文言写就者还是不少见的。由于时代的迁易，这类著作往往以"七文三白"的话语风貌出现，显得既文雅，又很少艰涩之感。《举隅》也是这样的语风，因此读这本书，不仅能在为文的"深衷浅貌"方面学到几招，还能体会如何将学术类文章写得圆润、熨帖和雅致些。

2007年2月

选自《半通斋散文选》，文化艺术出版社，2010年，原题为《妙手论艺道，一书惠人长》

# 平心从头诊"诗病"

## ——与任东方先生商榷

读罢任东方先生撰写的"文学批评"《荒草丛中豆苗稀》，眼镜跌了三回。这是一篇近年不可多见的奇文，很值得爱看诗歌批评文章的人们同来欣赏一番。

事情是这样的：2007年7月11日，我和诗人王锋在《文化艺术报》上发表了三十六首近体诗，任先生看了，气不打一处来，遂不惧溽暑，奋笔疾书，撰为大批判文章一篇。该文宏、微两观，点、面兼顾，以近于怒不可遏的语气判定刘、王之作多为"荒草"甚至"文化垃圾"，提醒"年轻人"擦亮慧眼，毋为此类"谬种"所误导，以免走入歧途。

发了几首诗，却把个读报的人给惹躁了，真是意外得很。我乃一介教书匠，才、学俱无足称道，只是对旧体诗有点儿爱好，多年间时有习作，偶有发表，从来不敢太当回事。拙作水平确实不高，也一定存在这样那样的不足，莫说被说成"荒草"，就是被说成"杂草""枯草"，也都是可以的。只是，任先生给我这回发表的十八首旧体诗——也就是十八丛"荒草"——所诊断出的病症，和这些"荒草"真正的"病灶"，大多对不上号。给别人的文章做医师，把"感冒"误诊成了"出血热"，虽然很糟糕，但毕竟不是给人看病，也就招惹不了多大的乱子；如果能虚心些，不过分自以为是，顶多落个文字"庸医"的名声而已；倘肯学习，将来还有成为"良医"的可能。但任先生不是这样的，一点儿也不是这样的。他的文章，措辞之严厉，用语之武断，收拾他人之凶狠，已到了匪夷所思的地步。而其戴盆望天、指鹿为马、不辨菽麦之可笑复可悲，亦足让人叹为观止。遍观茫茫尘世，芸芸众生，色厉者不一定内荏，而狂妄者必由于无知。无知与狂妄的次第昭现，便是任先生这篇奇文的突出个性与鲜明特点。在感慨"这人咋是个这"之余，我思忖再三，觉得还是有必要给任先生指出：感冒不是出血热，眼药水治不了脚气；无知已很可怕，狂妄尤其可悲。我与任先生素不相识，当然无冤无仇，但既然他不客气，我也就不客气了。

　　任先生文章的标题极有力度，曰《荒草丛中豆苗稀——与刘炜评、王锋先生商榷》。我闻见不广，未知任先生何许人也，从文章的口气看，大约爱好旧体诗歌已颇有年头，且满腔以道自任、奋力捍卫旧体诗尊严的热忱。但恕我直言，任先生对我们诗作的指责，大多不在"道儿"上，总体上来说，属于强不知以为知的胡扯乱道，这就显得很滑稽了。

　　任先生把我们的破诗说得几乎一无是处，却又还愿意与我们"商榷"，这很好。商榷者，商量讨论之谓也。事不察不清，理不辩不明，乃是毋庸置疑的。但世上有些事情可辩，有些事情难辩。比如甲说姚明身高2.26米，乙说1.62米，孰正孰误，一查便知；可是如果甲谓姚气质优雅，乙谓姚气质粗豪，则纵然相论累月积岁，恐亦无法达成共识。同理，任先生指责我的诗有硬伤，可以辩；任先生批评拙作的意境、形象欠佳，则我没法辩，由他怎么去看好了。现在，谨就可辩的几个方面，与任先生商榷如后。

## 一、关于"语词不通，多系生造"

　　1988年版《现代汉语词典》第1027页对"生造"的解释是："生造：凭空制造（词语等）。"鲁迅在《答北斗杂志社问》中告诫写作者："不生造除自己之外谁也不懂的形容词之类。"这两条，应该是我和任先生这回对话的共同量尺或曰卡标。"生造词语"以致"不通"，让人难以索解，当然不好。只是，即便这样的"生造"，也是需要些本事的。这本事，我不想学，也学不来。我诗中的语词，都是有依据地直接使用或有依据地变通使用的，皆可通可解。其中绝大多数，取诸前贤诗文。任先生好下死判，把话说绝。然而他给我诗举出的由"生造"而致"不通"的例子，不仅与事实不符，反倒让他的文化水平屡曝其光。且看：

其一，"穷通"。李白《笑歌行》："男儿穷通当有时，曲腰向君君不知。"白居易《醉封诗筒寄微之》："一生休戚与穷通，处处相随事事同。"陆游有句"人生各自有穷通，世事宁论拙与工"，元好问有句"浩歌一曲酒千钟。男儿行处是，未要论穷通"。再举下去，可以举到《红楼梦》和近现代名家诗作中。按："穷通"是穷窘与通达的意思，尤俗语之"不顺"与"顺"，乃联合性质的词组，谓人生处境也。任先生理解词义为"穷途已通"，实在让人哭笑两不是。

其二，"关垣"。"关垣"者，关上墙垣也。《水经注》卷十四谓居庸关"南则绝谷，累石为关垣，崇墉峻壁，非轻功可举"。可证"关垣"一词，至少已见于北魏时代；若硬要说"生造"，则始作俑者是郦道元而不是我。任先生知之乎？

其三，"上国"。"上国"指今之国都或昔之国都。唐人刘长卿《客舍赠别韦九建赴任河南韦十七造任郑县就便觐省》："顷者游上国，独能光选曹。"唐人曹邺《送进士不第归南海》第二联："行人莫叹碧云晚，上国每年春草芳。"不知任先生有忆否？按：拙诗中的"上国"，是指西安和北京。

其四，"一苇航"。杜甫有句："河广传闻一苇过，胡危命在破竹中。"苏轼有句："天山自可三箭取，海国何劳一苇航？"陈子龙有句："要津鲜洪波，一苇诚可航。"语本《诗经》"谁谓河广？一苇杭之"。"杭"通"航"，古今诸家注解无二，这是熟典，"一苇航"就是客观上相去不远或主观上认为相去不远的意思。任先生焉能不识？

其五，"秦弓"。屈原《九歌·国殇》有句："带长剑兮挟秦弓，首身离兮心不惩。"秦弓为战国时代良弓，犹今时精度、射力超常之枪器。孔庆东既是孔门之后，又是对鲁迅有较多研究的学者，从其著作、文章和讲座看，对鲁迅十分崇敬。拙诗云"洙泗但能光鲁殿，孔门自可挽秦弓"，意在肯定孔氏能以自己的知识和鲁迅精神为思想武器，勇敢无畏地针砭时弊。任先生慧眼失察，未能读出双关意蕴。

其六，"乡关"。李白《江西送友人之罗浮》："乡关渺安西，流浪将何之？"杜甫有句："乡关胡骑满，宇宙蜀城偏。"崔颢有句："日暮乡关何处是？烟波江上使人愁。"如果任先生腹中古诗储量有限的话，从其文的引用看，似乎挺熟悉毛泽东诗词，难道先生连一度盛传的主席少时诗句"孩儿立志出乡关，学不成名誓不还"也不知晓吗？1987年版的《词源》第3117页有释："乡关，指故乡。"任先生凭什么认为拙诗用"乡关"指商州老家是"生造""讲不通"呢？

其七，"小驻"。陆游有句："会当小驻平戎帐，饶益南亭看华山。"1988年版《现代汉语词典》第1514页释"住"之第一义项为"居住"，同页释"驻"之第一义项为"停留"。予积学未厚，不知"江村小住"与"江村小驻"在拙作《南行》中何者更"准"更"通"。须知予诗之言"小驻"，乃是停车于江村将有一宿之驻的意思，焉能用"小住"？倘一定认为"住"者必居民或旅人，"驻"者必军旅或机关，请问郁达夫诗《春江感旧》中的"烟月春宵忆驻车"句为什么不说"忆住车"呢？难道句中所写的那个美妇是随机关而"驻"的女军人或女干部不成？

其八，"白青"。《晋书·阮籍传》："籍又能为青白眼，见礼俗之士，以白眼对之。"后世遂以为常典，"青眼"谓喜欢、肯定，"白眼"谓厌恶、否定。在诗词中，"青白眼"可以较灵活地分、合使用。如唐人王维的"科头箕踞长松下，白眼看他世上人"句，只用"白"，意思略近"冷眼向洋"云云；而宋人黄庭坚名句"青眼聊因美酒横"只用"青"，就是迷恋美酒的意思；南宋杨万里的"忽作青白眼，圜视向我嗔"则连用。拙诗"书酒生涯四十年，奴风仆雨任狂狷。红尘紫陌千般戏，醉眼白青一望穿"（不佞原稿有注："末句略拗，不救。"），意谓杨乐生教授虽任性好酒，却能洞察世事，明辨是非且爱憎分明也。"白"置"青"前，是为了尽量合乎平仄规范。任先生"不得其解"，又能怪得了谁人呢？

至于任先生劈头便道"刘诗《咏雪》中'寒山漫见'句的'漫见'是什么意思……属语词不通"云云，叫我说什么好呢？莫非先生不知"漫"作副词用在动词前时，乃是"比较随意""不受约束""不过于使劲儿"的意思吗？如果确实不晓得，就请任先生随便查阅任何一本古今汉语词典，"漫步""漫骂""漫谈""漫游"之类语词，实在是多得去了。杜甫《闻官军收河南河北》有句："却看妻子愁何在，漫卷诗书喜欲狂。"拙句"寒山漫见飞龙舞"，说的是我等书生们醉走雪野，随意放眼，但见雪中终南山，好一派动态气象。诗圣可以"漫卷"诗书，我辈为何不可以"漫见"雪中秦岭呢？又按，"漫见"置"寒山"后，乃为合律故也，不悖诗法。

另外，任先生说王诗《登榆林镇北台》中之"大荒"应为"大漠"才好，此又擀面杖吹火之见也——"荒"为平声，"漠"为仄声，易"荒"为"漠"，必致失律，故断不可行矣。

## 二、关于"辞藻堆砌，不解其意"

昔王荆公谓为文"意惟求多，字惟求少"，我是衷心拥护的。任先生说我为诗"辞藻堆砌"，我遍检拙作，看不出来是怎么个堆法、堆到何种病态的地步。任先生硬这样说，我也没有办法，故此处只辩"不解"。任先生说我诗由堆词而致句意或篇意不明，实在令我闻教而不胜惊诧。我的诗不是专给任先生看的，所以不必亦无法顾及任先生的读解能耐，读者们都能看懂，唯独任先生屡屡不能看懂或看走了眼，叫我百思不解。

第一,"古道遥期归雁声",任先生没看懂。"遥期"是两个字,诗中的"遥"是空间概念,无关乎时间;"期"是动词,不是名词。句意为"期待大雁从遥远的南方归来",这还用得着解释吗?

第二,"犹凭倦眼俟河清",任先生没看懂。"河清"是熟典,乃世界清平、国泰民安的意思。《左传》襄公八年:"俟河之清,人寿几何?"此典源也;晋人王嘉《拾遗记》卷一:"又有丹丘千年一烧,黄河千年一清,至圣之君,以为大瑞。"此典释也。东汉赵壹有句:"河清不可俟,人命不可延。"北周庾信有句:"千年水未清,一代人先改。"唐代杜甫有句:"隐士休歌紫芝曲,词人解撰河清颂。"拙诗前四句偏于写景,后四句偏于抒情,此近体诗常格之一种也。"时捧冰心怜玉洁,犹凭倦眼俟河清"是说观雪的书生们既有雅人深致,又有志士抱负,所以才"雪野狂歌意纵横"。这种"联系",任先生怎么能看不出来呢?

第三,"未阻渡江狄马频",任先生不仅没看懂,而且强为不具备基本历史常识的胡扯。"狄马"是长城外北方少数民族的代称,这是没有疑义的。任先生居然说其铁骑只到过黄河,那么请问,蒙古人灭赵宋,满族人灭朱明,哪个不曾"渡江"?

第四,"恼人无处不春光"及全诗,任先生不仅没看懂,而且读得一塌糊涂。王夫之在其诗话中谓:"以乐景写哀,以哀景写乐,一倍增其哀乐矣。"华清池处处春光明媚,却引发了观景者的烦恼心绪,岂非"以乐景写哀"乎?至于通篇诗意,与陆游《吴娃曲》近似,诗中屡以"心思""迷魂""痴狂"等词语明昭暗示,任先生却敢断定作者"无病呻吟,故弄玄虚,自己并无明确写作目的",真不知先生的智眼慧心,一时派了什么用场?

## 三、关于"用语粗俗,不堪入目"

"粗"者,粗野也;"俗"者,庸俗也。粗俗的文字,着实令人厌恶甚至作呕。唯以此故，我拜读任先生的断语，不敢不怵然自惕。然任先生所举数例，无一可以领受"粗俗"的恶名之赐。

其一，"说史论文启我深"。"启我深"这类表意句式，古今诗文中甚多，如"教我多""解我贫"等，往往而有。郁达夫《除夜有怀》中有"为恐东皇笑我痴"句，其《即寄》中又有"少陵此语感人深"句。拙诗谓"启我深"，怎么就粗了俗了呢？

其二，"千秋谁解屈臣心"。"屈臣"词义双关，一谓姓屈名平字原的臣子，二谓"信而被谤，忠而见疑"的满腹委屈之臣，请问何粗之有？何俗之有？任先生还给我支招，要我改"屈臣"为"屈子"。倘如此，则全句就成了"千秋谁解屈子心"，难道"平起平收"格律句可以这样违章操作吗？

其三，"醉眼白青一望穿"。任先生显然不识典故出处，前文已辨。"白青眼"入诗而竟被目为"粗俗"，未知何人以为然也。

其四，"河西此日降诗孩"。先得说明，"诗孩"在报上印成了"此孩"，属校对出错，非我原诗失误。这一格律句的平仄规则与上文之"屈臣"句无异，其倒数第二字必为平声，故任先生必不能谓我在这里掩错饰非。王锋生陕西合阳，合阳在黄河西岸；王锋生日在端阳节，即民间纪念三闾大夫投江之节日；王锋多年好诗，颇得霍公松林先生奖掖。我诗云"河西此日降诗孩"，地、时、人、事俱涉，且此诗属于友朋间调侃，题目为《生日志贺》，文风偏于雅谑，如何又粗了俗了，甚至"不可耐"呢？

其五，王诗"晋陕大河一线间"也不粗不俗。王诗写的是陕北佳县白云山，此山临近黄河。该诗章法，属于"据题启首"之类。第一句谓白云山雄踞晋陕间大河之滨，引出次句关于"毛公登临"的叙写，文气一脉连贯。任先生好为人师，欲易首句为"一线大河晋陕间"或"晋陕大河一线牵"，可这又有什么必要呢？倘谓王诗原句"粗俗"，难道词序一经任公更动或变末字"间"为"牵"，就一举点铁成金、立时既"精"且"雅"了吗？

## 四、关于"顺便说几句"及其他

不难看出,任先生对拙作和王作的"诊断",大多既不尊重事实,又不遵从学理。至于任先生热心为刘、王诗作所开出的"救方",则多属"庸医开庸方"之类。而任先生寄给报社的稿子中的两处硬伤,我觉得更有必要指出来。第一,任先生说孔庆东的祖父是陕西人孔从洲将军。这是明显的胡说。孔将军之孙是毛泽东的外孙,男外孙名孔继宁,女外孙名孔东梅,其父孔令华,母李敏。孔庆东是孔子的第七十三代直系传人,黑龙江人。族谱不是小事,不敢往乱里说的。第二,任先生在文中用"古体格律诗"指称近(今)体诗,这是不折不扣的生造语词。读到这种语词的人,大多数肯定"不解其意"。因为古体诗就是古体诗,格律诗就是格律诗,没有见过或听说过任先生那个词。任先生最痛恨文章"谬种流传"了,那好,我现在就用实际行动来支持他。

任先生文章最后的"还有几点感想顺便说几句",其实一点儿也不"顺便",而是写得既浩气如虹,又凶相毕露。其中有几句话格外精彩:"轻易不要摆弄诗,特别是古体格律诗。应先写好散文,练好基本功,具体说散文应达到优秀高中毕业生的水平,才可以试着写诗。"这些强调文化水平之于写作者的重要性的话,句句掷地有声,足以振聋发聩,我当经常念诵且自审矣。同时,也一定要经常告诫我的孩子和我的学生们:以人为镜可知得失,平生力戒无知狂妄,比如,在可能未解"穷通"为何意,误认"乡关"为生造,不知"青白眼"乃熟典的情况下,千万不敢"摆弄诗"——包括率尔操觚地写诗、振振有辞地评诗、好为人师地改诗乃至装腔作势地论诗等。

任先生还用"附庸风雅""卖弄风骚""装神弄鬼""故弄玄虚""胡言乱语""鬼话连篇"等一大串生猛无比的语词对我们大加挞伐,显得极具杀伤力。对此,我也想唠叨几句。正如前人所云,诗言志,诗缘情,言为心声。有人有话想说,有人想骂娘,有人爱唱卡拉OK,我辈写点破诗之行为，无非类此而已。契诃夫曾就列夫·托尔斯泰与自己之创作比较，说世上有大狗，有小狗，大狗叫，小狗也有权利叫。拿中国的旧体诗来说，前已有李杜元白苏黄诸子在焉，后世操翰者，自不必非要"江山代有才人出"，偶尔为之，不过"于冷淡生活，亦不无小补云尔"。有人愿意发表，有人愿意看，不愿看者正如三过卡拉OK门而不入者，悉听尊便。至于任先生在同段中说，我和王锋的"鬼话连篇"的破诗也能"谬种流传，误导社会，误人子弟。年青人跟着学，以为这就是古诗（再次提醒：此词用在这里是不准确的），这就是真理，误入歧途"云云，那是太高估拙作的能耐了。昔年我曾有绝句："骚人抚迹总堪悲，千卷苏文不救饥。弄笔谁能光赤县？铁军一炮退孙羁！"想想，就是"大狗"们的杰作，于社会之影响，也是如此有限，我们这些连"小狗"都算不上的人写几首破诗，又能"误"得了谁个呢？

十年前曾上映过一部挺好看的电影，片名叫《有话好好说》。我想，一个人如果无知、狂妄到了连好好说话都不肯的地步，就让人拿他没法子了。

昔春秋时孔子办学，诫弟子曰："知之为知之，不知为不知，是知（智）也。"说的是为学须有正确态度。汉魏之际，曹植《与杨德祖书》谓："盖有南威之容，乃可以论于淑媛；有龙泉之利，乃可以议于断割。"南朝刘勰《文心雕龙》云："操千曲而后晓声，观千剑而后识器。"道的是解诗论文须有基本的见识。古今评诗诸贤，量长校短于作品，传道授法于诗人，大多都能在底线以上操作，故于促进诗人长进、诗歌发展大有裨益。然亦间有不得要领、乱下雌黄者，其妄论曲说，既于为诗者无助，又于自己形象有损，徒劳无益，止增笑耳。随便举一个例子：唐人杜牧作《赤壁》，有句"东风不与周郎便，铜雀春深锁二乔"，流播甚远。迨宋时，有某许姓批评家评曰："孙氏霸业，系此一战，生灵涂炭都不问，只恐捉了二乔，可见措大不识好恶。"直令注牧之诗者冯集梧感慨道："诗不当如此论，此直村学究读史见识，岂足与语诗人言近旨远之故乎?"我是杜牧的"粉丝"之一,当初读到这段话,很是思忖了一阵,最后就乐呵了;近日拜读任东方先生的文章,又让我思忖了一阵,最后也乐呵了。

和任先生一样,文章将写到"最后"时,我也有点儿感想:

生当斯世而又好诗的人,大多属于社会上的弱势群体。靠写诗谋官敛财或捞取别的什么实惠,是没有一丁点可能性的。我所见到或听到的当下写诗者,大都既清贫又善良,他们之所以写诗,只是因为还有诗心、诗情而已。所以我希望好诗的人,都能多些惺惺相惜的心态,而不要因为争凶斗狠地"互殴"惹得其他行当的人士嗤笑。我现在写这篇文字,实属事出无奈——"予岂好辩哉?予不得已也!"好了,就此打住吧。

原载《商洛学院学报》2007年第4期

# 用真诚之笔传榜样人物精神

## ——评《汪良能传》

我结识钟法权时间不长,但他的为人诚恳、办事干练和勤奋好学,给我留下了鲜明印象。钟法权是一位部队作家,严格地讲,是一位业余作家,因为他的第一工作角色,是第四军医大学政治部纪检办主任,文学创作对他来说,属于"余事",尽管到目前为止,他已经发表了百余万字的文学作品,出版了三部作品集,并得过多次文学奖。前年,为了提高业务素质和文学创作能力,他到我供职的大学修读硕士研究生学位课程,我们就这样结识了。他听我的课,态度很认真,课间爱提问题,期末呈交的小论文也蛮有见识,我就对他很有了好感。

《那一年,这一生——汪良能传》(以下简称《汪传》)是钟法权的一部新作,2007年6月由解放军出版社出版,共二十三万多字。我读这本书,很受感动。这样说,并不是客套话。我是一个传记迷,多年来读过大量传记类作品,自信在阅读中,还是有一定的"识货"能力的。个人认为,大凡具有人文精神分量和文学美感的传记,无论长篇还是短制,都至少具有三个明显的特点:一是传主的事迹具有可传记性——无论正面人物还是反面人物,其作为都不无一定的社会典型性或代表性;二是写作者的求真态度和求善立场分明——秉笔直书,臧否有据,"不虚美,不隐恶";三是语言文字具有较为优良的文学质地——绝不是枯燥的材料堆积。钟法权这本书，当然还远不能和古今中外那些传记名著相提并论，但在近年出版的传记类作品中，无疑属于比较出色的一部。最近获悉，这部书已被国家新闻出版总署列为"向党的十七大献礼100种重点图书"之一。对于出版社、作者和读者来说，这当然是喜讯了。

《汪传》是一部用真诚之笔为榜样人物画像、传榜样人物精神的书。几年前，我曾在一篇文章中说过，纵观历史，任何一个风气向上的国家、民族和时代，都一定会孕生出自己的社会榜样。榜样的力量并不是无穷的，对于社会成员来说，却又是极有精神引领、提升作用的。而真正能够深入人心、令人景仰的社会榜样，又必然首先是行业榜样，因为，只有行业榜样，其人格和事功才具有职业角色的现实可示范性。《汪传》的传主汪良能教授就是这样一个社会榜样。汪教授的榜样效应，多年来已在第四军医大学以及他所从事的中国当代整形外科学行业领域持久地显示过并还在继续显示着。但《汪传》的面世，可以使社会上更多的读者具体感知汪良能教授的思想境界、人格情操、职业作风和事业成就，从而得到精神的澡雪，感悟更多的事理，并由此更加激发见贤自省、望贤思齐的积极向上的情思。

汪良能教授是我国当代整形外科学的奠基人之一。在七十多年的求学、工作生涯中，汪良能刻苦钻研现代医学理论和技术，在整形烧伤外科学领域风雨耕耘，宏微两为，始终站在学科研究和临床实践的最前沿、最尖端的阵地，作为颇多，贡献甚夥，名闻遐迩，堪称行业的一代国手。这是汪良能人生的第一个亮点。与这一亮点交相辉映的另一个亮点，是他人生的进退荣辱，与我们国家、民族一个世纪中的命运穷通、步履险夷休戚相关。汪良能是一个把自己的一生都献给了中华民族崛起、进步、复兴事业的科学工作者，这是20世纪中国社会榜样群体的共同人格特点。正如鲁迅所言，这样的群体，才是"我们民族的脊梁"。

中国传记文学的奠基人是西汉的司马迁，司马迁的传记文学成就主要体现在他精心撰写的列传中。司马迁提到，列传中的人物，都具有作为行业人物的杰出性,总体特点是"扶义倜傥,不令己失时,立功名于天下"。这是非常精辟的见解。"扶义"就是能秉持自己明确而坚定的人生价值取向,绝不糊涂;"倜傥"就是大有作为,绝不委琐;"不令己失时"就是立足现实做事,绝不迂阔。钟法权这本书所叙写的,正是这样一个杰出人物的人生经历。但是,作为一个社会主义时代的社会榜样,汪良能的品格和行止所体现出的先进性,具有较历史上的杰出人物更为亮丽的时代精神光彩。

《汪传》中的汪良能教授,至少是四个方面的当代社会榜样:名医的榜样、名师的榜样、知识分子的榜样、共产党员的榜样。作为一代名医,汪良能以救死扶伤为天职,一生恪尽医务工作者的职守,允德允能,弘医弘道,其平生作为,既承继了"大医精诚""悬壶济世"的中国传统优良医风,又崇尚国际现代医学重实证、重知性的科学规则,终于成就了不凡的功德。汪良能说:"我下定决心学医为民,抱定一辈子当医生,不求大富大贵,只求救死扶伤。"这实际上是作为医生的汪良能的座右铭。作为一代名师,汪良能把学科的传道授业、人才后续、薪火承递视为事业的根本保障,他认为:"在选定学科建设方向之后,一个称职的学科带头人,不仅自己要干得好,还要把人才培养好。人才兴,学科建设才能兴。"正因为具有这样的名师情怀和大家境界,在汪良能和他的几代弟子之间,就有了太多感人至深的言传身教、法门相传的故事,并使第四军医大学的整形外科学科历久弥新,一直保持着国内行业领先地位。钟法权动情地写道:"汪良能的生命时空也就因此而浩大。"这的确是对汪教授名师风范的准确结论。作为优秀的中国当代知识分子,汪良能的一生,是爱科学、爱真理和爱祖国、爱民族高度统一的一生。汪良能在20世纪50年代初历尽曲折的回国经历,是那一代知识分子抱定知识救国、科技报国之志并付诸实践的最具体、最切实的写照。在"爱的力量"一章中,钟法权用浓墨重笔把汪良能冲破美国政府设置的重重障碍回到祖国的过程写得波澜起伏,回肠荡气。在"攀登高峰"一章中,钟法权又生动地叙述了汪良能在科研探索征途上的求真务实作为，尤其彰显了传主抱定宗旨、宠辱不惊的知识分子风骨。我读到有关汪良能抱病焚膏继晷以著书、审书、校书的情景的文字时，就联想到了现实中的很多事情，深深感动之余，也感慨良多。作为优秀共产党员，汪良能政治立场坚定，大节方正，小节不苟，为人民服务的意识，求大公舍小私的意识，可以说渗透在他的精神骨血之中了。汪良能的一生，是对共产党员要做"一个高尚的人，一个纯粹的人，一个脱离了低级趣味的人，一个有益于人民的人"的身体力行。

钟法权是一个有强烈社会责任感的部队作家，他是满怀深情地写完了这本人物传记的，我能从字里行间强烈地感知到作者采访、构思和写作过程中心绪的起伏。司马迁为屈原写完传记后，曾无比激动地说："余读《离骚》《天问》《招魂》《哀郢》，悲其志。适长沙，观屈原所自沉渊，未尝不垂涕，想见其为人！"钟法权为汪良能教授写传的过程中，也一定时时回到传主的人生各个时期的情境中，屡屡"想见其为人"。只有感动了作者的人和事，才有可能在文本传播过程中感动读者，这是写作的通则之一。钟法权写作多年，既有较为丰富的人生阅历，又具备比较扎实的文学功底，目前供职的单位又是传主生前生活和工作的军队大学，与汪教授的同事、弟子、夫人和子女接触甚多，这些都为他写作这本传记提供了良好的支撑。尽管现在看来，这本书还存在一些不足，例如有些场面的叙写，"情景还原"的分寸感尚有斟酌的必要，某些章节中的"直接引语"略显生硬了些，书中存在一些错别字，等等。但总的来说，它仍不失为近年来不可多得的一部好书。所以，我愿意把这部传记推荐给读者们。

原载《文艺报》2007年12月10日

# 一个明白女人的叙事世界

## ——莉媛中短篇小说印象

最近两年,我好用"明白人"这个语词说人。我不敢说是一个已经活明白了的人,但在某些事情上,自以为是接近明白的,比如在如何与人相处方面和读书方面。我喜欢和明白人共事,更喜欢读明白人的书。和明白人共事,感觉轻松;读明白人的书,感觉清爽。读完了莉媛女士的中短篇小说集,便获得了后一种感觉。

我不认识莉媛女士,直到现在写这篇短文,也未和她有过一次的交谈,只是听李丽玮女士简要介绍过她的生活轮廓,知道她是一位知识女性,多年间走过很多地方,商务之余,偶有写作兴趣,涉笔又多在小说领域。仅此而已。

但读完这部小说集以后,我觉得,我和莉媛女士已经很熟悉了。在我的阅读经历中,这种情况并不是经常发生的。此前印象最强烈的一次,是1997年看王小波的作品。数月前在报纸上谈王小波,我说,那是个大明白人。古代作家中,大明白人的代表,是苏东坡。现当代的,多了,鲁迅、胡适、梁实秋、孙犁、钱锺书……王小波是其中之一。我现在想说的是,莉媛是个明白女人。至少,写小说的莉媛,是个明白女人。至于是否明白到了"大"的境界,姑置不论,说一句不怕惹来众怒的话:时下的国民中,明白的男人不多,明白的女人更少。

明白不是聪明的同义词。聪明，是智力好的标志；明白，则是识力和把握力都"到位"的外现。我阅读莉媛的作品集过半，便不由想起了杨绛教授的小说《洗澡》中的姚宓和她的母亲。那对母女，就是真正的"明白人"，世道人心的大波小澜，都逃不过她们慧眼不经意间的一瞥，而她们的心境与行止，又总是那样的优雅与从容。

我直觉，莉媛也属于这类中国女人。我猜想，生活和工作中的莉媛，一定有很好的心理定力。固执与偏激，和她的心情、作为大概是不相干的。这种心理定力的所由成，我无法知晓也不必知晓。我所看重的是，在她的小说写作中，这种既成的心理定力构成了一种运思和运笔的优势——一种平和的叙事方式和一种很善于控制布局的叙事智慧。

莉媛不是职业小说家，文学创作之于她，只是一种"余事"，或者说，是她的精神休闲方式之一。收在这部集子中的作品，最早的写作于1979年，最晚的完成于不久前，时间跨度将近三十年。这些大小篇什，即使不是她多年间小说创作的全部，也恐怕是其中的多半了。写作和写作者的关系，历来是多种多样的，但大致说来，最常见的，约有三种情形：一是职业写作，其主要目的是获得名利上的实惠；二是志业写作，其主要目的是实现改造社会的理想；三是趣业写作，其主要目的是怡情悦性于写作者个人。莉媛的写作，趣味性是第一位的。这样的写作最少负重感，状态也就最为裕如。凡明白人，都清楚自己最想干什么、最能干什么和怎么着去干、干到什么份儿上。贾平凹知道自己不会是个优秀的农民，也做不了优秀的工人或军人，而一旦进入语言、文字世界，就"朕即天下"了，这是一种明白。沈从文中年以后决意不再撰写小说而转行做起了服饰研究，并最终成为专家，也是一种明白。莉媛的小说写作，类似于在自己的后花园散步或茶叙，同样是一种明白。我绝不是说，莉媛没有写小说的才能，恰恰相反，即使与专业作家相比，她的小说叙事能力也并不逊色多少。我要说的只是，她不肯像路遥那类作家那样孜孜矻矻地营构自己的小说屋厦，而视小说写作为平衡个人精神生态的一种方式，自有她的理由，因而也自然是一种明白的选择。

但是，莉媛的小说并不是文学游戏，在轻松的写作中，她个人对生活的审视、读解和审美的态度，屡屡呈现在字里行间。通读这部中短篇小说集，可以明显地感知到，她的所有作品，就文学质地而言，各篇之间固有精、粗之别，而在情感立场和精神向度方面，却贯通着前后一致的价值秉持，那就是对健康的平民生活方式的真诚呼唤。

莉媛的多数小说作品，氤氲着浓郁的都市生活气息。她写生意场、股市、饭局、歌舞厅、洗浴中心、网吧，甚至殡仪馆，写知青的下乡与考学，写内地人闯深圳，写事业单位分房，写出国签证的喜剧，写海归派在国内的遭际，写夫妻之间的恩怨，写情人之间的纠葛，等等，无不紧贴当下中国人的世俗生活情景。表面上，这些作品所展现的是都市社会状态的光怪陆离和人际关系的纷纭复杂，实际上所揭示的却是中国人社会心理的时代特征——各种欲望的剧烈膨胀和精神天平的失衡。在《最后一次福利分房》《签证》《大浴室》《留学归来》《股市交响乐》等作品中，作者一再写出了中国社会的活力与生机，同时也一再写出了一个欲望到处涌动着的社会由于价值失范和秩序"转频"而导致的种种病态。作者并不泛泛地否定欲望，她所批判的，是欲望的盲目的、无节制的疯长。在每篇作品的最后，作者都通过情节不动声色地表明了她的立场——个人和社会所需要的，是健康的、合理的欲望实现。这种立场的支配，导致了一种属于莉媛小说的叙事模式：欲望的推动或引导，使主人公们兴奋也使主人公们迷失了自我把握能力，一度成为欲望的奴隶。但生活本身又具有矫正人的心理和行为的可能性，多数迷失者，最终都走出了迷失，回到了健康的生活轨道上，从而也就完成了由糊涂人向明白人的转变。古键霖是这样的（《大浴室》），余大海是这样的（《一个男人的网恋》），小寇子也是这样的（《留学归来》）。

从对题材和叙事能力的把握看，莉媛最擅长的是婚姻、爱情类小说的写作。我乍读她完成于20世纪80年代初的《追求幸福》（1980年）和《模范妻子》（1983年），已很吃惊。在很年轻的时候，她就能把小说写得那么冷静且富于警示性，真的很不简单。前一篇的立意是，如果男女之间缺少更高境界的共同志趣，那么男欢女爱的维系力，将是非常有限的。后一篇通过叙述主人公婚后的遭遇，揭示了人性的一个弱点——庸俗而卑下的心理取向和生活方式，可以使人逐渐对耻辱麻木，最终释然于尊严的丧失。她写袁沛对妻子黄薇"嘴里的大蒜味"的感觉，写裴宏亮对耻辱的病态化的"超越"，笔触之细微与笔力之尖峭，并非初学写作的人所易达到。完成于1988年的《爱从手中滑落》，完成于1989年的《心结》和完成于1995年的《觅》，继续保持了这种力度，而生活容量则进一步扩大了。这类作品的价值观统领，依然是对健康的心理状态和阳光的人格境界的呼唤。相比较而言，我最喜欢的一篇婚恋题材的小说，是她完成于2005年的《一个男人的网恋》。这篇作品写得流畅、紧凑、生动、有趣，既有批判立场，又不失温厚情怀。作者叙说小县城"市井细民"余大海的网恋故事，并不是要刻意指出网络世界的虚幻性，而是要揭示人生不能虚幻、生活不能飘忽的事理。作品在结尾写道："余大海想：尽管小县城的生活是艰辛的不圆满的，尽管自己的老婆是粗糙的不美丽的，但自己和老婆儿子是真真实实地生活着的。"网恋的经历，让余大海成了一个明白的男人。我想，接触过网络世界的人，阅读这篇小说，一定会有心有戚戚之感。

除了《模范妻子》《觅》《算卦师》等少数作品外，莉媛的小说基本上都是暖色调的。这显然与她对待世界、人生的态度有关。在一个明白的女人眼里，生活是有缺陷的，但又是美好的；人性是有弱点的，但又是具有向善的基质的。所以，她不写乖张、怪异、离奇、极端化的人与事，即使写生活中的丑，也总是同时重视对美的力量的肯定。完成于2004年的《追悼会》是一篇很出色的作品，选材角度别具慧眼，叙述描写很到"火候"。小说讲述的，依然是一个"情境迷失"的故事，但作者对结局的处理，既峰回路转，又情通理顺。追悼会是弥漫着哀伤气氛的地方，莉媛笔下的追悼会，却不仅使人看到了世风浇漓的一面，也使人感到了人心、人情庄正和温暖的一面。这样的把握，在莉媛的小说中时有彰显。

在人物性格刻画、谋篇布局和语词斟酌等方面，莉媛都具备不错的基本功。限于篇幅，兹不赘言。

文学写作本质上是一种很个人化的生活方式，但作品一旦发表或出版，就是社会的精神产品了。每个读者都希望看到既有可读性又有美好思致的作品。莉媛是一个明白女人，她的小说呈现的是一个明白女人笔下的意义世界。读她的小说，令人心情温馨，也让人精神清爽。因为她的中短篇，总体上具有温柔的怜悯式的品相，这当然是由作者本人情怀的厚道和思致的美好所决定的。

2007年11月

选自《不撒谎的作文》，陕西人民出版社，2013年，原文无副标题

# 好句由心见痴气

## ——高璨诗歌印象

大约去年初春，老同学丁斯对我说，他的一位朋友的女孩，小学尚未毕业，已经出了好几本诗文集，成为陕西作协最年轻的会员。当时在酒席上，丁斯还念诵了小作家的两段诗句。大家听了，都叫好。丁斯的诗才和文艺鉴赏力，我一向佩服。但吃喝场合的闲谈，我并未太在意，也没记住女孩的名字。

这个小作者，就是十三岁的高璨，现已就读于西安交大附中初一年级。今年春节过后，张萍女士转来高璨已出版的几本诗集和即将出版的诗选的打印稿，我翻看了几首，便知道她正是丁斯说过的那个女孩。读诗宜心静，而这半年，我特别忙乱，直到最近，才可以坐下来了。我用两周时间，读了四种皆由朋友推荐的诗集或诗选。这四种，题材、体式各有特色，而给我留下最深印象的，是广东农民诗人程坚甫先生的"秋哭"之作和西安女孩高璨的"春唱"之章。用"秋哭"和"春唱"指代前者和后者，乃比较风貌而言。

读罢程坚甫先生的诗，我以绝句形式写下了读后感："泪水人生种稻翁，笔毫蘸血诉情衷。遗篇读罢羞我死，诗水诗酒味不同。"拙诗后两句，未能合于格律，因为我的感受，只能这么着道出。程先生是一位有文化的农民，一生风雨劳作，备尝活着的艰辛，身后却留下了一千三百余篇诗稿，大多情出肺腑，感人至深。有论旧体诗者将他与郁达夫、聂绀弩同称并引，誉为"现当代三家"。我读程翁遗作（部分），多次唏嘘不已。我以为，优秀的诗，是"诗酒"；一般的诗，是"诗水"。程翁写的诗，多是前者；而如我者写的诗，多是后者。

我读罢高璨的诗，也写了一首绝句："程诗诵罢读高篇，老树新荷各尽妍。好句由心见痴气，风骚正道共承传。"这样说，是因为我阅览高璨的诗，很惊讶，也很感动，但更多的心情，是欣喜。我十四岁时开始写诗，起步时的水平，差高璨甚远，所以我惊讶。高璨笔下的物事，大多都被她赋予了美好的人格；高璨诗所呈现的明丽情境，是作者阳光心灵的一面镜子，所以我感动。而我的欣喜，则由乎一个更重要的原因：我论作家及其作品，一向最重"痴气"的有无和多寡。我说的痴气，是指作家的一种直觉的精神生命状态，具体讲，就是对自己笔下由文字所构筑的美好意义世界的深度爱怜和持久迷恋。没有或很少痴气的作家，纵然才高八斗，也只是高级文匠；作品缺少了痴气的贯注，即使堆锦铺绣，照样是徒有其表的塑质树或绢质花。《诗经》和楚辞中的佳作、李杜苏辛的诗词名篇，无不痴气丰盈。所以我说，痴气乃"风骚正道"。

我感觉，程坚甫和高璨这一老一少，都是大有痴气的诗人。虽然，程翁诗属于旧体而高璨诗属于白话自由体，语言"频道"有别，但在痴气贯注方面，又是异曲同工的。

且看程翁在贫困年代所写的"卖鸡诗"：

《携鸡雏数头出市，求售不成，归，赠以七绝二首》：

其一

翼长鸡雏渐学飞，今朝出市复携归。

只缘读墨谈兼爱，未忍分教两面违。

其二

雌伏雄飞各有期，山家更不设樊篱。

主人老去无多乐，赠尔诗成一解颐。

诗人上集卖小鸡,却因为"读墨(墨家)"、心系"兼爱"之义而不忍教鸡雏们分离,故恳求买者整窝买走,最终交易不成,又携它们回家,"雌伏雄飞"情景复现,大慰老怀,遂写诗赠予鸡雏。

《昨卖鸡与邻家,顷复飞回壁,返后,感成一律》:

　　玉汝于成几费神,出售应谅主人贫。

　　隔邻索价姑从贱,溢槛飞回岂厌新?

　　濒死未为登俎物,超生犹望系铃人。

　　痴翁抚事增惆怅,异类非亲竟似亲!

诗人生活还是过不去,只能又把鸡雏贱价卖给邻居,可鸡雏们不舍贫主,一再飞回旧家,令老主人既难过、惆怅,更感动、感慨:"异类非亲竟似亲!"

诗中所摹写的,是何等真切、生动、具体的情景;诗中所弥漫的,又是何等素朴、真挚、善良的痴气。

再看小姑娘高璨的两首咏物诗:

《黄色的小发卡》:

　　暮色降临

　　月亮星星张开了眼

　　伸了个懒腰

　　开始争先恐后梳妆

　　在池塘上空照啊照

　　照照,闪闪

　　笑笑,照照

　　嘘

　　池塘对风说

　　别动

　　小心吹掉我头上

　　黄色的

发卡

这诗是咏弯月的。在小作者眼里,池塘是一个爱美的静女,而弯月是一枚金黄色的发卡,别在她的头上,精致可人。所以,池塘不肯让风吹掉它。诗的意象和意境,既幽雅明净,又新颖别致。没有迷恋月夜清丽之美的痴气,绝对写不出来这样的句子。

《树想》:

当树上所有的叶子落光

我们希望

这仅仅是一棵倒立的树

虽然叶子都长在一个层面

当所有叶子都被秋风带走

我们相信

树与叶子去旅行了

这里留下的仅仅是一栋空空的房

当第二年绿色重新呈现在蓝天下

而这棵树却没有春天时

我们会为那棵旅行还没有回来的树祝福

愿它有一个美好的新家

当这栋空空的房子也消失时

我们便会得意地笑笑

因为这忠心的房子

去追随它的主人了

我格外喜欢这首。"树想",就是关于一棵走向枯萎的老树的想象。作者施予生物的温柔怜悯,源于真善美的情愫;而四重递进的思致,又是如此的细腻、灵动和富于层次感。没有爱怜树枝风骨之美、树叶风姿之美的痴气，也绝对写不出来这样的句子。

　　写出好诗，不能没有对诗体句式的敏感，不能没有把握意绪节奏和语言节奏的能耐，更不能没有驰神骋思的想象力。这些，都是常识，就高璨来说，现在已经基本过关，将来会更趋得心应手。在上述几个方面，曾有不少省内外的诗人和诗评家对她的诗做过具体的点评、分析。他们的看法，都很中肯，我就不必做重复之议了。但我比大家更看重的，始终是高璨和高璨诗的痴气。我以为，对于诗人的创作，这是最具统摄意义的精神基质和情感能源。

　　高璨正在长大，她2007年以来的一部分诗作，如《期盼》《春天想换个性格》《洪水来了》《渐渐渐渐》等等，已经注入了一些不同于以往的意蕴，并因此呈露出了向成人诗过渡的端倪。这是必要的，也是必然的。诗人年龄的增长，不必以痴气的减退为代价，程坚甫先生就是例子。但浸染了成年生活汁液的、具有较厚重分量的、富于沧桑感的痴气，毕竟更有利于酝酿大气象诗作的诞生。伟大的痴气诗人李白和杜甫，是诗坛上永远的榜样。这些话仅供高璨参考。

2008年8月

选自《不撒谎的作文》，陕西人民出版社，2013年，原文无副标题

# 一部有看头和有嚼头的小说

## ——长篇小说《子宫》谫评

给三部获得首届"柳青文学奖"的小说写完评语，我又匆匆拜读长篇小说《子宫》。四个月前，作者吕学敏便把书稿发到了我的电子邮箱。揽事比较多，措理能力却差，常常顾此失彼，是我的毛病之一。这毛病，屡遭友朋们批评。我在改，但彻底改掉，总得一个过程。评论这部长篇，我是答应了吕学敏的，却拖到了现在才践诺，这让我很不好意思。有趣的是，"不好意思"，恰是吕学敏另一部长篇小说的书名。

我尊敬的孙见喜先生，已经为《子宫》写了序评，非常中肯、到位。见喜兄的手笔比我宽，既能评小说，又能写小说。曹植在写给杨修的一封信中说："盖有南威之容，乃可以论于淑媛；有龙泉之利，乃可以议于断割。"这话，有一定道理。见喜兄已得了"柳奖"，我写的评语中的一篇，正是关于他的长篇小说《山匪》的。所以，他量长校短于《子宫》，近于美人谈美，剑客论剑，更在"道儿"上。但我还是愿意谈谈我的阅读感受，就像球迷虽不打球，也可以对姚明们说三道四一样。

我认识吕学敏，已经十年多了。我们之间，是纯粹的文字之交。吕学敏不是一个很能说会道的人，大家在饭桌上唇枪舌剑或笑语喧哗时，他只是坐着听或跟着笑，并无出彩的表现。但吕学敏的内心，却是极灵动、极灵秀的。这灵动和灵秀诉诸笔端，就成了一篇又一篇优美、有趣的散文。

我九年前读他的散文选集《清夜闲步》，甚是赏爱，尤其惊讶于他文字的老练、从容和省净，因为这样的能耐，和他当时的年龄不符。当我认为吕学敏会在写散文的路子上不断走下去时，他却又在小说领域开辟第二战场了。近三年，他给我看的长篇年各一部：前年是《白狐》，去年是《不好意思》，今年便是这部《子宫》。文坛上，外讷而内敏、言讷而行敏者，往往更能干成大事。贾平凹、京夫等，便是当下的例子。吕学敏如果一如既往地勤奋笔耕下去，未必不是文坛上的一路诸侯。当然，干不成大事也不要紧。王安石说："尽吾志而不能至者，可以无悔矣。"何况，务弄写作这种事体的意义，首先是让写作者自己身心"受活"。

现在来说这部《子宫》。我觉得，这是一部既有"看头"又有"嚼头"的长篇小说。有看头，就是故事、情节等比较"抓人"，能给予读者阅读快感，避免了厌读、罢读的发生。这看似简单，其实并不容易。我几乎月月都会收到不同地方读者惠赠的小说新作，但可以吸引我一口气看完的，说实话，无多。然而，比看头更重要的，是作品有嚼头。说一部小说有嚼头，是指它具备耐人寻味感、回味感。在这方面，陈忠实的《白鹿原》堪称典范。我近几年说文学，总爱讲"回到常识"。看头和嚼头是否兼具，便是我判断一部（篇）文学作品"弄成了"还是"没弄成"的标尺。大抵讲，一部作品有看头，才能让读者热读起来；同时又有嚼头，才能让读者冷读下去。这常识，是否合于某某理论，不必管它，但作为标尺，我以为没有错。《子宫》这部小说，正是看头和嚼头都挺好的作品。

关于这两"头"的"挺好"，我想从三个方面谈谈我的感受。

第一是述说的故事有看头和嚼头。《子宫》的选材，是关于乡村计划生育的。计划生育作为当代中国的一项基本国策，举世皆知。在农村，计生工作的推进，几乎就是一部成千上万集的悲喜交错的连续剧的上演。因此，作家从计生角度观察、再现乡村社会生活的春风秋雨，不仅可以获得相当宽广的笔致空间，还可能瞄捉到相当细致的笔力触点。《子宫》的看头和嚼头，首先由此而来。吕学敏并不是计生系统的工作者，他写这部长篇，出于个人的自由选择，而这样的选择，又确实显示了他作为一个作家的艺术视角的独特。在小说中，作者没有简单地肯定或批评乡村计生工作的得与失以及基层干部、群众的生活状貌的好与不好，而是从叙说计生切笔，动静结合、宏微并重地摹绘了一个村庄的生活原生态和进行时。如果说，《子宫》的看头，主要在于故事形态的高度现时和高度还原的话，那么，它的嚼头，则更在于作品所具有的素朴而积极的人文情怀方面——作者要告诉读者的是：中国当代乡村的社会生态，固然不能尽如人意，很多落后习惯、鄙陋习俗亟待改良，但健康的因素在增加，进步的趋势在增强，却又是实实在在的事实。

第二是塑造的人物有看头和嚼头。《子宫》的篇幅，接近十五万字，不算大长篇，但书中的乡村人物，数量却不少。就我个人的阅读习惯说，人物嫌多了些，不利于集中刻画。但吕学敏的文学能耐之一，却也正在这里。凡读完小说者，都会对雪娃、生强、秦良、边主任、乔乔、宝鹿、豆仓、洋锣、发扬等大姑河人获得鲜明而具体的印象。尤其是书中和"我"的工作、生活有关的三个女性，被作者塑造得神形毕肖，跃然纸上。对雪娃这个既是乡村普通农民又是基层计生干部的中年妇女，作者是倾注了感动之心予以刻画的。雪娃的言行做派，展现着人性美和党性美的双重光芒。忍受双有媳妇的恶语诅咒、积极倡导为黑秤婆的丧事捐款、急救将被父母溺死的女婴陶陶、妥善解决四兄弟不养老父的问题等等作为，都是这双重光芒的闪烁。雪娃的"就因为你们不文明，丢女人的人""党员就是党员，舍不得（捐钱）是屁党员"这些话语，既朴实无华，又掷地有声，显示着个性风采和真善美的分量。但是，作者塑造这一人物的最成功之处，并不在于写出了上述双重光芒，而在于写出了雪娃人生的悲剧性。雪娃的悲剧性，固然包括她最终死于癌症的不幸，然而更重要的内涵，在于她对事业使命感的秉承，对工作责任心的执着，处事的宽厚，品格的高尚，等等，与她处境的艰难和心境的苍凉之间，形成了悲剧性的反差。这样，吕学敏就不仅揭示了小人物的大情怀，更揭示了生活的复杂性和社会进步的艰难性。

  第三是小说的语言有看头和嚼头。吕学敏的文学创作，是从写散文开始的。我一向认为，散文写不好的人，是很难有其他过硬的文体语言操持能力的。而写作又和练书法同理，起始阶段，必须对自己心仰的大家的作品心摹手追。在这方面，吕学敏的路子很正。他多年摹追的，是老舍和贾平凹的作品。我觉得，他的师法，非常适合他的秉性气质。现在这部《子宫》和我前年、去年读到的两部长篇书稿，都一定程度地显示了他努力熔裁舒、贾两家遣词造句之长以成自己文貌的追求。具体说，便是老舍文字的谐中寓庄和贾平凹文字的拙中蕴秀的结合。总的来看，《子宫》这部小说的语言，很平实、舒展、口语化，又不失生动、精细和筋道。随便拈几个片段："（豆仓）说了句很像从井里打捞上来的感慨。""现在人们显摆的是票子，不是麦子。""雪娃挨受了双有媳妇的无数诅咒，使她的这个冬天格外零下。""他摇摆着头，把沉缓的曲牌调子从弓弦中挤得如漫天的稠云，更像这黑啦啦的夜。他流下了泪，我也流下了泪。"类似的句子或句群，在《子宫》中屡屡可见。我在阅读中，往往忍不住叫好。当然，作为作家的吕学敏，在作品语言文字的个性上，还没有真正"出体"，也就是形成"吕氏面目"，但就他目前的水平而言，早日"出体"是完全有可能的。

2008年8月

选自《不撒谎的作文》，陕西人民出版社，2013年，原文无副标题

# "火气"与"挚情"

## ——评杨宪益先生诗

2009年11月23日,杨宪益先生病逝,享年九十五岁。

杨宪益出生于1915年1月,1934年从天津英国教会学校新学书院毕业后赴英国,入牛津大学莫顿学院研究西方文学。1940年回国,在多所大学担任教授,1953年任外文出版社翻译专家。杨先生与夫人戴乃迭女士合作英译《魏晋南北朝小说选》《唐代传奇选》《宋明平话小说选》《聊斋选》《红楼梦》《儒林外史》等数十部中国名著,在国外皆获好评,影响广泛。

知道著名翻译家杨宪益的人不少,知道诗人杨宪益者并不很多。在我看来,杨先生算不上大诗人,但在当代"聂派"诗人中,杨宪益是有自家面目、有好诗可传的,这一说法名实相符。

杨宪益的旧体诗,主要是"打油"式律绝。目前可见的版本有:香港天地图书有限公司《银翘集》(1995),广东教育出版社《三家诗》(杨宪益、黄苗子和邵燕祥三人合集,各收诗作一百首,1996),福建教育出版社《银翘集——杨宪益诗集》(2007)。

关于书名《银翘集》,杨先生在《自序》中解释:"诗集编完了,有朋友们认为这本集子总要起一个名字。我记得前几年同黄苗子兄唱和时,曾开玩笑写过一首七律,诗记不得了,但其中有一联云:'久无金屋藏娇念,幸有银翘解毒丸。'当时启功兄看到,认为对得还不错。银翘解毒丸是北京同仁堂的成药,专治感冒,我常常服用。银翘是草药,功效是清热败火,我的打油诗既然多半是火气发作时写的,用银翘来败败火,似乎还合适。因此我就想用《银翘集》作为书名好了。"

杨诗至今流传于世者,基本如上。据其多位亲朋好友的文章可知,杨先生写诗,随写随扔,全不在乎存失。收入集子中的作品,大多赖于有心人的保存。因此,读者欲一睹杨诗全貌,大概是不可能的了。

## 一、杨宪益诗的"火气"

最早读到的杨宪益诗,是1993年夏见诸报纸的一首七律《有感》。"有感"的对象,是贾平凹热销全国随即引起极大轰动的长篇小说《废都》。其句如下:"忽见书摊炒《废都》,贾生才调古今无。人心不足蛇吞象,财欲难填鬼画符。猛发新闻壮声势,自删辞句弄玄虚。何如文字全除净,改绘春宫秘戏图。"

我初读此诗,一方面感到不甚舒服,另一方面又颇觉尖新。有前一种反应,是因为在我看来,尽管《废都》有很多不足,但总体上说,仍是一部了不起的现实主义作品,其文化信息承载量和艺术传达方式,均不无可称道之处。我那时也写过一首关于《废都》的古绝:"天生鬼才谁与俦?新著奇相惊九州。另类笔法难评说,毁誉百年恐未休。"用语比较平和,主要强调,这部小说将会引发长久争议;而杨先生这样论议,就把它定性成了文字趣味低下、促销手段恶俗的玩意儿。这样的"判词",对贾平凹是不公平的。有后一种反应,则是因为杨先生这首诗立场鲜明、表意明快、笔风辛辣,尤能以时语入旧体而格律中规中矩,亦可谓才调不凡。

及至读到杨先生更多的诗,便知此类讥刺之作夥矣,且大多语气激愤:

愤激于有偿新闻一时层出不穷:"报刊原本是宣传,只要宣传便要钱。凑趣文章皆上品,发财企业尽高贤。旧人难比新人贵,真货何如假货

廉。首版保留歌盛世，主编得此保平安。"（《有偿新闻》）

愤激于"洋词"滥入汉语以致不伦不类："语效鲜卑竟入迷，世衰何怪变华夷。卡拉欧咳（Kara OK）穷装蒜，品特扎啤（Pint draugh beer）乱扯皮。气死（Cheese）无非洋豆腐，屁渣（Pizza）算个啥东西。手提BP多潇洒，摆摆（Byebye）一声便打的（Taxi）。"（《感语言之洋化》）

⋯⋯⋯⋯⋯⋯

读此类诗作，很容易想起名言"不平则鸣"和"愤怒出诗人"。

"不平则鸣"出自唐人韩愈《送孟东野序》："大凡物不得其平则鸣。草木之无声，风挠之鸣；水之无声，风荡之鸣。其跃也，或激之；其趋也，或梗之；其沸也，或炙之。金石之无声，或击之鸣；人之于言也亦然。有不得已者而后言，其歌也有思，其哭也有怀。凡出乎口而为声者，其皆有弗平者乎？"意谓大凡好的诗文，无不是作者心中不平之气的宣泄。

"愤怒出诗人"则是古罗马诗人尤维利斯的诗句，曾被马克思、恩格斯屡次引用。如1859年7月，法奥两国牺牲意大利利益签订了维拉弗兰卡和约，马克思立即写了两篇政治评论。他很满意自己这两篇文章，曾对恩格斯说："还有一个理由是——愤怒出诗人——我的文章写得好。"

正如杨先生所言，他的诗"多半是火气发作时写的"。杨先生的大量诗作，最突出的品相之一，便是"火气大"。苏轼曾说，他对看不惯的事情，一向"如食内有蝇，吐之乃已"。苏辙《亡兄子瞻端明墓志铭》谓乃兄："其于人，见善称之，如恐不及；见不善斥之，如恐不尽；见义勇于敢为，而不顾其害。用此数困于世，然终不以为恨。"杨先生也是这样，其捍卫真善美、关注人间秩序、同情苍生境况之心，愈到晚年愈强烈，故其"发火诗"无不慷慨激烈，放言无忌。

不平则鸣，鸣则痛快淋漓，确实既有利于消解火气，又催生出了大量情真意切之作。但气盛并不等于言宜，杨诗中论议偏至，甚至尖酸刻薄，是常所不免的。

## 二、杨宪益诗的"挚情"

收在《银翘集》中的"火气"盛旺之作，的确最见杨宪益的为诗个性。但这并非杨诗全貌。且看一首抒写丧妻之痛的七律《悼乃迭》：

　　早期比翼赴幽冥，不料中途失健翎。

　　结发糟糠贫贱惯，陷身囹圄死生轻。

　　青春作伴多成鬼，白首同归我负卿。

　　天若有情天亦老，从来银汉隔双星。

此诗作于1999年杨夫人戴乃迭病逝之后。诗以"失健翎"极言爱妻殁后自己锥骨撕心的感受。"失健翎"，就是"痛失我的翅膀"的意思。戴乃迭一生，确实是丈夫的"健翎"。

戴乃迭1919年出生于北京，其父戴乐仁毕业于伦敦经济学院，20世纪初到中国传教，是首任燕京大学经济系主任，母亲塞琳娜是传教士兼教师。戴乃迭1937年考入牛津大学攻读法国文学，与杨宪益相识相爱。1940年，二人在重庆举办婚礼。此后五十多年间，夫妻联袂英译中国文学作品，风雨不辍。无论在事业上还是在生活中，戴、杨都始终声气相通，同甘共苦。杨宪益晚年回忆说，戴乃迭"不仅有惊人的美丽，更有一颗质朴的心——她清新脱俗，没有英国上流社会女孩常有的虚荣与势利，这一素质在中国上层的小姐们之中也很少见"。

这一首悼亡诗，字字泣血，句句深情，足列潘岳、元稹、苏轼、贺铸、纳兰性德的传世之作之后。其中的"青春作伴多成鬼"一句，出杜甫《赠卫八处士》"访旧半为鬼"，将哀悼之情由鼓盆之痛延伸至更广的伦常层面，从而透出了更为深重的人生悲凉况味。

这是杨宪益诗的另一面，我权且称之为"挚情"。在《银翘集》中，"火气"之作与"挚情"之作的关系，不是反差而是辉映，近于鲁迅说的陶渊明诗的二重变奏：既有冲和平淡，又有"金刚怒目"。

挚情者，光明磊落、坦荡真诚、绝不做作之谓也。其既源自天性，又来自教养。

邵燕祥写道:"杨宪益的学问不挂在脸上,也不挂在嘴上。也就是说,他从来不'吓唬老百姓',不以其所有骄人之所无。他的学问融入了他全部的教养,平时待人,从不见疾言厉色。酒边对客,融有《世说新语》式的机智和英国式的幽默,都化为寻常口头语,不紧不慢地说出。"这当然是知人之论。

从个人诗歌接受经验来说,我对《银翘集》中的挚情诗的赏爱,是超过了对其火气诗的喜欢的。因为从火气诗中所感受到的,主要是杨先生的可敬;从挚情诗中所感受到的,则多是杨先生的可爱:雅人深致、幽默情性、悲欣交集心境、名士文化趣味等等。只有在阅读吴宓先生诗作时,我才有过类似的感受。

姑且点评几首。

《西安纪事诗》中关于乾陵的一首:"山头隐约露双峰,玉体横陈晓雾中。千古风流称武后,而今还在逗天公。"原注:"乾陵前有山,双峰耸立,当地人称'奶头山',谓武则天精灵所化,甚至有言其某处为武后肚脐,某处为武后大腿者,可发一笑。"

杨先生于1982年来过西安,游乾陵后作此诗。字里行间虽寓反讽,却以"痴玩"口吻道出,其笑谈古今事的洒脱风致,堪比杜牧的"俊赏"。

下面二首,口吻更为"痴玩":

写"洋猫":"欲慰慈怀解寂寥,女儿携赠白狸猫。只尝美国鲜虾粒,不顾燕京土蛋糕。瓶倒箱翻常撒野,梦回饭饱更装娇。工农虽说今专政,哪及豪门宠物高?"(《迁居友谊宾馆四首》之四)

写"踩气球":"彩云易散琉璃脆,枝上花无百日红。未若彩球图痛快,一场欢喜一场空。"(《见小儿踩气球为戏,名曰欢乐球》)

我在很多场合讲过,作家必备的资质、情怀之一,是能将世间的物、事、景等等情趣化。杨先生的"痴玩""俊赏",正表现了这种资质、情怀。

杨先生一生好烟嗜酒，有"当代刘伶"之誉，故能豁达夫子自道，大多庄谐并出，情趣盎然。如以下二首，前一首言喝醉了不在乎，后一首说喝醉了很在乎：

常言舍命陪君子，莫道轻生不丈夫。
值此良宵须尽醉，世间难得是糊涂。

——《祝酒辞》

休言舍命陪君子，莫道轻生亦丈夫。
值此良宵虽尽兴，从来大事不糊涂。

——《谢酒辞》

以轻松戏谑之"酒话"，明有经有权之"酒道"。只有把诗看呆了的冬烘先生，才会说这是"出尔反尔"。

杨诗最让我感动的挚情，是融在自谑、自嘲中的真诚良知——知恩、知尊、知荣、知憾、知愧、知耻：

少小欠风流，而今糟老头。
学成半瓶醋，诗打一缸油。
恃欲言无忌，贪杯孰与俦。
蹉跎惭白发，辛苦作黄牛。

——《题丁聪为我漫画肖像》

郴州到处打秋风，整日消磨饮宴中。
归载橘柑三百颗，主人惊道过蝗虫。

（自注：游郴州九日，四日离京，十五日返京，主人招待极殷勤，临行又载去橘柑四五十斤，所谓"三百颗"者，盖大约数也。）

——《郴州纪事诗十四首》之十四

名为讲学实荒唐，愧煞南来杨六郎。
打尽秋风春又到，腰缠万贯好还乡。

（自注：新亚书院除盛情招待外，又送研究津贴，惭愧之至。）

——《港游杂咏八首》之八

半生早悔事雕虫,旬月踟蹰语未工。

恰似彩虹容易散,须臾光影便成空。

——《中国作协授老翻译家彩虹翻译荣誉奖》

杨宪益是典型的性情中人,曾自书挽联:"少时了了,大未必佳;中年昏昏,老而知耻。"自注:"此是近来自书挽联也。近百年过渡时期中国知识分子大抵如是,此乃时运使然,不足为怪也。故陶潜云:'天运苟如此,且进杯中物。'"这固然是庄子"卮言"式的自评,却又蕴含了难能可贵的自省。前两句,出自《世说新语》中孔融和陈韪的对话。"了了",意为聪慧,"少时了了,大未必佳"谓小的时候很优异,长大了却不一定是人才。杨先生这样说,当然是自谦。后两句,我以为大可玩味:"中年昏昏",是说回首鸿痕,在很多事情上,自己不过是"聪明的糊涂人",没有活出应有的清醒与尊严。"老而知耻",固然寓含"岁云暮矣"之叹,但更深的意思是要做一个有胆有识、不卑不亢、敢说敢做的读书人。

## 三、杨宪益诗的当下启示

杨宪益是职业翻译家、学者,旧体诗创作只是余事。在《银翘集》自序中,杨先生很坦然地说:"我比较早的时候就感到自己不是个写诗的料,因此也从来没有认真写过诗……我对写新诗一直还不敢问津。用旧体诗发表今天的思想感情,自然局限性很大,很不理想。但是自己没有作诗人的自信心,没有开创的勇气,也只好用旧体来应付了。"

我个人以为,杨宪益先生的诗,在质、相两个方面,都还存在着明显的不足:一是前已论及的偶尔持议过度;二是一些篇章,写得过于随意,欠缺必要的打磨。杨先生的外甥女赵蘅回忆:"我早就了解舅舅写东西,总是一遍完成,他从来不修改,不像我们许多人要斟字酌句地推敲半天。"一遍成稿不再修改,当然洒脱,但就为诗为文之道说,总归是不可取的。

但无论怎样的小疵微瑕,都不掩杨诗的辉光、价值。《银翘集》的序和附录中,收入了多位名家的精到评说,尤其邵燕祥先生的一篇,识见允当之极。但我作为一个普通读者,仍觉有话要说:

第一,杨宪益的诗作,体现了理性的爱国主义者的情怀。世界上一直存在着两种爱国主义:理性的和狭隘的。后者的主要表现,便是自我封闭、盲目高傲以及忽视爱国主义与其他价值观的联系。杨先生早年接受了良好的中学、西学教育,游历广泛,见多识广。赵蘅说:"舅舅的爱国,不是大话,不是假话,不是非得要贬低他国抬高自己。"赵蘅说得很对,但还没有说足。我以为,杨先生对自己国家的爱和更广泛的爱与尊重——对个体的、群体的、自然的、真理的、正义的等等——是融合在一起的。杨先生留学伦敦时,日寇正在侵略中国。他主持牛津中国协会,到处发文章、演讲、募捐,呼应着国内的爱国抗日热潮。1940年,杨先生获得荣誉学士学位后,放弃了到美国哈佛读研的机会,带着未婚妻回到满目疮痍的祖国,时值抗战最艰苦的时期。从此以后,杨先生的爱国情怀,便具体体现为终生为祖国辛勤工作。在长达半个多世纪的时间里,从先秦散文到现当代作品,杨戴夫妇联袂英译了中国作品近千万字,享有"几乎翻译了整个中国""在中外文学史上都极为罕见"之誉。杨宪益是继季羡林之后,第二位获得"翻译文化终身成就奖"者。该奖项是我国表彰翻译家个人的最高荣誉。20世纪40年代后期,在南京的杨先生痛恨国民党政权的腐败,成立了三民主义同志联合会,以极大的热情迎接新的时代。杨先生晚年以诗臧否人物、评骘世事,直斥诸多公害,皆因激于大义焉。虽偶有过激之论,而综以观之,其毕生爱国之心,可昭日月。

第二,杨宪益的诗作,彰显着从道不从俗的读书人风骨。其《自勉》诗云:"每见是非当表态,偶遭得失莫关心。百年恩怨须臾尽,做个堂堂正正人。"强调的正是读书人应有但事实上很多人没有或丧失了的精神。

方东树《昭昧詹言》谓苏轼"自以真骨面目与天下相见，随意吐属，自然高妙"。杨先生的诗，无论抒写爱、赞、悯，还是宣泄悔、怨、憎，其面目之真率，较诸东坡有过之而无不及。以下两首诗，颇能见出杨先生作为当代读书人的自我意识。

> 清谈夷甫终无用，击鼓祢衡未必佳。
> 差似窗前水仙草，只能长叶不开花。

——《自嘲》

显然，对祢衡、王衍（字夷甫）一类自命不凡、徒逞口辩、中看不中用的所谓名士，作者持严厉批判态度。杨先生所推重的，乃是"微躯膏社稷""正气满乾坤"的读书人：

> 勇斗车轮不顾身，当仁不让性情真。
> 填波精卫雄心壮，断首刑天猛志存。
> 敢舍微躯膏社稷，要留正气满乾坤。
> 捕蝉本是图清净，黄雀何须助恶人。

——《螳螂》

在作者笔下，螳螂形象被赋予了悲剧美——正气凛然、知行合一、无所畏惧、不怕牺牲。从杨诗中，读者至少可以真切地感受到，究竟什么样的书写，才配说是"用文字自由呼吸"。

第三，杨宪益的打油体律绝创作，对当代的诗人们尤其是旧体诗的作者们，有着很多积极的启发。纵观近百年来的中国诗史，旧体诗、白话诗的发展，可以说都不够理想。毛泽东数次谈话中说的"迄无成功"，至今仍未有实质性的改变。

第四，我一直以为，白话诗的形式定型即实现文本的"民族化"，与旧体诗的自臻新境即获得气骨的"现代性"，并是一个艰难的、漫长的过程，尤其后者。早在19世纪末，"诗界革命"的领军人物黄遵宪就清楚地意识到，在充分反映当下社会生活和充分抒发诗人当下情绪方面，古典诗歌存在着诸多不足。黄氏呼吁旧体诗与时俱进，打破忌讳，拓展题材，更新语汇，宣称"我手写我口，古岂能拘牵"，力求做到"古人未有之物，未辟之境，耳目所历，皆笔而书之"。公度之后，很多诗家都做过有益的探索。聂绀弩、杨宪益、启功、邵燕祥等，是其中的代表。

近二十年间，写作旧体诗的人越来越多。但时下见诸正式出版物、网络自媒体的大量作品中，缺少真情至性吐露、满篇堆积着应景口号或陈词滥调者，仍时时可见。无论旧体诗还是新诗，首先总得有诗的品格。如何知古开今、守正创新，以真情怀、真精神入韵文，不断提高当代中国诗歌创作水平，是时代交付给诗人的大作业。我以为，杨宪益先生的情出肺腑、笔不造作、气韵饱满、个性鲜明的《银翘集》，的确可以促使当下的很多诗人自察自省。

原载《秦岭》2009年冬之卷

# 当代诗话十二篇

## 一、宁可有诗无律，不可有律无诗

尝闻李志慧教授道："为近体律绝并词曲，宁可有诗无律，不可有律无诗。"予甚是之。当代内地之所谓"口号体"诗词，泰半即后者。斯体肇端者，或未易坐实，而流衍至今，郭鼎堂难辞首责。盖鼎堂据骚坛首席卅秋，其作时见报端，别集大行于世，声望之盛，国中无二，故效仿者与年俱增，势必难免。然鼎堂晚岁诗词，多有诗之皮相而鲜有诗之魂魄矣。

昔读鼎堂《长春集》《东风第一枝》，屡见有律无诗之制。若《颂上海》："洋场十里更汪洋，无复洋人独擅场。千万居民多面手，十年创业一心肠。整风以后红而透，反浪之余乐且康。海上东风无限饱，红旗满市映朝阳。"《望海潮·农业学大寨》："四凶粉碎，春回大地，凯歌声入云端。天样红旗，迎风招展，虎头山上蹁跹。谈笑拓田园，使昆仑俯首，渤海生烟。大寨之花，神州各县，遍地燃。　农业衣食攸关，轻工业原料，多赖支援。积累资金，繁荣经济，重工基础牢坚。基础愈牢坚，主导愈开展，无限螺旋。正幸东风力饱，快马再加鞭。"鼎堂才学，远迈常伦，而此类近体，实徒轨于诗律之韵语耳，且移宫换羽，随时应需，谀颂恶詈，往往而是，即较古之庸常应制之作，亦多等而下之。

拙作《论诗绝句》："不朽歌行将进酒，千秋一曲东方红。大风但起如刘季，平仄何论拙与工？"非谓无律之诗必胜于有律之诗，实谓诗之感动力，首关情怀而非辞调。至若合情挚、义正、境美、律工四而一之者，如少陵《秋兴》、樊南《无题》、仲则《绮怀》、富阳《乱离》，自是灵珠昆玉也。

噫，予读陈义宁诗集与郭鼎堂诗集，屡多慨焉：二公年相若、才相近，并治国学，并成大师，并为诗人，而诗格相去渐远，竟如北冥南海，何哉？各自情怀之承与变使然也。晚岁之义宁，犹"少时所自待"之义宁；晚岁之鼎堂，非"我便是我了"之鼎堂矣。

## 二、蜡人体

蜡人体者，有诗貌相而无诗魂魄之作也。拙作《中秋前夜四绝句寄岚社诸子》其四："少陵诗镜正衣冠，地气云岚壮热肝。满目羊脂辨高仿，蜡人休作活人看。"谓今人旧体诗，立意措句追摹古人之作而疏隔当下真生活者，往往如蜡像馆中人物，形似生人，实非生人。

徐文长《肖甫诗序》："古人之诗本乎情，非设以为之者也，是以有诗而无诗人。迨于后世，则有诗人矣，乞诗之目多至不可胜应，而诗之格亦多至不可胜品，然其于诗，类皆本无是情，而设情以为之。夫设情以为之者，其趋在于干诗之名。干诗之名，其势必至于袭诗之格而剿其华词，审如是，则诗之实亡矣，是之谓有诗人而无诗。"观今骚坛时弊，与彼时何异？蜡人体之累见迭出，即其一征也。

兹举网见效"同光体"律诗二篇，《绮怀》："二十四桥吹凤箫，月明如水客程遥。舟轻能泛何停棹，露重方长不寐宵。清泪漫挥石榴酒，私心常伴美人蕉。一声鸡唱催解缆，宿醉都消恨未消。"《无题》："绮梦桃溪著半生，尘烟变灭更分明。卷帘非复麝香榻，度曲犹成戚怨声。鬓落青丝嗟翠羽，禅参冷露蚀春蘅。深宵剪烛书斜纸，幽恨千般写不成。"敢问场景并情致，今耶古耶？有读者谓之"置于近代诸家集中，几可乱真矣"，臧乎否乎？又闻网友调侃当下诗词圈："学唐五年，了无所得；学宋三月，小成而已；学同光十日，俨然大佬。"谓高仿同光，最易速成，"以为得古人之真"，甚或以行家自矜唬人，实"师古而不能驭古"者。

蜡人体之诗意象，率多如下：萧郎、檀郎、刘郎、阮郎、歌台、银钩、竹篱、兰舟、茅舍、帘幕、斗帐、玉钿、秋窗、春衫、螺髻、锦衣、粉痕、玉鉴、雪笺、流光、垂柳、落花、竹影、梅魂、荷衣、画篷、别鹤、断鸿、灵药、倚栏、晓梦、烛影、阑珊、恍惚、惆怅、幽怀、绮思、闲愁、暗恨、风飒飒、雨霏霏、采菱曲、涉江辞、昭君怨、咏絮才、千里路、万重山……予尝谑曰："此皆诗牌也，得心应手者，巧取妙配成诗，一日可数十首，名曰格调高古，予则不以为然，目为优孟衣冠之拙劣者矣。"

## 三、隐议、托议、直议之辨

诗固主情致而不主论议，然偶涉论议，亦自无妨。论议诗之妍媸，一决于立意之高下，二决于达意之巧拙。予观古今论议诗，其格有三：一曰隐议，二曰托议，三曰直议。论议者盐也，诗境者水也，兹以喻表。

刘梦得《乌衣巷》："朱雀桥边野草花，乌衣巷口夕阳斜。旧时王谢堂前燕，飞入寻常百姓家。"杨诚斋《过松源晨炊漆公店》："莫言下岭便无难，赚得行人空喜欢。正入万山圈子里，一山放过一山拦。"叶靖逸《游园不值》："应怜屐齿印苍苔，小扣柴扉久不开。春色满园关不住，一枝红杏出墙来。"藏议于物事本体，如汲海水一斗，盐在其中，是为隐议者。

杜樊川《赤壁》："折戟沉沙铁未销，自将磨洗认前朝。东风不与周郎便，铜雀春深锁二乔。"王介甫《登飞来峰》："飞来山上千寻塔，闻说鸡鸣见日升。不畏浮云遮望眼，自缘身在最高层。"朱元晦《观书有感》："半亩方塘一鉴开，天光云影共徘徊。问渠那得清如许？为有源头活水来。"出议于物事本质，如煮海水一斗，其盐熬而得之，是为托议者。

苏东坡《琴诗》："若言琴上有琴声，放在匣中何不鸣？若言声在指头上，何不于君指上听？"赵瓯北《论诗》："李杜诗篇万口传，至今已觉不新鲜。江山代有才人出，各领风骚数百年。"于髯翁《咏史》："龙虎风云亦偶然，欺人青史话连篇。江山代有英雄出，各苦生灵数百年。"涉笔即论析事理，如径入卤池，舀取盐汁一斗，是为直议者。

## 四、新旧二体各有长短

臧公克家擅自由诗，声名籍甚，近体亦偶有佳作，而知者尚寡。偶见其赠友人绝句《重与轻》："万类人间重与轻，难凭高下作权衡。凌霄羽毛原无力，掷地金石自有声。"措意高处，可与《有的人》颉颃；气脉通贯，亦足称道；末句"石"不协律，虽犯诗规，自是小疵耳。公尝云："我是一个两面派，新诗旧诗我都爱。"谓新旧二体各有短长，并存互补，自是正道。又自辩偶尔失律之不免："这些作品，大体按旧的格律，但有时破格，不以平仄自缚而致艺术失真。当激情冲胸，双眼泪流，振笔直书，急不可待，至于中式与否，已无暇顾及矣。"（《自道甘苦学旧诗》）所言不违诗道。其晚岁旧体诸作，予颇爱赏。若《答友人问》："问我年来竟若何？韶华未敢任蹉跎。耽书静案融通少，信步清庭意趣多。座上高朋抒壮志，窗前小朵缀青柯。听凭岁月随流水，依旧豪情似大河。"《抒怀》："自沐朝晖意蓊苍，休凭白发便呼翁。狂来欲碎玻璃镜，还我青春火样红。"《寄陶钝同志》："碧野桥东陶令身，长红小白作芳邻。秋来不用登高去，自有黄花俯就人。"《灯花》："窗外潇潇聆雨声，朦胧榻上睡难成。诗情不似潮有信，夜半灯花几度红。"

## 五、用典可古可今，唯以不隔为上

诗之用典，可古可今，唯以熨帖不隔为上。西北大学已故教授刘持生先生为古典文学专家，博极群书，学养浑浩，偶为诗词，见者称善，然淡泊自守，所作不轻示人。先生既殁，门人辑录遗作付梓，即《持盦诗》也。公之近体，多循宋诗一路，法度精严，气格高骞，即石遗室所谓"合学人、诗人之诗二而一之"者也。宋诗派多好用典，公亦如是。然其长在斯，其短偶亦在斯。试举刘诗二例，《丙辰寒食》："寒食分明似禁烟，素车争道送花圈。不知舍利藏何处，犹盼光明照大千。甲令未闻更魏俗，沉哀咸欲哭绵田。昏黄不辨人来去，独立交衢意黯然。"乃悲悼周公恩来并讽议时政之作。丙辰者，公元1976年也。其颔、颈二联俱以事典寄意，前申敬仰，后寓郁愤，极契题旨而含蓄不露，此其长也。《五一前日与国棉四厂诸学友开会话别归后补呈》："坐对群英尽足欢，况逢晴日散余寒。题诗个个惊崔颢，织锦人人压若兰。三宿方欣技渐熟，一年不觉指轻弹。轻歌快舞皆相勖，莫作寻常惜别看。"颔联对句以苏惠（字若兰）事谓师生"学工"，不日而手技熟稔。虽貌合纺织情形，然现代车间机器作业，与"璇玑回文"相去何远？读之颇觉不伦，此其短也。

不佞为诗用典，有取古者，有涉今者，但觉有"隔"，即勉力变通之。兹各举一例。《春节友人里巷口占》："年年访旧灞东村，宾主相欢推盏频。莫道人情薄如纸，刘郎偏爱故将军。"典出《李将军列传》，是为取古者也。《夜宴口占呈友人》："休说爱拼才会赢，他生未卜叹今生。回眸鲁镇形容老，阿桂打工千百城。"典出《阿Q正传》，是为涉今者也。

## 六、"丘八诗"亦有佳制

"丘八诗"者，大兵之诗也。唐宋之世，即有丘八之称，阅《太平御览》可知。窃谓当出民间暗语，用示兵痞将至。"丘八诗"之名，则由乎民国冯将军焕章自谑："予诗粗且俗，宜乎以丘八诗名之。"冯诗成于倥偬之余，竟至千首以上，且多关涉时事、悯恤苍生、鞭挞丑类之作，出语固俗白，然感人心魄之篇，亦往往可见。兹举两作，《护林诗》："老冯驻徐州，大树绿油油。谁砍我的树，我砍谁的头。"《夜读》："革命从来坎坷多，洒尽热血为山河。屡挫屡败终必胜，挑灯夜读《正气歌》。"周公恩来赞曰："丘八诗体为先生所倡，兴会所至，嬉笑怒骂，都成文章。"冯公同时及其后，丘八诗无多，然亦不绝。杨虎城《自誓诗》："西北山高水又长，男儿岂能老故乡。黄河后浪推前浪，跳上浪头干一场！"许世友《莫猖狂》："娘们秀才莫猖狂，三落三起理应当。谁敢杀我诸葛亮，老子还他三百枪！"皆其类也，胜在心声喤嗒，豪气干云。林宽谓"自古英雄能解诗"，信矣哉。

## 七、民俗歌谣之诗：行行俚语见心灯

诗之感动力强弱，不必关乎诗语之雅俗，而必关乎诗情之浓淡。项王《垓下歌》、汉王《大风歌》，其辞未逮雅驯，心声足移人情，千载而下读之，犹觉鼻息扑面，而"刘项原来不读书"。当代王老九，秦中临潼乡老也，其诗俚俗之极，然亦颇有动人处，以情意热切、活泼流畅故也。若"解放路，门敞开，翻身农民走进来……""老伴送我田市南，知心话儿透心甜。十里相送肝肠断，血泪洒湿破衣衫……"予尝有一绝《读王老九诗示诗友》："高才满座询诗道，说法传经愧不能。便羡相桥王老九，率多俚语见心灯。"至若论家谓其暮年好为"快板诗"，渐失秸秆本色、灶火气息，乃多种"合力"所致，固不诬也，然宜另付论评。

予由兹联想、慨喟甚多。古今中外草根歌诗，固不无粗鄙污下者，然更多心灯明灿之作，若陕北情歌"耳听得哥哥脚步响，一舌头舔破两扇窗；耳听得哥哥脚步来，热奶头扑向冷窗台"，又"半炕炕点灯半炕炕明，酒盅盅挖米不嫌哥哥穷"，虽出语俗白，然挚情之动人，孰能无视？纵才如白乐天、刘梦得者，亦未必能为此。昔于荧屏偶见左权盲艺人所歌

《桃花红杏花白》，泪奔不能自抑，惊呼"此非口唱之曲，直是命唱之歌"，盖歌者每一字词音符之吐纳，莫不绾接肝膈诉求矣。兹录全篇："谁说桃花红？谁说杏花白？瞎瞎地活了这辈辈，我咋没看出来。山路路你就开花，漫天天你就长，太阳开花是甚模样，这辈子费思量。太行山你就开花，走也走不到头，下辈子好歹要睁开眼，来看看这圪梁和沟。"鲁迅曰"从水管里流出来的是水，从血管里流出来的是血"，此歌足当最佳注脚。

## 八、譬喻之正谬

诗文之譬喻，人多重巧拙，而忽正谬。《世说新语·言语》："谢太傅寒雪日内集，与儿女讲论文义。俄而雪骤，公欣然曰：'白雪纷纷何所似？'兄子胡儿曰：'撒盐空中差可拟。'兄女曰：'未若柳絮因风起。'公大笑乐。"此即"咏絮才"之典源。"撒盐"之喻，固不及"柳絮"风神摇曳，然后者果"物虽胡越，合则肝胆"耶？恐非尽是，盖江南降雪，必在严冬；柳絮飘舞，恰值春末，"柳絮因风起"与"俄而雪骤"，几无可类矣。故此句灵动虽可嘉，精切则未逮。鉴赏家谓其"契合无间""联想新奇"乃至"端见少女天真情致"云云，不才未敢附会。

东坡《新城道中》："东风知我欲山行，吹断檐间积雨声。岭上晴云披絮帽，树头初日挂铜钲。野桃含笑竹篱短，溪柳自摇沙水清。西崦人家应最乐，煮葵烧笋饷春耕。"以"絮帽"喻岭头晴云，引"铜钲"状树杪初日，强为避熟而未副物相，读之颇觉不伦。

惠施曰："夫说者，固以其所知，喻其所不知，而使人知之。"刘彦和《文心雕龙》言比兴："夫比之为义，取类不常。或喻于声，或方于貌，或拟于心，或譬于事……比类虽繁，以切至为贵；若刻鹄类鹜，则无所取焉。"真千古不刊之论。以近譬近固可，以远譬近亦可，要在化定性之本体为定量之喻体以晓人。古今譬喻佳例，不胜枚举，若"忽如一夜春风来，千树万树梨花开""洛阳亲友如相问，一片冰心在玉壶""我如果爱你／绝不像攀援的凌霄花／借你的高枝炫耀自己""爱情是人生的建筑／如果一朝坍倒／断砖残瓦都将落在心间"……然设喻但求尖新以致乖情悖理者，历代并非鲜见，亦文病之一也，不惟见于歌诗，亦屡出他类文本。钱公锺书先生，现代文人之极善譬者，著论尝有"二柄""曲喻""多边"说，多能服人，然征诸其作，逞才而不近情理者，偶亦不免。其《围城》者，说部名作也。人多嘉其妙喻琳琅满帙，予则嗟其恶喻时有。若"这些花的香味，跟葱蒜的臭味一样，都是植物气息而有荤腥的肉感，像从夏天跳舞会上头发里发泄出来的""桌面就像《儒林外史》里范进给胡屠户打了耳光的脸，刮得下斤把猪油""她满腔都是肥腻营养，小孩子吸的想是加糖的融化猪油"……粗观则惊其出人意表，细绎则知其设喻失度。谓花卉竟有荤腥之肉感、言桌面可刮猪油半斤，怪异一至于此，至若讥乡间妇乳为"加糖猪油"，尤失厚道。

## 九、敷衍之作多半难好

甲午孟春，予随陕西诗词学会赴周至采风，其日细雨霏霏，阡陌葱郁。翌日依例吟诵新作以奉地主。诸君诗旨或盛赞政绩，或揄扬美俗，清词丽句，各擅胜场，予不能无作，乃勉为《周至采风》敷衍交差，拙劣心知。句云："名邑重来四月天，望中不见旧桑田。万般春意跃平野，百里笙歌动大千。劳碌莫教生减趣，闲游最合雨如烟。愧无才笔奉黎庶，犹待华章出众贤。"适得友人短信："闻兄踏春郊县，采风当有佳作。"答曰："顷成应景诗一首，十九陈词滥调，暗检赧愧已甚！"友人旋复："真情何在，好诗何在矣。"予又复："君不为诗，而言诗甚是。自忖今之率尔作业，颇近商女取悦客官，喉歌舞容，俱与心衷无涉，曷足称道？"

## 十、改诗须水磨功夫

随园《遣兴二十四首》之一云:"爱好由来落笔难,一诗千改始心安。阿婆还是初笄女,头未梳成不许看。"予深是之,律己律人,昔今一也。前有《再呈方英文兄》:"尚杜师王检句瑕,新词慎莫向人夸。好诗不厌千回改,菱黛方刘是一家。"杜者子美,王者介甫,俱改诗楷模也,末句典出《红楼梦》四十八回。后有《蹈袭随园诗意戏答王彦龙贤仲》:"一诗千改始心安,磨砚何如洗笔难。妪老悔同青涩女,粗妆急急付人看。"又于课中屡诫从游者:"诗之成也,快写或如电闪雷鸣,慢改定须水磨功夫。"此实出经年甘苦体会也。当触于情境,兴感骤来之际,诗笔飞扬,直如山涧瀑下、坂上走丸,然措意之粗疏,修辞之未工,常不可免,故须反复修葺,务求熨帖,直至自觉一字不可易,乃可自存示人矣。

## 十一、"恨"句之悟

丙戌年夏,得采南台主人方兄英文"诗信",责不佞为诗,"恨"句甚多:"何故男儿怨妇腔?叹多恨滥世无双。披坚执锐一枝(支)笔,自可书斋倒海江。"(《寄刘郎》)阅之报然,欲从善诫,然"恨"习难改。若"未分春前春后恨,同谁董理共谁抛""恨不当年效曹竖,青庐夜半劫君行""千层柳色千重恨,一寸心思一瓣香""楼前日日作悲歌,前恨无如今恨多""恨涧愁溪纵轻渡,奈何往事不成烟""天鸡惊破短欢梦,情海遍沉长恨舟"……皆"恨"句矣。是何故也?予不能知。去岁重阅东坡乐府,见其"恨"句数倍于拙诗,若"恨赋投湘水,悲歌祀柳州""涉世恨形役,告休成老夫""恨无扬子一区宅,懒卧元龙百尺楼""驻景恨无千岁药,赠行惟有小乘禅""我恨今犹在泥滓,劝君莫棹酒船回""东复西流分水岭,恨兼愁续断弦琴""苦恨相思不相见，约我重阳嗅霜蕊""长恨此身非我有，何时忘却营营"……又见友生吴嘉所馈诗稿，"恣意"一词，屡诸篇多有。吴君与不佞相知廿载，其心帜所向，予明久矣。乃悟一人诗中，同一语词迭出，未必皆因才乏学浅，亦有出乎遭际感受、非此语词不足副其胸臆者，遂有《寄采南台主人》："诗心岂好矫情哉？难却毫端恨字来。千载东坡传到我，只缘光景有同哀。"

## 十二、鹿体概略

鹿体者，当代周公晓陆诗风也。公本金陵人，幼名小鹿，弱冠慕放翁行状，乃易名晓陆。盛年西漂长安，孜孜职事上庠，至今廿又八载。教泽遍敷南北，从游者甚夥。治国史、考古、古文字、古天文、古农学，靡不力专有成；兼擅诗书画印，日久自立面目。

诗于周公，固余事也，然天禀七步之才，朋侪多不能及。自稼穑泗洪、修业南雍以至于耳顺，累岁触手成春，剞劂流播四方者，竟有十余册之巨。

不佞久与鹿善，庶乎才难相若而性多相近者。公诗每出，辄获先睹。通观其作气格，要而有三。一曰即事成篇，气象沉雄。昔今长短吟章，措意大抵明畅六七，沦晦四三；雄者其表，沉者其里，固由乎倜傥不羁本色，亦颇得山程水驿之助。二曰素擅运古入律，驱驰钉铰，万象森罗，太炎之伦也。三曰遣句未屑尽工，律吕亦不甚细，然必见腔血潮涌、神思轩翥、心灯明灿矣。

兹摘录短制数篇：《冬晨飞越秦岭俯瞰》："霜风冻雨大秦岭，一夜青山尽白头。已老英雄情不老，依然南北合神州。"《答友人，为房子事》："大道为床云为伴，教书挖墓作生涯。民成佛祖心成庙，处处无家处处家。"《世博会工地》："崎岖路阻雨阑珊，红漆斗科尚未干。借得浦江迎世界，但求祖国铸平安。"《答李梅》："诗存旧脑金难洗，夜读残躯句愈寒。漫向青灯寻旧我，单纯犹记共青团。"《晨拳天黑风冷，见扫叶工人有感》："晨起但听扫叶声，月残菊影落星明。逆风聚散梧桐叶，挥帚裹霜热汗行。赧郎敞怀寒校里，扫出一个太阳升。"

2005—2020年

选自《陕西诗林撷秀·学术编》，三秦出版社，2016年，原题为《半通斋诗话选（十四则）》

（收入本书时有删改）

# 当代诗词论评六章

## 一、终南山下演唐风

霍丈松林教授，陇东天水人也。髫龄即嗜学，受教乡序，师长莫不嘉赏。廿又三岁，负笈渝州，入中央大学修业，从南雍名师游，得窥中外文学壶奥。自卒业迄今，敷教席上庠文科，凡六十载，笔耕舌耘，风雨无辍。丈之作育人才也，既承夙得师法，兼采同道良方，滋兰树蕙，靡不各得其宜。遍布九州之门人，并享"霍家军"之誉，视其荣名之获，诚有所自。丈之究研学术也，一念执守，未尝稍怠；四时肆力，积蕴浑浩；合浦采蚌，屡得灵珠。所著近五百万言，刊布四方，深为学林所重。

然丈之尤为天下所仰者，则在其诗才之卓荦、诗材之宏富、诗境之阔大也。丈由让梨之年而至皤如之岁，出入经史之暇，未废吟咏；浮生悲欣之感，辄入诗章。卢沟战歌，已昭书生挚情；钟山长韵，不负于公提携；关河辗转，奚囊日丰；长安愁欢，形诸毫素。累岁所作，积为十三卷，曰《唐音阁诗词集》，流播之远，至于海外。当代骚坛名公，莫不盛推丈诗之气象超迈："忧时感事，巨构长篇，层见叠出，含咀昌黎以入少陵，此其所以为豪杰之士也。"钱公仲联之赞也。"劲健而充实，坦荡而不矜持，大气磅礴而控纵自如，情与景融而理趣盎然，善出新意，自成一家，韩昌黎所谓能自树立、不因循者。"刘公君惠之论也。"兼备古今之体，才雄而格峻，绪密而思清，至其得意处，即事长吟，发扬蹈厉，殆不斤斤于一字一句之工拙。"程公千帆之评也。

予居长安，窃慕丈道德文章久矣，虽去霍府一苇，而未敢造次华阁。乙丑仲秋，予因诗友王锋谒丈，曰："当今国学复兴，莘莘学子习诗者日夥。丈之诸作，尤宜若辈心摹手追。然全编所内诗词，篇逾千又二百，以引领后学次第登阶入堂计，亦有不便者。丈曷不自择三百篇以为粹编乎？"丈笑曰："拙诗已付剞劂者，凡数种矣。今另为一编，恐为同道讥议，谓我亦趋灾梨祸枣恶俗！"予曰："不然。古今诗家，别集而外，选集何多？矧丈乃当世杏坛鸿儒、诗界耆老，何计俗人庸见？"丈沉思良久，乃允小子之请，云："敝帚自珍，固人情所不免。拙诗之选，宜付君手矣。"予甚惶悚，然亦感激，终诺诺而退。兹后两月，复通览《唐音阁诗词集》三过，选就斯编，内括丈各体佳作三百余篇。凡所选，俱依作时编次。予选丈诗本意，唯在便乎业诗者见贤思齐焉。然以予之目短而识浅，取舍失当，自知不免。故诸君子诵读兹集者，哂我选目短浅，可矣；轻我此举初衷，则未可矣。

## 二、大愚本色是骚人

赵公大愚先生，名熊，别署药石庐、风过耳堂，西京长安人。幼而习书，多蒙其家君引领。年廿二，从陈丈少默游，为入室弟子。陈丈者，秦中世家子也，工书法，长鉴定，善诗文，情性则洒脱多智，磊落豁达，为世所仰。大愚事丈凡卅又四载，执弟子礼甚恭，心摹手追，未尝稍有懈怠，由兹得丈法乳颇多，德艺与年并进，其书诸体皆能，为篆、为隶、为行，靡不入古出新，形神两美。尤于篆刻用力最殷，卓然有自树立，名闻遐迩，享大家之誉。

予知大愚也早，而会遇也晚。庚寅新春，看剑堂主王锋君制《山中迎虎岁》五律一篇，旋寄四方诸贤征和，数日之间，应作蜂至。王君得之，喜不自禁，示群玉于予，曰："兄试为月旦评，可乎？"予遍观诸作，措意、造境，俱有佳胜者，而尺以诗法通则，亦不无工拙之别。乃语王君曰："诸公皆才士，和作并可称赏。然昔李义山云：'倾国宜通体，谁来独赏眉？'予量长较短数过，窃以马河声为第一，赵熊为二、熊召政为三。君之'骚客'十八人，作家居席大半，而书家两寡诗旆，斯亦奇矣。马不通律，其诗胜在襟怀毕现，气韵饱满；赵诗则通篇浑融，且韵律中矩。今世书家诗词，依律成章自如者，颇不易得。我闻赵公大名久矣，缘悭一面，欲因君得遂识荆之想，祈代为先通款曲。"王君曰："善！"

越旬日，大愚设华筵于城南酒肆，邀周公晓陆、方公英文、王公锋并予小酌。酒数巡，共以某宠物为题咏，各成一绝，俱谑句也。又漫论艺文道法，时有会心之获。宴将毕，周公曰："大愚书法、篆刻之高岑独造，人莫不知。然其诗词功力，亦实未可小觑，当下书坛同侪，多不能及。今炜评将裒合长安数家所制，为诗丛一并付梓。邀赵兄预阵，不亦宜乎？"大愚谢而辞曰："不才事少默公数十年，于先师所示书道，或窥堂奥一二，至若诗词法要，犹恐未得贤翁剩膏半钵。自忖经年陋作，羞附诸公骥尾。"予乃以"月旦评"为据，谓赵公之作列于诗丛，必无愧色。方公英文又云："弟尝撰文，倡'书文复婚'以绍续我华夏文脉。盖近世以降，能书者短于诗文，诗文家拙于书艺，以致古道将息，右军、东坡地下有知，必哀而叹之。赵兄以书家而不辍吟咏，实慰我怀。今累积已至可观，倘刊以行，亦颇有匡俗之益。"众皆掌应。大愚笑曰："既蒙谬爱，当从诸兄美意。"兹后半月，闭门搜检笥箧，出旧作新制二百余篇，自加择选，乃成《风过耳堂稿》一编。

兹集所内诸作，自《病房老妇叙》至于《过寄畅园》，作时逾三十余秋，体涉古体、近体、曲子词，题括纪事、咏怀、感遇、写物、赠答、论艺等，不一而足。公之萍踪鸿痕、穷通悲喜、人文情怀、书道感悟，时见句行词间。概而观之，其诗以气骨高峻、面目雄浑见长；析而言之，其命笔也，执守诗家绳墨既久，又复得书家功力之助，故诸作章法疏密有致，迁想妙得，清词丽句，亦时时而有。试窥豹斑数点，可明我言不虚。其咏春景云："日照青门春气动，一夕暗绿染林梢。"咏耕牛云："不似人心巧，随风乱转蓬。"咏秋月云："尘靖三秋好，心平万事空。"咏宝剑云："沉埋生锈色，犹见万夫雄。"论书道云："乾坤大化天然态，墨象混沌有心灯。"论印法云:"还从纷乱求一统,气韵通达意味长。"

《诗》曰:"有匪君子,如切如磋,如琢如磨。"言君子德增业进,要在秉志笃行。孔圣复云:"君子不器。"谓君子成就事功,必赖广学多识,专博互持。原大愚书诗之两臻佳境,固由乎斯道矣。

## 三、钝之钝之勉乎哉

合阳为伊尹故里,素多挺出之才。昔之太姒、曹全、雷简夫、范縡、李灌、印光法师、党晴梵者,并事功辉赫,名昭青史。今之刘法鲁、李斌奎、雷珍民、贺荣敏、阎惠昌、姚敏杰、马河声辈,亦靡不业精所专,令声远播。予友王君钝之,县治南郊人也,卓然郃邑中时贤方阵,而年齿最少。

钝之卒业上庠,负笈西京,供职华商报社,不数岁而才名籍甚。凡访采时闻,目及手应,叙议生风,人莫不知。然其笃于艺文,雅好吟咏,尤长近体律绝,积年所制颇丰,则悉者尚寡。辛巳孟春,予初识钝之,旋得馈《试啼集》一册,阅未之毕,击节赞曰:"秦中柒零后执辔旧体者,不逾轨辙若此,吾未之见也。"自兹订交,款曲频通;酬答唱和,时时而有。至己丑岁杪,钝之诗选毕编,题云《看剑堂诗草》,所择三百余首,涵登临、酬赠、感思、集句诸材体不一,而读史之获、览物之会、曼妙之想、苍郁之慨,崇真尚善之襟抱,变世矫俗之吁呼,莫不由衷而发,淋淋乎溢于颖端。以其年茂气盛,措词驭句,率多酣畅,似铜丸走坂、骏马注坡,故轻侠失粹之病,偶所不免,是其微疵也。

吾国者,诗国也。屈宋曹刘,华章锦列;李杜苏辛,佳作云构。惜乎近世以降,西风东渐,凋我碧树。而绩溪、怀宁、会稽诸公之于旧学,但睹识其多弊而未深察其多益,乃持议竞相激进,张帜唯期谋新。千年风雅文脉,自兹式微,莫可遏挽。幸比近廿余年间,弃祖之习渐寝,寻根之声频作,诗词曲赋,亦复振铃铎。然景象由兴而盛,其时犹赊。愚谓吾华诗焰重烈,必赖乎九州骚人返本拓新,勠力偕作,历百载而无日稍怠。昔

113

韩退之诫从者云："根之茂者其实遂，膏之沃者其光晔。"善哉斯语！予知钝之诞辰，适在旧历端阳，斯亦奇矣，故尝戏句以呈："绝笔投江不必哀，河西此日降诗孩。屈王两府情缘好，南橘移来北院栽。"冀君远绍三闾诗魄，近踵富阳韵武，揭其慧剑，并进德艺，渐次臻于大境。钝之钝之，可不勉乎？

## 四、玉山清景启新诗

王公家鼎先生，陕西蓝田人也，为西北大学教授。君究研工程地质之学，探赜索隐，钩深致远，孜孜矻矻，积岁有成，声闻业域。辛卯年春，李浩教授忽以一册相示，云："此家鼎兄自选诗集也，其质文良莠，君自阅判可也。倘入法眼，宜乎为之序矣。"予先不为意，以作者为骚坛"票友"故也。然数日间翻览兹册，初掇岸英，渐入桃源，由刮目以至喜赏，故欣欣然为此弁言焉。

《书》曰："诗言志，歌咏言。"陆机云："诗缘情而绮靡。"皆谓为诗之道，要在情思流吐，兼有藻饰之美。古今朝野诗家，靡不心会笔循，唯代有主事、兼事之别耳。而韵律、对仗、拗救之属，俱为末节，自不必奴守仆行，故不佞《论诗绝句》持议："不朽歌行将进酒，千秋一曲东方红。大风但起如刘季，平仄何论拙与工？"窃谓此说也，尤适余事歌诗者矣。今阅家鼎诗集，益坚夙见。家鼎职事质测之业，勘地脉以度科理，格物用以应世需。足行千里之间，辄有所感；目触万象之际，屡动诗思。顾望霜痕，悲欣波起；搦管成章，情致天成。关河行吟，端见赤子本色；意象纷纭，时有佳句虹飞。通观其累岁诗作，足称材体丰赡，元气淋漓。又以素谙"君子不器"古训，为科学家而自重人文修养，兼具儒者襟抱并墨家器识，故四时骋才舒啸，不惟关涉浮生欢愁、家国休戚，亦颇多物事邃识、海天遐想。至若属韵不尽为平水所拘，非不能也，固不必也。

嗟夫，予观吾国近百年诗史，良多可慨叹者。盖自西风东渐、凋我碧树而后，旧学式微，诗教渐熄。屈宋铃铎，由兹不振；李杜衣钵，并世难传。即以学林而观，术业有专者蜂聚蚁簇，能诗善赋者，则寥若晨星矣。幸矣比近廿年，情势始有变焉，然亦功至挽坠而已，返本开新以臻佳境，犹赖群侪偕力并作矣。

忆予少时，尝获《科学家诗词选》一册，其所括诗词曲联，佳构屡见不一。作者凡数十家，若熊庆来、华罗庚、苏步青、杨钟健、李四光、茅以升辈，俱中土近世科学巨擘也。家鼎名籍科苑、职事上庠而雅好风骚，卅年间诗笔驱驰，晴晦无辍，乃有斯集之汇，诚可谓绍续先贤嘉风者。故予乐见此册付梓，并略为绍介以美其事矣。

## 五、诗心不倦待飞扬

乙未岁杪，友生吴嘉诗集付梓在即，索序于予，予固不可辞，何哉？以其为能传不佞心灯者也。予课诗词十有三载，授业者或逾三千。诸生禀赋、力致不一，所臻各有参差。堪慰鄙怀者，数十才俊从游执着，循绳循矩，允迪允臧，擎灯未惮风雨，渡海渐得方程，其奋入优域者，河西吴生嘉、商州王生彦龙是也。"知之者不如好之者，好之者不如乐之者"，二子行状之谓也；"弟子不必不如师，师不必贤于弟子"，二子与我之谓也。

嘉生伊尹故里，其地素多秀特之士，而崇儒重教之风，尤为邻邑所羡。以此故，吴门耕读传家，历数百年矣。嘉幼而颖慧好学，颇得师长肯勉，总角入长安，研习数理诸科，然兴之所趋，已在艺文焉，唯不克遂愿耳。弱冠从业银行，为员工，为管带，为领长，俱有令绩。甲申秋，赴西序专修文学二载，爰得窥览堂奥宏幽。诗词道法，孜孜揣摩；搦管心手之应，积岁至于裕如。不佞承乏教席，忽忽卅秋有余，滋兰树蕙，唯期峻茂，今见稿本，欣悦何似？

兹编所搜，凡数百篇，大抵成于己丑至今。粗览诸作一过，印象者四：曰诗笔守正，曰众体皆擅，曰堂庑趋大，曰技艺渐稔。兴感衷发，心潮纷涌，笔端憎爱毕现，措辞不涉游戏，是谓诗笔守正也。能五古，能长歌，能律绝，能长短句，能白话新体，是谓众体皆擅也。习诗之初，视域未广，取材多囿于寻里物事，盖庶几"小园香径独徘徊"者，酬应职场，敷衍公务，亦偶所不免；至若比岁，诗眼纵览今古，诗心明阔随之，凡咏物、游历、自省、赠和、怀古、讽时，以至金融阴晴、股市涨跌、佛理参悟、体坛赛况，靡不入篇，而格局宏放，远迈畴昔，盖颇得助于山程水驿者，是谓堂庑趋大也。趋好发轫之作，虽不乏琼阶琦阁之瑰美，红杏绿柳之艳冶，而牵率轨辔、辞气浮露、格律偶失轨辙、意象未尽熨帖者，虽小疵而可摘抉；视壬辰岁后篇什，十九气脉通贯，转接无痕，声韵流美，庶乎邻于"薄言情悟，悠悠天钧"者，若《观影〈归来〉》："劫尘终逝久无波，一幕归来和泪歌。嗟悯心囚君与我，情非因果两消磨。"《登南五台》："十五年来复五台，春山犹似雪山来。心音怯近观音院，人事何堪佛事裁？"《油菜花》其三："年年此境总销魂，一沐清风暂忘身。愿共冰轮纷扰后，月明花寂两痴人。"佳例甚多，兹不赘举，是谓技艺渐稔也。

子云："君子务本，本立而道生。"诗家之本者何？曰：合挚情、正义、美境、丽辞四而一之也。为诗之道者何？曰：有守有为、承古拓新也。嘉富于春秋而业诗既久，披阅百家精编粹选，触感九州曦雨晦风，意专志凝，笔耕不辍，来兹造达自由之境，必无可疑矣。是愚师之所望焉，亦诗友之所望焉。

2010—2019年

本文由多篇短文缀合成篇，原文分别选自：《六人诗丛》，太白文艺出版社，2011年；《生命的行者》，陕西人民出版社，2011年；《梦回长安》，太白文艺出版社，2017年；等等

# 欣慰与期待

## ——评散文集《缘起西大》

《缘起西大》是段路晨自选的第二本作品集。作者既是我的学生,又是我的文友。近些年里,因跟我学写诗文而称我为师傅的青年人,已经有十来位了。段路晨在他们中年龄最小,文学写作最勤奋。

段路晨考入西北大学的第二学期,便送我刚出版的《等待花开》,全书收入了她十九岁前所作的一百一十八篇文章及十二首诗词歌曲。我当时很高兴,却也没有说什么。因为这个时代,出书已经比较容易。近几年,几乎每月都会收到不同行当人士寄送来的新作,写得挺好的、一般的、差成的,我已见得多了。

但我读完了《等待花开》后,心情便由高兴变为激动了,因为我看到了路晨的文学创作潜质。我意属的此种潜质,大致包括三项具体指标:一是对语言文字的心手敏感;二是活跃且丰富的想象力;三是筑建情趣化意义世界的能力。在这三个方面,路晨都有很好的天分,也已有了一定的积累。于是,我衷心希望她在塑造健康人格、扎实完成课业的同时,坚持笔耕,与年长进,写出越来越好的作品。

报考了大学中文专业的学生,有不少是带着作家梦入校的。然而就学科性质而言,中文专业并不以培养作家为第一要义。有些大学甚至在对一年级学生进行专业教育时,就开宗明义"这里不培养作家"。但西北大学文学院从不压制学生的文学创作热情，只是强调创作爱好者在大学期间，不可忽视专业基础知识的积累和理论思维的训练。爱好文学创作而考入了西北大学，对路晨来说是件幸运的事情。

摆在我面前的这本《缘起西大》书稿，是路晨就读本科期间的诗文作品选，其中又以散文为主。平心而论，书中作品的文学质相参差不齐，有可圈可点的佳作，也有率尔成章的篇章。作为师傅，我从不过多回护生徒的不足。但著名作家方英文学兄的话，也是我所赞成的："评说一个比我们年轻的人的长与短，要减去我们和人家的年龄差。"路晨今年才二十三岁，晚我整整两轮。我在她这个齿龄，写的诗文远不及她的多，质地也没有她的好，至于正式发表，还尚属空白。要是把话往更积极处讲，这种比较不如另一种比较有意义，那便是孔子说的："与其进也，不与其退也。" 如果对比着阅读，可以明显看出，从《等待花开》到《缘起西大》，记录着路晨由中学生成长为大四学生的青春履痕，而其间的文学写作能力之"进"，已经不是跬步而是百里了。

路晨的大学阶段之"进"，不只在文学方面，还包括了修养的提升、智识的增长、视域的拓宽等等。进入大学以来，路晨从没有放松过专业学习，她为自己制订了严格的修业计划并努力执行。在我眼里，她属于那种心理定力很好的女孩子。

西大四年里，路晨是个"忙人"：一直担任着汉文班的班长，先后担任过校团委《金色年华》报社的副主编、校学生合唱团首任团长、文学院学生会文艺部副部长，组织、指导、指挥过多场歌咏比赛并获奖，参加了大学生暑假"三下乡"活动，承担了大学生创新性实验计划项目……"最多的时候，我身兼五职，努力做好不同角色的转换。"今年春季，路晨获得了西大2011届"优秀毕业生"称号。

既要学好课业又要措理种种事务，劳碌了路晨，更历练了路晨。而这些对于她的文学创作，又都是有力的支撑。我十分赞成陆游诫子的话："我初学诗日，但欲工藻绘。中年始少悟，渐若窥宏大。……诗为六艺一,岂用资狡狯?汝果欲学诗,工夫在诗外。"(《示子遹》)的确,关心文学以外的物事,增加读书以外的经见阅历,绝不是无谓的时间、精力浪费。为写作而写作,出息是不会太大的。

从2007年9月入校至今,路晨相继在多家报刊、网络发表散文、诗歌及新闻作品五十余篇,十余次获得省、市级以上奖励,九次获得校、院级奖励。

《缘起西大》由七辑作品组成,题材、体式多样。在这本书里,路晨谈秋千、樱花、琥珀、粉笔珠、流浪狗、周庄的桥;说语文课、就业潮、五四精神、歌咏比赛、西大校训、终极人生;话孔子、孟子、诸葛亮、孔尚任、李叔同、文怀沙……长短篇什,字里行间,无不映现着她敏感、真善、鲜妍、明净的心镜。其中一些文字,不仅流畅自如,还显示了一定的见识力度甚至人文精神格局,这是最令我心悦的。

她这样读解李叔同大师:"走过生命的旅程,那些悲欣的过往,交织融汇起来该有怎样的分量?……最终只能从'悲欣交集'之中推断他的心绪。无论如何,其中的悲欣只有当事人自己最清楚,满载的复杂情怀,早已同肉体一起入土。崇敬一代大师的追随者们,年年岁岁奔赴他的灵柩所在之处,渴望借得大师的半缕香魂,仰慕他多彩、洒脱的人生。"(《悲欣交集》)我也拜读过晚晴老人的诗文书画,也希望穿过岁月之河望得到先生的精神气骨,但迄今没有为先生写过一个字。路晨的感受,道出了我的感受的大半。

看到她对老师的认识,我报以会心一笑:"这个职业掩饰了一个人的好多缺点。站在讲台上,老师总是侃侃而谈,将自己最灿烂的一面展现出来;可私底下,老师身上也会有世俗的影子。因此,将老师'降格'为与我们同样身份的人,就有可能成为朋友……课堂上,师是表率;课堂下,就不一定处处强于别人。不过,就其一点比我们强,也是身为人师而受到尊重的充足理由。"(《为人师表》)在这段圆融、温厚的论议旁边,我批了八个红字:"有识有情,师心大赏!"

读到她谈喝茶的句群，我怦然心动——爱好了多年铁观音，怎么就没有这样的物性之会呢："观音是祥和的，加上了'铁'字立马显得刚毅起来。随开水入杯，原本卷成团的铁观音便张开了叶子，还原出茶叶的自然模样。形容枯槁的色彩，与想象中的绿必然有些差异，只是多了些坚强的力量。"（《铁观音》）

书中那些透散着作者体温的写人、记事散文，也是我格外喜欢阅读的——作者对生活情境的体察能力和再现能力、作者的个性与立场、作者对人间美好情愫的珍视，都张扬、流溢于素朴而生动的文笔中。

她写小时第一次被稚童呼为"路路姐姐"的感受："这样的叫法不同于爸妈同事的孩子直称我为'姐姐'，加了自己小名的修饰，让我觉得独一无二，心底的虚荣感霎时涌上心头——我是姐姐了！"而长大后被男生叫"段姐"的反应，则与前者相映成趣："前天回到高中母校，几个很油气的男生蹲在花池旁抽烟。见到我，有个男生说：'哎哟，这不是段姐吗！'瞬间我觉得很丢人，自己竟然被这样一群孩子称姐，而且还带有强烈的江湖气息。我没有搭理他们。回家想想，自己真不该那样……不过这件事情也让我明白了自己的内心，喜欢被称作'姐姐'，但对此称呼也并非来者不拒，还是很挑剔的。"（《姐姐》）

她写暑期在洛南山区参加"三下乡"活动中的几个细节，将我拉回了童年，也使我读了感动得眼酸："一个小女孩把一束红色的花举在我面前，她天真地笑着，脸蛋上布着淡淡的血丝。我问她是不是要送给我，她点点头，压低的笑脸触到了血红的花上。接过了花，我摸摸小女孩的头，说了声谢谢。她害羞地一笑，跑开了……我搂着一个中午不回家的女孩一起吃饭，帮她梳了头，她居然在表演后第一个拉着我照相。往返的山路上，我帮一个孩子打伞遮阳，而她在我们临行前竟第一个拉着我哭……"（《血红的山丹丹》）

我很喜欢《缘起西大》这个书名，它让我心弦共鸣。素朴四字中，至少透着两重情韵：眷恋西大修业经历，铭感西大文学滋养。对母校，路晨的感情是真挚的："三秦故里，汉唐雄风，百年学府，屹立其中……爱我西大，激情飞扬，赞我西大，无上荣光！"（《西大赋》）我的一篇旧作中的两句话，也可作路晨书名的注脚："对于西大，我始终怀着一种依依爱恋和深深感恩的心情。"我们师徒先后就学西大，就知识谱系和价值取向的基本定型说，都是在西大完成的。西大从来不是中国高校中的富贵人家，却有着沉雄自信的文化底气和大方舒展的教育格局，并且百余年间一以贯之。既培养学者，也培养作家，是西大文学院的优良传统。以贾平凹、迟子建为代表的人才辈出的西大作家群，已经得到了社会越来越多的关注。现在，路晨也成了这个方阵中的一名新秀。四年之间，母校浓厚人文氛围的熏染、前辈学长们文学成就的感召等等，都惠泽、给力于路晨文学创作甚多。

路晨还不很成熟，却正在向着成熟迈进。大学生路晨就要毕业了，新的生活环境、工作岗位等待着她去适应。对于作家来说，社会才是一所更大的大学。这是老话，却也是实话。

前些日子，有位校友来看我，并带来了他的散文集。我说："你们那届同学，离开西大已经多年了，仍旧放不下文学、坚持写作的，恐怕也就剩十来个了吧？"他说："没有那么多，只剩两三个了。其他的人中，至少一半多，做的事和文学毫无关系。"我想到我们班，情况也大致相去不远。我虽不为此太觉难受，遗憾总是有些的。我认为上了中文系而不爱好文学，或曾经爱好过后来又放弃了，是很划不来的。盖因文学给予我们的身心的好处，别的事情很少能比得上。所以，路晨过去和现在爱好文学，经年坚持创作，令我欣慰何似？一直坚持下去并不断自我超越，则是我对她的期待。

2011年5月

选自《不撒谎的作文》，陕西人民出版社，2013年，原题为《这样的教授，这样的诗——序〈麋麋集〉》

# 这样的教授，这样的歌诗

## ——评周晓陆教授诗词

第一次和周晓陆教授见面，是在西北大学西门的"三和食屋"老店。几个生熟朋友围坐一起，喝着啤酒和白酒，吃着河虾和田螺，扯着荤素不拘的话题。周公块头大，酒量也大，坐相随意，谈吐也随意，全然不类教授模样，倒像是太白路上的鲁提辖。这是十年前的情景，至今还历历在目。

此后，我和周公之间，便有了很多方面的交往，也有了很多方面的牵挂。周公是历史学家、考古学家、古文字学家，多年间椽笔不辍，著述甚夥。同时他的才情和风采，又率然伸展于更多领域。在我眼里，做学问的周公，能坐得冷板凳，心无旁骛如老经生，正如他写给博士生的《劝学》所言："治学一道在勤慎，为有日新日又新。费尽琢磨仓颉字，拧肝泣血至尊神。"因而赢得了学界的广泛嘉赞。学问平台以外的周公，却是当下的关汉卿、徐文长。关汉卿自谓"天赐与我这几般儿歹症候"，乃是正话反说的自谑。歹症候，即今语的坏毛病。什么坏毛病呢："我也会围棋、会蹴鞠、会打围、会插科、会歌舞、会吹弹、会咽作、会吟诗、会双陆……"（《南吕·一枝花·不伏老》）作为大学教授的周公，也有不少的"歹症候"：能书能画能印、能诗能词能曲、能玩能闹能唱。

周公能唱，实在是长安上庠之一景。我听周公豪唱，不在舞台，也不在歌厅，而总在一家专营陕北饭菜的馆子。大伙儿饭饱酒足了，便轮番娱歌，不用看屏幕，也不用麦克风。周公是金陵人，却不唱吴越软调而专唱晋陕民歌；不是用嗓子唱，而是用"老命"唱，声情酷肖"苍苍之声，谁也学不了"的秦腔大家任哲中，常常让朋友们担心，一曲吼罢，会不会让才兄挣塌了腔。他也曾有诗句坦言所好："大道沙尘陕北谣，他人不喜我偏嚎。黄河走马云天下，峣畔何人把手招。"（《为信天游》）

但周公更多、更华彩的歌，是用诗笔唱出来的。已经印行的《酒余亭诗词择》《呦呦集》《麇麇集》《麋麋集》，就是他的四册个人"专辑"。我敢肯定，此后他还会不断有诗集问世，不断带给诗友们新的感受。

我拜读周公体式多样的诗歌——古体、近体、曲子词、白话诗，收获了太多的惊与喜。惊，在其诗已积笥盈箱；喜，在其诗有自家格局。

周公写诗始于中学时代，后来下乡插队、读大学和参加工作后，时有即事即景之作，部分保存至今。但比较来心劲地写，大概是近些年的事。一个经年沉浸于学问、忙碌于讲台的大学教授，平均两年成诗一册，在一般人是很难想象的。当下中国大学里，写诗和考评、晋职、升官、发财一概毫无关涉；干谒、延誉之效，不能说没有，却也极其有限。而周公需要干谒延誉吗？无论就心性说还是名望说，皆无须和不必。我以为周公写诗，是其精神诉求、志意伸展的一种方式。而他又是写诗的快刀手，论驱笔之速，我认识的诗人中，没有谁比得过他。而今的手机和互联网，大大方便了诗友的互动和诗作的传播。很多时候，我能成为周公诗的第一批读者之一，实得益于手机的快捷；我也乐于及时向他抛砖引玉，情形往往是拙作发去不到三五分钟，就会收到和作。

写得多和快，固然是真本事，但写得好，才是大本事。周公为诗，笔涉新旧两体，大约旧体为八，新体为二。无论旧体新体，率尔成篇、推敲未足之作，都偶所不免。但通而观之，亮人眼目之句、感人肺腑之章，在手机已屡见，于诸册则实多。

周公的诗好在哪里？我以为要者有三：一曰有"神思"，二曰有"腔血"，三曰有"心灯"。以下次第言之。

"神思"即活跃的想象。刘勰《文心雕龙》有准确的释解："文之思也，其神远矣。故寂然凝虑，思接千载；悄焉动容，视通万里；吟咏之间，吐纳珠玉之声；眉睫之前，卷舒风云之色。其思理之致乎？"没有博闻强识和真正的心境自由，何来飞扬的神思？读到"大道为床云为伴，教书挖墓作生涯。民成佛祖心成庙，处处无家处处家"（《答友人，为房子事》），我惊奇"大道为床""民成佛祖"的飞来诗中。读到"考古人生磨难多，而今断水奈我何？唐僧天将予启示，痛饮流沙大渡河"（《考古十首》其四）的后二句，我感动于一千多年前的"唐僧"对作者的"启示"。读到"莫夸桀犬能吞日，浑沌打开道自横。精卫女娲皆往矣，神州漠漠岂无声"（《廿年》），我佩服作者那一双阅鉴天风海雨、透视神州底色的史眼和诗眼。

　　也许出于有意，也许出于无意，"腔血"这一意象，屡次呈现周公诗中。如《和卢昉》："逝水难留乘疾帆，敢掏腔血暖河山。痴情一片长歌里，吻剑江湖不计还。"《和马清江四首》其二："唯有生民腔血红，哀哀万里染狂风。辟邪偏不朝天吼，大渡河边草莽中。"显然，唯有"腔血"一词，才能最鲜明地显示作者为诗的自觉追求——真诚书写与热烈表达。有了真诚热烈的"腔血"，才能酣畅淋漓地舒张精神呼吸，腾涌情感激流。一篇《机场和张永贤〈咀嚼岁月〉》，无妨看作周公对"腔血"的注解："睨柱吞嬴貌暴庭，酒诗互灌胜无形。心肝一副不容假，任尔东西南北风。"所以，他深情爱赏大秦岭的四时雄骨秀姿："指望秦川漫碧霞，倾情南北好中华。风云石瀑皆成酒，一醉方拥万树花。"（《小满秦岭四望》）"雁阵啼霜写碧空，飞弦响瀑几排松。目随寺角梵铃去，心醉丹山紫水中。"（《卧游秦岭，红叶尽染山水》）"霜风冻雨大秦岭，一夜青山尽白头。已老英雄情不老，依然南北合神州。"（自注：晨飞越秦岭，翼下莽莽大雪山，二日风貌迥异。）（《俯瞰》）所以，他真挚赞美底层劳动者："晨起但听扫叶声，月残菊影落星明。逆风聚散梧桐叶，挥帚裹霜热汗行。赧郎敢怀寒校里，扫出一个太阳升。"（《晨拳天黑风冷，见扫叶工人有感》）"梅陌摆开不是琴，伤情却在元夜吟。长生果下晚雪煮，最苦人间慈母心。"（《卖花生老人》）所以，他为人民曾经遭受的不幸流泪、祈祷："灾祸无垠望有垠，牺牲七百我之身。江源泪掬频频望，山祖血淤漫漫询。天地悲情天地动，对床藏汉对床亲。多难但有兴邦义，重任而今重万钧。"（《为玉树》）所以，他由衷敬仰民族英烈和千千万万"埋头苦干、拼命硬干"的劳动者："亡清应叹献殷忱，复辟追风九五尊。一剑越娘垂楚楚，秋风烈士大风魂。"（《和林恢〈咏秋瑾〉》）"倾耳长风听烈士，蟠肠砥道觅旌旗。中条山顶松涛起，犹见当年碧血飞。"（《中条山顶口占》）"十日搜寻举国愁，惊心噩耗咽悲喉。英雄壮烈飞殇处，山岳铭旌驻蜀州。"（《痛悼救灾直升飞机空难》）所以，祖国的建设成就和开放姿态，让他欢欣何似："崎岖路阻雨阑珊，红漆斗科尚未干。借得浦江迎世界，但求祖国铸平安。"（《世博会工地》）

如果说，"神思"之有和无、乏和足，主要关乎诗的美与不美；"腔血"之有和无、浓和淡，主要关乎诗的真与不真；那么，"心灯"之有和无、暗和明，便主要关乎诗的善与不善了。何谓"心灯"？答：精神立场是也。精神立场，当然有新旧之别、好坏之异。周公的诗，有着焰火明盛的"心灯"，而这心灯的膏油，不是"看什么都气不打一处来"的恶绪，而是良心、尊严、勇气；这心灯的炎焰，不是"挥起板斧排头似的砍去"的杀伐，而是对狭隘、自大、霸凌、瞒骗、阿谀……的憎恶，对悲悯、同情、平等、公正……的鼓呼。

所以，我们读到了诸多是是非非、善善恶恶的咏史诗。《题孔子学院》："孔阜峨峨占九丘，诲人取义丧家游。厄陈岂但辛酸事，浮海而今耀五洲。"《太史祠》："真比山高比水长，官员不吊又何妨？五支冢上傲然柏，千年依旧唱纯阳。"《扫杨震墓》："豫晋鸡鸣犬吠闻，渭河涌注大河根。吊桥仙鹤绵绵体，簪笔寿椿朗朗魂。火落纸钱天降旨，酒香环冢不能淫。清廉声教春风展，华岳金花报子孙。"《五代》："可爱梁唐晋汉周，千奇百怪不能羞。江山看透谁如我？尽是下流扮上流。"

我们读到了诸多轸恤民瘼、悲天悯人的哀祭诗。《痛悼湖南三电业工人》："天杀三士二桃无，白雪翻然变血污。高峡湿团压大祸，电流铁塔痛成酥。"《忆秦娥·汶川难》："肝肠断，西风摧叶残枝颤。残枝颤，菩提疾雨，无边殇难。　神惊天府命沦陷，稚童血肉凭谁念。凭谁念，晴空遗恨，倾声哀叹。"《忆秦娥·山西砖窑案》："天如咽，颂歌声里汾河怨。汾河怨，不时泪雨，心情惨断。　嫩睛稚目神魂乱，燎躯如鬼称何愿。称何愿，书包竟裂，盛世长叹。"

我们读到了诸多守道不移、自立立人的赠答诗。《读狄马新作》："一辞窑洞上高楼，春舞有人警九秋。情近民瘼心却远，拜师何止信天游。"《答李梅》："诗存旧脑金难洗，夜读残躯句愈寒。漫向青灯寻旧我，单纯犹记共青团。"《鹧鸪天·酬金陵中学诸友》："仗剑吹毫塞上游，初锚沉坠大江头。弄篇情止抒时难，叠磊心悬为国愁。　春可忆，却临秋，总凭肝胆证风流。狂歌莫笑疑天外，回顾依然旧课楼。"

我们读到了诸多立意奇警、不落俗套的纪游诗。《摊破浣溪沙·芒种过风陵渡》："不老母亲额皱多，又将一担夏收荷。秦岭太行相拱揖，敬黄河。　风浪险滩含笑过，冰源聚海汇成歌。恭祭取杯杯泪血，敬黄河。"《过库车，用陆游韵》："少小更名不自哀，而今老眼度轮台。白杨缝漏阳光雨，海市如虹大漠来。"

我们读到了诸多痛心疾首、矫俗淑世的讽刺诗。《抢盐怪相三首》其二："盼人遭灾是好汉，哀其灾民是汉奸。忽然放下泼口骂，转身打拼去抢盐。"《大师》："大师加锡圣与贤，鲤鲫满江几断川。拜读可惜能解手，哪篇不是扯闲篇。"

周公诗的"心灯"——真立场、真识见以及强烈的时代在场感，在其白话自由体诸作中，闪耀得更为亮丽。几年前读其长诗《时间开始了？》，我是流了泪的。这是周公的"《天问》"、周公的"《唐璜》"，其中所承载的追问与省思、忧伤与期待，自有回肠荡气、锥心彻骨的力度与美感。还有《大树的寓言》："……大恨是因为他／深爱是因为他／祖国土地上的这棵大树啊／二十道道年轮／不敢忘却的心证，心证……"还有《火焰还在，鲜花还在》："火焰还在／鲜花还在／可是／乔尔丹诺·布鲁诺，你却不在了／当火焰永远熄灭／鲜花化为尘埃／布鲁诺／你的精神将永在！"还有《地底，心底》："……国歌只有为地底的人们唱响／才会显示出应有的神圣／国旗／只有为地底的人们挥舞／才会显示出应有的美丽……"还有《西课楼啊，你在哪里》《我们拒绝老去》《为2·11夜》《拉斐尔墓》《威尼斯》《司汤达综合征》《罗马》《圣殇》……

　　想象飞动、腔血充沛、心灯盛旺，构成了周公诗的基本质相，也是周公诗的魅力所在。这样的教授，这样的诗，在当下中国，已经是"稀有金属"了。我读过不少当代上庠名公的诗词，不乏"技术"圆熟之作，但同时又让人常常产生作者专说古人话而偏不说今人话的错觉。而那些说今人话的诗，又常常说的不是自己的话，而是矮木虫鸣、趋时应景的鹦鹉语，还往往自矜"歌颂和谐"云云。从这个意义上讲，周公的诗，不仅是他的生命自由之歌，也是一面反照出这个时代的部分俗儒学人精神面貌、行走姿态的镜子。

2011年6月

选自《不撒谎的作文》，陕西人民出版社，2013年

# 一个江南素衣才子的西大情结

## ——评随笔集《泱泱中文系》

近几个月里，先后拜读了两部即将出版的书稿：《西大往事》和《泱泱中文系》。前一部的作者，是业师赵俊贤教授；后一部的作者，是我的友生方交良。两书的写就，既非由乎组织上的任务分派，亦非出于为明年校庆踵事增华的动机，而是两位作者近十年间陆续感兴为文、逐渐积篇成书的结果。不过在我看来，两书将问世于母校一百一十周年华诞之际，的确更适其时，也更显出意义——它们是文学院两代学子献给母校最好的礼物。

在中国现代高等教育坐标系里，西北大学属于老字号名校。记得我为文学院撰写一篇宣传性文字时，用了"根深叶茂，历久弥新"的标题。两句话用给百年西大，当然更为合适。这样一所享誉海内外的大学，自应有多种记录风雨校史、承载校友感受的文本出现。十多年前，《西北大学校史稿》上部出版；到今年初夏，校史稿的下部也已定稿，可望年内付梓。历时十余载完构校史，是可喜可贺的，也见出了修史者的认真。出自校方的"史稿"值得看，出自历届西大学子之手的各种回忆录、随笔、札记、杂感等等，也值得看。前者与后者互映互衬，颇可参照，相得益彰，如同《晋书》与《世说新语》的关系。20世纪末和21世纪初，曾任西大党委书记的董丁诚教授的两部叙议西大人与西大事的随笔《紫藤园夜话》先后面世，广受读者瞩目，影响至今不减。现在，两部与夜话性质相近的随笔又由俊贤先生和交良校友撰就，于作者文字生涯而言，乃是西大情结的具现；于学校发展而论，则是文史建设新收获的组成部分。

方交良是西大文学院汉语言文学专业1998级学生，2002年本科毕业后，回到家乡浙江舟山工作。1999年，我曾经为交良所在的班级上过一学期的《中国古代文学史》，地点在老校区北门内的九号教学楼。交良上学期间，与我不曾私下来往过。毕业前夕师生在图书馆前的草坪上照相时，他主动邀段建军老师和我一起拍了几张三人合影，我才记住了这个带着南方口音的男孩子。由于地隔千里，自兹而今九载，我们不曾见过面，但网络的发达尤其是博客的兴起，又为我们互动提供了方便。最近几年里，我不仅从博客上领略了交良的文才风华，也知道了他更多的兴趣和特长。

我眼里的方交良，称得上一位无论在学校还是在社会，都保持着书生本色的素衣才子：酷爱读书，览涉广泛；勤于写作，笔耕不辍；耽好艺术，颇多收藏；喜欢旅游，足履四方。我在中文系教书多年，最欣赏的就是这样的学生。我推荐过交良的博客给我的研究生阅看，并且不止一次地对他们说过，在很多方面，你们都应该向这位学兄学习。

交良这本书的部分篇章，我在他的博客上陆续见过。系统地、认真地阅读，则在最近一周。七月西安暑气如蒸，交良的书稿似泠泠清风，为我驱走了难耐的闷热。现在，作为作者曾经的老师，我可以负责任地说，这是一部兼具了相当的可信性与很好的可读性的随笔集。我为交良对母校的怀恋之情的深挚而感动，更为交良人文视域的开阔而高兴。

占到本书三分之二多的内容，是交良对西大四年学习、生活情境的追忆。作者满怀深情地叙写了自身亲历过的般般"城南旧事"和各种上庠人物。多少显得有些土气而又具有深厚文化底蕴的古城西安、办学条件并不很优越而又处处生机勃勃的西北大学、内心不无某些牢骚而又治学授课风采各具的众多业师、不同专业来自五湖四海的西大青春学子、为西大校史增添了光彩的杰出校友……都生动地呈现于读者目前。

　　本书的另一小部分内容,主要涉及作者的沪上游历与名人寻访感受。可以见出这些年,交良一直在践行着"读万卷书,行万里路"的古训。《复旦考研的日子》《访书四记》《上海访旧记》等篇章,便是交良见识扩大之获、境界提升之获的动态记录。

　　这本书最吸引我也一定会吸引读者的,是无处不在的逼真现场描述和往往紧随其后的波起澜翻的议论,尤其是有关作者的大学师长和作者接触过的公众人物的。兹拈出几个小片段与读者同赏:

　　　　费教授见我是一愣头小子,也觉得纳闷,随后把我引到他平日读书写字的地方,开口就说,我半个小时后要出去,什么事问吧……不见费教授也有二年了……近期的《美文》有一篇费教授的《老叟学琴》,写得真是好。费教授虽然有些文人的小气,但这些小家子气与他的才气比起来,总归是小的。(《费教授》)

　　　　马先生家被书包围……我只觉得这么多的书,黑压压如兵马俑,马先生如大将,可以随时调兵遣将出征。(《李广难封马教授》)

　　　　他抱拳向大家问好,冷峻的脸上没有一丝笑意。这气势,倒让人感觉像江湖上的登台献艺架势。作家显然有些疲惫,坐在讲台上,点起烟,深深吸了几口。对台下的观众,仿佛视而不见。接着浑如坐在自家阳台上,静静地开始了他的长谈。(《坦坦荡荡梁晓声》)

　　　　汪先生讲课是不在黑板上写字的,学生也没有笔记可记,就听他上下五千年侃侃而谈……汪先生是书斋里的学者,却又是江湖上的游侠。(《游侠汪涌豪》)

　　我想,用不着我再用拙笔讲说上述文字的可圈可点了。窥斑可以知豹,何况读者都是聪明人。

　　交良已经发表过不少散文,也出过书。对交良的写作,我一直看好。

130

读过了这部书稿，对他的看好愈发坚定。交良有上好的文学天分，有一颗敏感的心灵，有细微察人观物的眼力，有端方清正的精神追求。西大的四年求学经历，给了交良完整的语言文学训练过程。毕业以后的近十年间，随着经历、阅见的日趋丰富，交良的身心格局变得更为阔大。这一切，都是他写出更好作品的有力支撑。

2011年7月

选自《不撒谎的作文》，陕西人民出版社，2013年，原文无副标题

# 雷抒雁晚年关于新诗的几点重要思考

雷抒雁去世了，一颗炽热的诗心停止了跳动。所有关注中国当代诗歌的生态与进程的人们，都沉浸在巨大的悲痛中。和许多先已故去的优秀诗人一样，雷抒雁为中国当代文学留下了宝贵的遗产。在雷抒雁母校西北大学为诗人举行的追思会上，笔者曾有发言："对雷抒雁最好的缅怀，应是一方面认真解读、阐释他的诗作和其他著作，另一方面对包括雷抒雁在内几代新旧诗人的探索作出细致的梳理，对新世纪的中国诗歌的现状和前景作出更深层次的思考和更高层次的展望。"

我说的雷抒雁的晚年，是指诗人生命的最后十年（2003—2013）。我说的雷抒雁关于新诗的几点重要思考，涉及以下三个方面：诗人如何克服个人体验和经验的局限性，新诗如何坚守语言的诗性并对民族语言有所贡献，新诗如何汲取母土诗歌文化营养。这些思考都直面着新诗发展进程中积久而成、亟待措理的问题，所以有着显见的现实重要性。

2003年，雷抒雁在接受了直肠癌手术后，以超常的毅力和病魔抗争，风雨笔耕不辍，发表了大量广受读者瞩目的作品，出版各体著作十余种，迎来了文学创作的第二个高峰期。同时，诗人对人生、社会、文学的洞察和思考，也进入了一个空前广阔、沉实、深入的层面。对进行时态的新诗的凝视和深思，则是其中最重要的方面。

尽管人的意识可以一定程度地穿越时空，但人总是生活在一定的时空下，其价值立场和行走姿态，首先是在与时空的具体关系中确立和变化的。

评量雷抒雁的诗歌创作和诗歌观念，不能轻忽以下几个文化背景因素。

第一，雷抒雁生长于周秦汉唐文化积淀深厚的关中腹地，家乡的风土人情尤其是其中的庄正、刚劲、朴茂的民性民气，对雷抒雁的心性气质有着直接的影响。

第二，雷抒雁曾在西北大学中文系就读五年（1962—1967），接受过比较完善的汉语言文学专业教育。在改革开放以前，这一阶段的中国高校教学秩序比较正常。雷抒雁文化视域的拓宽和知识结构的奠定，基本完成于这个阶段，文学创作也起步于斯时。

第三，雷抒雁参加工作后，断续经历过长达十五年（1967—1982）的军旅生涯，最早结集出版的诗作《沙海军歌》《漫长的边境线》，所收入者均为这一阶段的创作成果。自盛年以至秋岁，当代中国军人的责任感、情感向度等，一直渗透在雷抒雁的精神血脉中。创作于晚年的长诗《冰雪之劫：战歌与颂歌》是诗人的代表作之一，诗题中的"战歌"与"颂歌"，可以视作其军人情结的象征。

第四，雷抒雁作为诗人的赤子情怀，既源自禀赋与气质，又得益于生活阅历的磨砺；而雷抒雁作为思考型作家的心路历程，则在一定程度上与其对社会角色的领悟与担当有关。雷抒雁的创作受延安时期以来的革命文艺传统和改革开放以来的国家主流意识形态的引领较多，因此其诗作始终与时代情绪保持着紧密的连接与共振；其诗歌语汇的不小部分，与重要政治事件和重大社会事件有关。一些读者和评论家视他为政治抒情诗人，虽有失偏颇，却言出有因。

第五，以白话作为基本语言手段的新诗是中国现当代诗歌的主体。从《新青年》1917年2月发表胡适的八首白话诗算起，新诗迄今已走过近一个世纪的历程。经过几代诗人的辛勤探索，先后出现过自由体、新格律体、十四行诗、阶梯式诗、新民歌体、无韵诗、散文诗等多种体式和现实主义、浪漫主义、象征主义、现代主义、朦胧诗、新生代诗等多种艺术潮流。成绩是巨大的，问题也很多。对新时期以来的诗人而言，新诗与旧体诗已成为并在的两个传统。而雷抒雁创作的丰硕期，恰逢新诗演进到了空前艰难的所谓"边缘化"时段。随之在新诗的创作者、阅读者和研究者中，存在着普遍的困惑、焦灼情绪。新诗发展的现实，为它的关注者提出了诸多"问卷"。雷抒雁关于新诗的诉诸文字的思考，就是他的"答卷"的一部分。

雷抒雁不是学者，也不是评论家，他的关于新诗的思考，主要是从诗歌创作者的角度出发的，因而一些立论不免显得比较感性。2001年，雷抒雁曾出版过一本名为《写意人生》的诗论。晚年关于新诗的申论，可说是其诗论的进一步拓展和丰富。这些论述散见于其著作自序、随笔、诗评、讲座、访谈、对话等，内容并不系统，表述不尽缜密，却如散珠零玉，自有铿亮的泽光。

## 一、关于诗人如何克服个人体验和经验的局限性

诗人的天然使命，是以诗语抒情言志，而一切真诚的抒情言志，无不首先源自个人的生命体验和生活经验。作为诗人，雷抒雁从不忽视体验和经验作为"入诗方式"的重要性："我非常重视入诗的方式。如果一件事情不能从基本生活经验上打动我，就很难进入我的诗。"他甚至激烈地反问："一个写作的人，如果连自己都没有一种需求的欲望，写成文字，别人为什么一定会需要？"这说明在雷抒雁看来，建立在触动、冲动基础上的自我诉求，是诗人创作的原动力、出发点。

但雷抒雁反对诗人将个人经验和体验——有时他称之为"自己""我"——看得过为重要，因为他认识到了它们的局限性："文学的写作，始于经验。但经验有两种，一是个人的经验，一是社会共有的经验。这两种经验的兼顾和相互关照，会使文学作品达到一个较高境界。即所谓对一个人是真实的，对千百万人也是真实的；反过来说，也成立。只空洞地说集体，容易引起情感疏离；但只褊狭地夸大个人，也容易引起感

情封闭，引不起共鸣。"从个人经验和体验出发的诗，自会具备情感的真诚性，却未必能够引起千百人的共鸣。只有唤起"社会共有的经验"的诗，才能进入意义的第二层面，那便是"除了关注自己，还应该关注大家，关注千百万的人民"。"以为从个人经验出来的诗是真正的诗，其他的就不是"，乃是一个认识误区。他期望诗歌的创作主体能够出乎个人经验而又超越个人经验，也就是能够从"小我"提升为"大我"："在这里，'自己'不是一个自私，难以沟通的'我'，这个'自己'与千百万人的心灵是相通的，这样，才会出现共鸣，才会使众多的人——人民，感到有用，使他们获得鼓舞和启示。"

雷抒雁认为，由"小我"到"大我"，是诗人情怀由逼仄走向阔大的标志，由此提出了一个叫作"人类的情感疆界"的诗歌心理范畴："这里边涉及我提出的一个概念，即人类的情感疆界：自身—父母—血亲—配偶—子女—亲朋—部落—种族—全人类—动物界……情感疆界的大小及远近，正是一个人心胸和精神境界宽窄的证明。"

雷抒雁以陶渊明为例说明，对诗人而言，个人经验的超越，比个人经验本身更为重要：不再做官、不再写官场的陶渊明似乎遁入了自己的小家园，"回到了诗本身"，但"他将个人经验变成了诗的旋律和意象，别人在他的诗句中，获得了自己个体经验的升华。诗人凝聚出旋律、词语和意象，普通读者则在这些旋律、词语和意象中获得普遍的经验"。

基于这样的认识，雷抒雁不讳言诗的功利性："诗人必须以文字的名义站立在纸上。诗没有政治的功利，并不等于没有功利。当诗歌从庙堂转向生活世界时，是否能将个体经验转换为诗，是否自立于诗，这是个非常重要的问题，是这三十年中重要的问题。当诗不再将生活的尊严、庄重揭示出来的时候，它就立不住了。一个人无论贫困还是富有，是达还是不达，当他为诗的时候，他就必须对人生思考，而不是把诗变成下酒菜。我们在写诗的过程中，是我们不断和自己的狭隘性做斗争的过程。这样，个人的经验就可以扩展开来，为所有人所共享。这样，诗就像自然一样，成为一个伟大的媒介、一个桥梁、一个管道。这就是个人经验与社会经验、个体的与共通的交叉起来。当我们写个体经验时，一定要把个体经验中的有深度的东西概括出来。"他对当下的那些一味排斥做传声筒、躲进"小我"之屋的诗人发出批评："现在我们的诗人，能写情歌的很多，能写国歌的找不到，我们现在就缺少大胸怀的大诗人。"他热诚呼吁："诗人，应该是世界上最拥有仁爱之心的群落；应该是情感波展幅度最广阔的人群。未来的诗歌，将会震荡在这广阔疆域里的每一节波段。""昨天，我们写诗；明天，我们还写诗。写最广阔、最多样，又距读者情感最近的诗。"

## 二、关于新诗如何坚守语言的诗性并对民族语言有所贡献

"我倒欣赏前苏联作家高尔基的观点，他说：'我不懂诗歌这派那派，只知道诗歌有两种，好的和不好的。'好的和不好的，这应该是我们读诗和写诗的最起码要求。好的诗，至少应该在我们读后，情感上为之一动，精神上为之开启，审美上为之愉悦；无论形象、情景或语言，都会在读者记忆里留下久挥不去的印象。一句话，读了让人惊喜，还想拿来再读的诗，应算是好诗。"雷抒雁跳出"这派那派"之争而用"好的和不好的"说诗，并道出"好诗"的"起码"标志：情志、形象、情景、语言并美。这其实是一个并不"起码"的尺度，直接关乎着作品的诗性质地。在论及新诗时，雷抒雁对语言的诗性给予了更为殷切的重视，在他看来，这是建构一首作品形象美、意象美、意境美的保证。

作为言文基本合一的文体，自由度极大的新诗为创作者抒写情志提供了远胜于文言诗的方便，但同时也为诗性门槛的降低提供了可能。雷抒雁坚决反对新诗作者滥用这种自由："自由是非常美好的词，对于刻苦的有想象力、创造力的人来说，它是个好东西；但是对懒散的人来说，却可能是个有害的东西。"因为"所有的艺术，都是在自由和约束之间寻找一个

平衡"。他认为新诗创作绝不能率尔操觚："虽然现在写的是自由诗,但仍然需要以诗歌内部的规律来约束、限制,不让它横生枝丫,使诗变得精致,把意境做到极致。约束力能使诗人向更高的境界跨出一步。"

对诗坛近廿年出现的过分自由化、随意化、无难度写作,雷抒雁旗帜鲜明地予以抵制,斥之为"无痛分娩":"诗歌被口水化、恶俗化,使诗人在文坛上被日渐矮化,也让人沮丧。""文学刊物的民间自由出版,以及博客写作的普及,都为文学,特别是诗歌写作的发展,增添了动力。但是,这些写作的绝对自由,使写作者产生了一种错觉,以为写作不过如此,并没有什么艰苦的难度。放弃了写作的难度,不在文学写作的文化内涵、精神高度上要求自己,大量的平庸之作,被'无痛分娩'。看似繁荣、热闹的诗坛、文坛,缺乏精品之作,缺乏大师巨匠,这几乎成了读者普遍的喟叹。"他坚定地认为:"我想,未来的写作,无论在技术、技巧、形式上发生怎样的变化,应该像前人一样,让诗歌伴随血液,经过诗人的心脏,从血管里流出,而不是和口水一同流出,至关重要。在这一点上,那些认真的写作先行者,会永远是未来写作者的榜样。"

因此在创作实践中,雷抒雁自律甚严:"诗人要将素材温暖了,滋润了,要找到让人颤动的东西,然后拿出来。许多人写诗,只是在记录,在给人原料。那不是诗。因为其中没有创造。所以,写诗,是诗人不断开掘自己的过程,要寻找思想和意象的结合,要从精神上汲取东西。就像一颗橙子,你要把其中的果汁不断地挤压出来。""要抱着谦虚和敬畏的心态去挖掘生命中美好的东西。""我会把词语、句子,放在思想的戥子上称来称去。""我不会把一首诗写得毫无节制,可以随时起头随时煞尾。我们的语言不能随口而出,而要用艺术的规律去约束,用我们对文化、对生活的整体理解去约束。""我觉得我的诗的语言自始至终都很典雅。这也是有评论者给我说的。我说我不仅在诗的语言上如此,我在散文上也是如此。我在每个词的推敲上,不会使它口水化,或者使它变得雕琢晦涩。再有,就是我对诗,对文学的沟通性的追求。"

于是，雷抒雁对新诗发展进程的一个"亏欠"的分析，就有了自己的深度："我在想，新诗亏欠于诗的是什么？新诗是否把白话汉语提升到了诗的境地呢？""我们可以说，新诗对语言的作用太少。莎士比亚对英语的提升，他的很多表述、诗句，都变成了英语中的成语和警句。比如，中国古代的许多文章、诗篇，最后也变成了成语，并返回到了俗语。如果汉语中去除了这些东西，汉语就是难以想象的。这似乎是一个从生活到诗，再从诗的语言返回到生活语言的过程。"

雷抒雁以"知我者谓我心忧，不知我者谓我何求""天涯若比邻""天生我材必有用""更上一层楼"等古代诗歌名句为例，说明"我国古代诗人对语言贡献很多"，"甚至农民的语言、民歌的语言，都对汉语贡献很丰富"。而"新诗，就像公园座椅上的一张报纸，我们随手翻看的报纸，看或扔掉，都没有什么。它既不在语言上给你干扰，也不给你阻力"。"我们的新诗，创造了哪些语句来凝结现代人的经验，并返回到日常语言中呢？这不是新诗的最大悲哀吗？""在这点上，新诗甚至不如流行歌曲，像'潇洒走一回''老鼠爱大米'等"，其结果是"我们的诗句、我们的语言很难进入大众语言，很难进入我们的生活"。"今天的诗人在这上面应该感到惭愧。"

## 三、关于新诗如何汲取母土诗歌文化营养

1989年3月26日，杰出的当代诗人海子卧轨自杀时，"身边带有四本书：《新旧约全书》、梭罗的《瓦尔登湖》、海雅达尔的《孤筏重洋》和《康拉德小说选》"[①]。我一直认为这是一个象征：一个世纪以来，中国新诗作者的诗歌文化资源，主要取自西方；对母土诗歌文化资源，总体上汲取不够。雷抒雁和海子等新诗作者的不同之一，便是相当自觉地认识到

---

① 西川：《怀念》，见海子著，西川编：《海子诗全集》，作家出版社，2009年，第7页。

了汲取母土诗歌文化营养的重要性。

新诗的产生和衍进，为中国诗歌的发展开辟了一条新的道路。20世纪上半叶，人们更多地看到了新诗在"诗的国度"别开生面的文学功绩；20世纪下半叶以降，人们更多看到了新诗先天与后天的诸多不足。雷抒雁是以新诗创作奠定自己的文学地位的，因而对新诗的文学成就、历史功绩给予过充分的肯定。同时，与闻一多、毛泽东、臧克家等诗人的感受和认识相近，中年以后的雷抒雁也直面着母邦诗歌文化一个多世纪的场景：新诗不是中国旧体诗的老树新枝，而更像用中国食材制作的西餐；新诗民族文本形式的确立，不能离开旧体诗完成。雷抒雁的一些主张，与毛泽东当年的设想有着一定的呼应，又较后者更为拓展和深入。

雷抒雁一向重视从中国传统文化尤其古典文学中汲取精神营养，这使得其写诗和论诗，都建立在比较坚实的文化基座上，他曾不无自信地说："我们这一代人传统文化的底子，是在我们的基因里头。虽然，我们与传统文化的关系，没有老一代那么深厚，但也没有年轻一代那么浅薄。……我是写新诗的，不写律诗。但我对诗的感悟，从传统诗词方面，获得了最直接的敏感。"

雷抒雁认为新诗发展中有两个明显不足。其一是："多年来，我们因为新诗是外来的形式，便极为重视西方的写作理论和经验；许多诗作如同临摹的西方诗，轻视和放弃了中国的诗歌传统。""总是在讲西方的诗学，而对中国传统的诗学重视不够，研究不够。""我们需要不断地去效法中国诗歌所建立的传统，不能让它们尘封了，认为新诗是外来的品种，只重视西方的写作理论和经验，轻视和放弃中国的诗歌传统，这种是不对的。"其二是："我们过去的诗歌写作，说到继承古典诗歌传统，总喜欢在形式上下功夫，不善于将其中有益的元素活化，注入新诗写作中。我想，这是在未来诗歌创作中，应引起注意的。"

那么，对于新诗创作者来说，最应向母土传统诗歌借取并使之活化于诗中的"有益的元素"究竟是什么？雷抒雁认为，主要是诗歌语言的简洁、优美和富于韵致。"我觉得我们过去讲对古典诗词的继承，过多注重平仄、韵律，而忽略了它的韵致和简洁；看到了格律，而忘记了诗。除了简洁，我从传统诗词中获得最多的就是韵致。"以他自己以怀念黎焕颐的《九月，雁与菊》为例，说明新诗可以学习旧体诗的韵致："总是九月／又是九月／一雁飞过／正秋老如歌／……往事如尘／都从肩头抖落／一转眼／天开地阔／我来祭秋／一片黄花，明如烛火／明年，雁从去处还来／能否捎几行新诗给我。"

在雷抒雁看来，每个诗人都有自己或多或少的狭隘性，出色的诗人和平庸的诗人的区别之一，是前者能够"不断和自己的狭隘性做斗争"。诗人克服狭隘性的题中之义，一是努力超越个人体验和经验的局限，二是善于广泛学习，包括"向外国学习""向古典学习""向民歌学习""向各种流派学习"等。就新诗创作者来说，学习古典即传统诗歌文化做得最不够，因而最欠成效，所以补课显得十分紧要。

原载《西北大学学报》（哲学社会科学版）2013年第4期

# 要从当代铸高峰

## ——评《庐外庐诗稿》

今年4月,诗人魏义友先生以《庐外庐诗稿》相示。此前他已出版过两部诗集,一是《毡房诗词选》,二是《南疆诗稿》,获得过诗友和论家的广泛好评。

我与义友兄以诗相识、以诗相知,虽平日往来无多,彼此的心声却是相近、相通的。拜读这部诗稿,首先感动于义友兄对诗词创作的痴情。由于诸多原因,传统诗词在当代处境尴尬。诗作、诗评、诗论等,往往上不了主流报刊;各地诗词刊物发表作品,大多没有稿酬;诗词别集或有关诗词的论著,除有背景者外,都是自费出版,包括这本诗集。从"经济回报"角度说,献身诗词事业,基本上无从谈起。以本书作者的文学功底而言,完全可以用他手中那支才笔,为机关单位或个人编撰志书、传记、报告文学之类,挣些算不得跌面子的润笔,改善一下自己的物质生活。而他却与诗词长期厮守,乐在其中。如此执着,其因何在?诗人用诗句做了回答:"缚日长绳何处拴?以诗为柱笔为牵。倘如笔掷诗无作,此目难瞑到九泉。"(《不寐》之二)"诗山回首万千重,不信前人顶已封。我欲狂歌君莫笑,要从当代铸高峰。"(《读诗放言》)足见对诗词的痴情,既出于强烈的自我精神诉求之需,更由乎守本拓新的文化使命感的驱使。

在为《南疆诗稿》所作的序文中,丁芒先生称道义友兄的旧体诗是

"理想的当代诗词"。何谓"理想的当代诗词"？窃以为标志有三：一曰有真切的当下生活气场感（而不是古典诗歌的仿制品），二曰有足称丰沛的诗化了的情韵（而不是汤头歌诀般的韵语连缀），三曰有自觉自为的规矩法度循守（而不是胆大而滑稽的"自出机杼"）。通读《庐外庐诗稿》，我以为义友兄的诗作，十之八九可当此誉。

多年耕耘之后，义友兄的诗作已颇具自家面目。俗不失雅，雅不妨俗，俗而耐读，雅而可解，即一个突出表现。写诗的人大多知道，无论创作旧体诗还是新诗，把握好雅俗尺度，诚非易事，盖过雅则不易懂，过俗则不耐读。拿当下的诗词界来说，初学者姑且不论，一些出书多种的名家，为诗亦不免时有偏至。而义友兄的大多诗作，却能在雅俗之间控纵适度。例如绝句《晚秋》："曾见林花各较功，如今满眼已全空。绯桃艳李余残叶，只剩枝头柿子红。"措笔紧扣标题，抓取晚秋典型景物入诗，画面历历在目，诗语清丽明畅，言外之蕴意，则隐然可见，故而读来既引人入胜，更引人遐想无限，可谓深浅两宜，雅俗共赏。我一向认为，当代人作旧体诗，关涉的是当下生活、当下情感，很多的具体情境和感受，文言语词很难恰到好处地表现，故以口语、今语、俗语入旧体诗，一般来说是可以的，有时更是必需的，要在遣词精当，诗味浓郁。不久后将读到《庐外庐诗稿》的诗友，一定会对其古今语词结合圆融的风貌印象鲜明。兹举数例：

  痛苦如今变财富，方知造化不亏人。（《喜接丁序，时与志君谈诗》）

  火车每爱心头过，铁路原来是故乡。（《读〈筑路人的故乡〉戏寄刘玉霖》其四）

  老天只会欺贫弱，寒热何曾到富绅。（《冻屋》）

  一生事业都无价，不止诗词与爱情。（《遣兴》其二）

作者是陕西诗界成就突出的一位，也是全国知名诗人之一。刘征先生希望他"走出一条大众诗词之路"（《毡房诗词选》扉页题词），"创出当代元白诗风"（《庐外庐题墨》）。总体看义友兄的创作积累，可以说不负前贤所望，已经做出了不可低估的成绩。

形象化、个性化、新鲜感，是诗词创作的普遍要求，也是诗人的毕生追求。魏诗在这方面做得很好。譬如《松花》："峰头坡底立亭亭，守住春风养百灵。二十四番花信过，万条绿烛照山青。"《藤》："攀援树干自称能，反怨枝低有碍升。一阵风来吹落地，设圈使绊又如绳。"两作都写景生动，咏物传神，寓意尖新。前一首中的"万条绿烛"一喻，非亲历其境者不能见其妙，常在其境或屡见其景者又未必能得其喻，必得诗人睹此奇景且有所悟，才能发其奇思、成其奇句。在我的阅读中，从未见有人用"绿烛"状喻松花。而山之青为"绿烛"所照，更见诗眼独具。后一首名曰咏藤，实为喻人，物态自宛然，所喻亦昭然——生活中这样的人，我们不是时时遇见吗？又如《田花四咏》："未见春风锦已铺，平生哪敢负农夫？劝君休重金黄色，先献鲜花后献珠。"（《咏菜花》）"错把锋芒头上簪，谁知从此绝知音。悲君更复悲人世，剖腹方才见素心。"（《咏麦花》）"顶破砖头出土窝，开花犹鼓眼珠歌。纵然不比桃花艳，毕竟供人营养多。"（《咏豆花》）"生香活色敢张狂？暗把羞容叶底藏。惟有心思留世界，任人扮靓御风霜。"（《咏棉花》）四篇皆可称咏物佳作，无须我在此强作笨解，读者自能心会其妙。再如《江城即兴》之三、四："渡江犹忆十年前，人坐车中车坐船。今日依然难作颂，滔滔波浪染红天。""乘车又过大桥头，仰面重看黄鹤楼。莫向囊中叹羞涩，此生只合野山游。"表面上看，不过是作者旅经武汉的一时游兴之抒发，细绎则不尽然：前一首写环境污染灾及江水，十年未有改观，诗人重履江城，心痛何似？后一首感慨名胜古迹的商业化和涨价风，含而不露，引而不发，看似寻常最奇绝，必得细味方解真意。再如《拜将坛吊韩信》："投刘背项意何安？出走当时月色寒。最是令人瞧不起，一生辛苦只为官。"凭吊往迹思致别开，不仅对韩信的操行做了十分奇警的、超越前人的重新打量，更将现实的社会境象置入叙议之中。后二句以口语入诗，何其鲜活又何其有力!

　　一首诗作、一部诗集的质量高下,一取决于是否有真情实感,二取决于是否有真知灼见,三取决于是否有妍妙诗语。没有真情实感,修辞不能立其诚,无病呻吟为诗,浮言浪语成篇,纵然格律严谨、章法有度,亦不过是"徒轨于诗"之塑料花;没有真知灼见,下笔虽有真情,却只能人云亦云,陈词滥调堆砌,见之令人生厌,读来昏昏欲睡,又何足道哉。必能兼具情致、器识、妙语三端之诗作,才会有"活色生香"审美价值,才能谈得上可读可赏性。以此标准衡量,《庐外庐诗稿》无疑是一部优秀的诗集。请看《送岁》一首:"一从住城市,宰割竟由人。皮剥千层嫩,毛抽万羽新。吟怀空澹泊,傲骨剩嶙峋。惟有诗词在,商家不与亲。"诗前小序云:"入住汉中三年,米煤肉蛋等主要生活用品价格翻番,吟诗一首志感。"诗中的感受,不但至为真切,而且十分独特。其实对于广大市民来说,居于当下城中,"宰割竟由人"的生活情状是普遍的,只是久在其中,或感觉变得迟钝,或无奈逆来顺受而已。但作者的心境却超越了处境,由低迷、纠结走向了弘毅、豪迈——"惟有诗词在,商家不与亲",表面上说商家不肯"亲"诗人,实际上更是说诗人只"亲"文学不"亲"商家。掷地有声的结句,堪称精神力度十足的宣言。在这部诗稿中,属于精神宣言性质的力作所在多有,展现了诗人的价值取向和由此引领的行走姿态,而其表达方式,又大多可称诗味丰盈。如《答刘玉霖》:"诗文幸与古人亲,藜藿原来爱此身。记得雷锋两标准,一生贵贱异于人。"雷锋有名言:工作向高标准看齐,生活向低标准看齐。这两句话早成习语,但用在这里,却是转捩生花,意境全新,似庄而谐,似谐而庄,幽默风趣而又饱含苦涩之味。联系作者身世品读,既引人会心一笑,更让人嗟叹不已。

　　多年以来,义友兄对传统诗词的当代命运与历史发展进行了多方面的研究和思考。除了精读历代诗词经典之作、通读《历代诗话》等诗学论著,还系统地研读了鲁迅、胡适、陈独秀、周作人、郁达夫、闻一多、郭沫若、朱光潜等现当代学人、作家关于诗词的论述，并整理出《五四八家诗论》近二十万字的书稿。其《毡房论诗十六首》《开元新咏》《读前人诗论》《读前人诗论偶作》《读鲁迅诗全编》《读胡适尝试集》《读新文学家诗词集书感》《读诗偶感》《夏读八章》《冬读六章》《端午怀屈原一百韵》《新岁感怀兼答诗友》等等，都留下了辛勤钻研、深入思考的痕迹。

义友兄自十五岁开始写诗，1980年掌握诗词格律，1990年结集《筑路人诗抄》，1994年出版《毡房诗词选》，2000年出版《南疆诗稿》，可谓创作硕果累累。但其成就不止于此，如前所述，他还是一位眼光独到、实力雄厚的诗论家、诗选家和诗词文献整理者。作为诗论家，他在《中华诗词》《当代诗词》《天汉诗词》等刊物上发表过不少文章，出版过多达十六卷、总计四十五万字的《铁路诗话》。后者资料搜罗之丰赡、作品评议之剀切，都给读者留下了深刻印象。作为诗选家和诗词文献整理者，曾主编《中国铁路诗词选》和《近百年天汉诗词选》付梓。这两本书都是补前白而启后来的重要文献，在当代数量巨大的各种诗词集中质量颇高。

"嘤其鸣矣，求其友声。"义友兄现居西安，更方便与各界诗友交流切磋，互勉互励。衷心希望他一如既往高搴诗旆，奋扬诗才，为振兴中华诗词事业做出更大的贡献。

2013年10月

选自《庐外庐诗稿》，三秦出版社，2013年

# 李育善散文创作简论

散文写作一途,在中国文学史上历来被视为文学创作的两条"正道"之一。它与诗歌一起,构筑起古典文学的大半壁江山,也曾在几千年的文学长廊里大放异彩。尽管宋元以后,小说、戏曲等新兴文体迅速登上历史舞台,20世纪初新文化运动以后,小说更成为文学的大宗,但时至今日,散文依然在发挥着它无以替代的作用,显现着其独特的光彩和魅力。

陕西素来被称为散文创作的大省,拥有一大批享誉全国的散文作家。"日前,由北京师范大学文学院组织编写、安徽教育出版社出版的12卷本大型学术通史著作《中国散文通史》正式发行。陕西计有贾平凹、刘成章、和谷、朱鸿、史小溪及已故的柳青、李若冰、魏钢焰、李佩芝等九位作家入选《中国散文通史当代卷》"[①],从一个侧面说明了陕西散文近几十年来所取得的成就。就创作成就和影响力而言,商洛籍散文作家李育善,虽然尚难与这些大家、名家并列,但也足以在新时期承变进程中的陕西散文创作领域占据一席之地,他已经以其颇具个性的题材选择和艺术呈现引起了多方面的关注。

自20世纪90年代开始业余文学创作以来,李育善先后发表散文、小说等文学作品三百多篇。其中《乡镇干部》和《一个村子的选举》曾先后被《新华文摘》选载。出版有《李育善散文集》(陕西人民出版社,2006

---

① 李向红、孙强:《陕西9作家入选〈中国散文通史·当代卷〉》,载《陕西日报》2013年9月21日。

年)和《山里的事》(新华出版社,2011年)两部散文集。2012年荣获第三届柳青文学奖新人奖。

李育善早期的散文真诚朴实,感情充沛,原生态的叙述品格,使其作品带有浓郁的乡土气息和商州地域色彩。随着文化视野的不断扩展、生活体验的逐年加深和文学技巧的趋向圆熟,其作品承载了更为丰富多样的生活容量,尤其对农村社会的多维度观察和对人生复杂性的更多体会,使他的创作越来越关注后改革时代背景下的"闾里生存"。本文主要以李育善的两本散文集为读解对象,试从几个方面对其创作予以粗浅评述。

## 一、公务员和作家的双重角色体认

近二十年来,一个特殊群体悄然步入我国文坛并愈来愈引起关注,即不少国家公务人员在公务之余,纷纷参与到文学创作中来。李育善也是其中较有代表性的一位——不是专业作家,其第一社会身份,是国家公务人员。由于身份的某些敏感性,当代"官员"一旦较多进入文学创作者行列,就会成为一种"现象"而被特别提出并引起纷议。

其实,官员从事文学创作在古代本属司空见惯,凡是依靠个人才能步入仕途者,绝大多都能写一手像样的文章来,其中不乏各种体式的审美性诗文。中国古人很早便开始推崇"立德、立功、立言"三不朽,以及"文以载道"等经世致用的思想观念,主张文章为社会服务。因此,"善属文"是他们入仕的必备条件之一。尤其在科举考试制度形成以后,写作与仕进的关系更为密切。但凡青史留名的文学家,多半都曾入仕,反倒像姜夔、林逋、谈迁一类终生为"处士"者,在历史上是极少见的。

可是,为什么到了当代社会,官员创作成了一种特别现象而备受关注呢?

尽管,立言不朽、经世致用的传统精神仍潜在地发挥作用,但近代以来,由于社会分工越来越细,专业化程度日益提高,官员和作家这两种身份逐渐分曹划营，各有各的职业分工和评价体系，甚至似乎毫不相干了。因此，在科举时代结束以后的数十年间，集官员、作家双重角色于一身者越来越少。官员"重返"文坛成为现象，出现于20世纪90年代。尽管以情理而论，作品的写作和传播是所有公民的自由权利，且随着文化教育的不断普及和书刊出版的日趋大众化、便捷化，"泛文学时代"[①]已经到来，公务员在完成本职工作的前提下兼事文学创作，自是无可厚非，但由于其中不少人并非"科班"出身，或未经历一个较为扎实的文学基础训练过程，作品的发表、出版乃至得奖又可能得益于第一身份之助，故他们的作品良莠不齐情形较为严重。这是公务员创作招致物议的主要原因。

但不可否认的是，在兼事文学创作的公务员队伍中，确实有一批成绩突出、影响较大的作家存在，甚至久而久之，读者对他们的第一印象已不再是政府官员而是作家。仅以陕西文坛的散文作家为例，公务员出身而成就较大的就有白阿莹、薛保勤、樟叶（张伟）、李宗奇、李育善、王云奎、马银录等，他们近年来的创作，已被评论界称为"官员散文热"现象，其中白阿莹、李宗奇、王云奎的散文作品均曾获冰心散文奖，李育善的散文集曾获第三届柳青文学奖等。他们的作品所产生的广泛影响和社会认同，无疑也是对公务员写作的极大肯定。

李育善酷爱散文创作，多年笔耕不辍，以不少优秀作品感动读者，并不断受到专家学者的肯定。他"长期生活在商洛山区，对农村生活，对农民的心灵世界和人生命运，有着长期的、深刻独到的体验和思考。……这一切，就极大地影响着他的生活道路、思想情感和艺术特点，乃至作品的艺术风格"[②]。他身为政府官员，但笔下文章极少涉及"办公大楼"，已出版的两部散文集中，涉笔最多的是商洛山区地地道道的乡村生活和形形色色的乡村人物。

---

① 徐亮：《泛文学时代的文艺学》，载《浙江大学学报》（人文社会科学版）2002年第1期。
② 邰科祥等：《当代商洛作家群论》，三秦出版社，2005年，第126页。

但笔者以为，评说李育善的散文创作，不能忽视其公务员角色之于其作家角色某些影响。社会角色理论认为，根据规范化程度，社会人承担的角色可以分为规定性的和开放性的两种。前者的行为受到比较严格的限制——应该说什么、做什么和不能说什么、做什么。而后者的行为没有具体、明确的规定，承担者可以根据自己的角色理解或参照社会的角色期望"支角"。在现代社会中，政府公务员是最典型的规定性角色，所领受的要求、约束尤为具体和明确，作家则是最典型的开放性角色。从事党政、行政工作的李育善，扮演着国家干部的规定性角色，属于现代意义上的"仕"。耽好散文创作的李育善，则扮演着文学书写者的开放性角色，属于现代意义上的"士"。这两个角色可能因调适得当而"相辅"，也可能因调适不当而"相损"。笔者以为，在李育善的散文创作历程中，两个角色更多时候是相辅的，个别时候则不免或多或少地相损。要而言之，当他进入创作状态时，其叙述身份由"士"和"仕"两个角色交叠而成，由此决定其叙说方式既是体验性的，又是审察性的；体验性更多引领着其叙说的自由无拘，审察性则导致了其叙说的某些审慎拘谨。例如，对改革开放进程中乡村社会的诸多矛盾，李育善的散文多能实录，却往往不能毕现，留下了一些美中不足之憾。

在一些作品中，李育善真切地写人叙事之后，习惯性地"曲终奏雅"，且多出于公共语言，亦显然与"仕"角色的引领有关：

他们认真工作、无私奉献、乐观向上的精神，时常激励着我。今后无论在哪个工作岗位上，我都会尽心尽力的，都会不怕苦，不怕牺牲个人的一切。（《救火》）

农民，多么质朴善良的农民啊！……我想，维护农民利益，为农民主持公道，确应成为全社会的一个共识。（《农民最好满足》）

我虽然离开了那个工作环境，心里却为农村的好政策喝彩。回想当初收税的日子，心中的微温依然长存。（《在农村收税的日子》）

如今，芦花下女孩眼里看到的不再是抗战时期的英雄行为，而是和谐社会里的美丽明媚。（《小沟风韵》）

这种朴素的情感、平凡的举动真是太伟大了。（《故乡见闻》）

这样的议论或抒情，虽出于具体情境的触动，感动力却是不足的，有时还略显生硬。

## 二、不断成长中的李育善散文

李育善的散文创作，可说是直接地气的乡土书写。温情叙说商山丹水的美好和贫瘠，乡村社会的进步和落后，闾里众生的欢乐和悲辛，构成了李育善散文的主要内容。作者从小生于乡村，长于乡村，与广大农民的命运有着天然的关联性。家乡的山水人事是他心之所系，也是他精神生命的依托和某种意义上的归宿。因此，他热情地讴歌乡土，为农村社会写作，写家乡的山水自然，更写家乡的人事，而尤以写人见长。他"厚厚的一本集子（指《山里的事》），写到相当众多的人物，有乡村干部，有普通农民，有作者自己的父老乡亲和同学好友，成组地出现，连翩而来，形成一个相互连络的商洛乡村人物志（或者说是画廊）；由于作者善于抓住人物的特点与精髓，这一个个人物也就代表了商洛的精神风貌，是一个活的立体的商洛。"[①]土地和乡村孕育了李育善这样的作家，他的写作，实际上是直接从商洛乡村的泥土中汲取营养，因此也才能把笔下的亲戚、乡邻、乡村干部、同窗好友等刻画得栩栩如生。

《李育善散文集》和《山里的事》二书共收录散文作品一百六十余篇，而作者已经发表过的文章则远不止这个数目，可见李育善写作的勤奋。作者曾自道："自打喜欢上写东西这行当，几多投稿，几多失望，心似多次失恋的人儿，没了多大触动，只管写，只管投。静夜时分独自想，

---

① 李成：《迷人的商洛风情——读李育善散文集〈山里的事〉》，载《商洛学院学报》2012年第3期。

哪怕报纸上只发一个小'豆腐块',哪怕赚到一分钱稿费,也是对妻的一点点回报。"①为了写作,家里"哪怕油锅溢了哩也不管事",因此自然免不了引来妻子的"埋怨"。当然,"妻虽然嘟囔,可整理那废稿子却认真得像给自己化妆一般"。妻子的理解和支持,也是李育善坚持写作的动力之一。

李育善的勤奋好学,加之家人的支持等因素,使得他的散文进步很快。收入两本散文集中的作品,除去第一本中有十余篇写于2000年前以外,其余都成篇于近十余年间。遍览《李育善散文集》和《山里的事》,如果在读解诸作内容的同时留意其完稿日期,就可以清楚地看到作者创作逐渐进步、成长的足迹。总的来说,其取材范围日益拓宽,个人视野逐渐开阔,语言技巧不断丰富。

首先,在题材和内容方面,李育善的散文是不断趋于开阔、丰富的,这与其人生阅历的不断丰富和个人视野的逐渐拓展有关。第一本散文集出版于2006年,所收录的文章也以此为断限,内容大致可分三类:一是有关亲朋好友的人物杂记和童年乡村的生活回忆;二是有关个人跋山涉水的旅行散记;三是有关生活琐事和个人感悟的追记。而尤以第一类为多。《我的出生地》《我的父老乡亲》《伯父》《伯母》《叔父》《大舅》……从这些文章的题目即可看出,作者对自己从小栖息的土地怀着极其深沉的感情,因此,家乡的一山一水、一草一木、一人一事,在他的笔下都显得那么亲切、自然。比如,他写家乡苗沟的山和自己家所在的村子:"山里人不能没有山,是苗沟的山养育了苗沟的人,是苗沟的人呵护了苗沟的山,山因人而翠,人因山而灵。"②写苗沟的水,开篇便是一句:"水是苗沟的灵魂。"③写苗沟的人,开头也说:"苗沟有人居住的历史无从考证。

---

① 李育善:《李育善散文集》,陕西人民出版社,2006年,第268页。
② 同上,第3页。
③ 同上。

可村口河边那棵千年老柳正是先人亲手栽的。"①这样的苗沟书写，是以他对家乡山水、人事的了解和体验为基础的。因而，在第一部散文集中，最情致动人、最值得关注的也就是这一类文章。第二部散文集虽然以"山里的事"命名，但选材和内容相比于前一部有了明显的不同。两书中最多的篇章都是写人，侧重点却有所变化：《李育善散文集》涉及的对象主要是自己的亲人、好友；《山里的事》着重刻画的却是一群积极奉献的乡村干部，以及农村中一大批富有个性的生命个体，并由这些人物引出各类事件，最终组成了一幅幅形形色色的农村生活图景。这两本书，如果说在前一部书里，作者的涉笔是以自我生活圈为中心的，那么在后一部书中，作者已经跳出了这种限制，将目光移向更为深广、更为丰富多样的乡村生活，笔下人物也写得更富有立体感。

其次，作品的文学气象趋大、文学技巧趋多。贾平凹评价李育善第二部作品集："写作一方面是天才者的老实工作，只要山中有矿藏，闷了头去打洞掘坑，有多深的洞坑可以有多大的收获。另一方面，写作也是由量到质的过程，得捅破一层窗户纸，捅破了，一下子明白，境界大开。李育善在他的第一本书里，相当多的文章可以看出他是有文学潜质的，仍明显看出他那时还处于对自己的记忆，所见所闻，和自己经历过的事情进行一种真挚朴素的描述，虽生活气息浓烈，清新可人，境界却还不是很高很大。但顺着他对文学的深入理解，不断实践，其作品慢慢发生着改变，这就是仍然生活味十足的描述，情节生动，细节丰富，文笔优美，文字与文字的空间却充塞了一种气，膨胀而有张力，使作品有了浑然，有了大气象，其中对社会、对生命、对人性，多有独特的体悟，读后就多了嚼头和玩味。"②细细品读《山里的事》，会感到贾平凹的评价是比较贴切的。这本书中的许多作品，改变了以往平铺直叙的手法，作者写人叙事、构思

---

① 李育善：《李育善散文集》，陕西人民出版社，2006年，第5页。
② 贾平凹：《他已经长成大树的模样——论育善的散文作品》，载《商洛学院学报》2012年第1期。

文本的技巧明显变得丰富多样，插叙、倒叙，甚至设置悬念，或者话分两头，将人物写得个性突显，将故事讲得引人入胜。比如，在《枣沟村的事》一文中，作者惟妙惟肖地刻画了两个副村长朱根锁、任来顺的形象。这两个人物说话、做事各有自家路数，但又始终互不服气，因了他们彼此间的明争暗斗，"夜晚的枣沟村一点都不寂寞，热闹着，发酵着哩"。文章多用分合对比手法，叙述从容而流畅，语言幽默风趣。这样的写法，确乎称得上"大有意思"。

再次，在近年的一些作品中，作者的人文关怀意识明显增强。其突出的表现，便是对人的观察和思索，具有了某些冷峻性。文学作品想要经受住时间的考验，就必须以人为中心，重视人的存在和价值，如此才可能具有长期存在的意义。在两部散文集中，李育善都对山区农民的"活法"给予了诚挚的理解和同情，但在第一个集子中，作者着重叙写的是这种活法的"滋味"；而在第二部集子中，作者的涉笔，就由偏于"滋味"的回放转向了偏于"质量"的呈现，并由此延伸到对后改革时代农村前途命运尤其是农民"人的现代化"问题的忧思焦虑。压卷之作《一个村子的选举》最能体现作者在这方面的思虑之深切。这篇纪实散文全程叙述了一次乡村选举的始末，农民物质生活的粗糙、精神世界的粗鄙、过分的重利轻义倾向、对民主的正解与歪解等等，都毕现于作者笔下。文章在热闹的场景再现中隐含着冷峻的批判、担忧：中国虽早已进入了公民社会，但农民中的很大一部分，既丢失了传统的良风美俗，又还不是现代意义上的公民。

## 三、方言入文的得与失

商洛方言的过多介入，是李育善散文乡土书写的另一个显著特点。其两部散文集中的作品，约有一半以上使用了方言词汇或语句，可见作者对方言文学表现力十分看重。作家吸收方言语词入文，一般来说是可以的，有时甚至是必要的。但像李育善这样频繁地在作品中使用方言，在中国当代作家中并不多见。

商洛"总体上说有两种方言。一是'本地话'，属中原官话，具体来说属中原官话关中方言东府片。二是'客户话'，是对从南方移民至此者的诸方言的统称。具体包括江淮官话黄孝片、赣语怀岳片以及零星分布的客家话。从分布来看，'本地话'主要分布在商州西北部、山阳北部、丹凤中北部、商南城中心、洛南大部分地区"①。李育善家乡在丹凤县中部，故其散文中的方言语词，主要取材于本地话，但也有少许来自客户话的。

文学中的方言使用，主要是人物情景语言而非作者叙说语言。但在李育善的作品中，两种使用情形往往并存。从使用效果看，前者总体上明显优于后者。

在人物情景语言中适当夹杂方言，如果合乎说话的场合和说话人的身份，可使情景更为逼真、人物个性更为突显，文章的生趣因之得到增强。比如：

奶奶在得知我偷吃了红糖而害怕母亲知道以后，笑着说道：

"怕啥，天塌下来有婆哩，甭走路像贼娃子一样。"（《那半瓶红糖》）

"贼娃子"即小偷。奶奶的话，活现出对"我"的溺爱和保护。

伯母临终前终于见到了我，于是拉着我的手颤巍巍地说：

"我娃回来了，我些（险）乎见不上你了。"（《伯母》）

"些（险）乎"即差点儿。伯母临终前对侄儿的想念和终于见面以后的满足，于此可见一斑。

村长在乡镇书记面前吹牛的话："一看头儿都是嚓（獠）人，有啥给兄弟说，这里我一跺脚家家房上瓦都咯炸哩。"

（《在乡上工作的第一天》）

---

① 孟万春：《陕西商洛方言概述》，载《辽东学院学报》（社会科学版）2010年第2期。

"嫽"（嫽）义为特好的，是残存的古汉语词；"咯炸"是拟声词。村长一喝酒就喜欢说大话的毛病，在这一个简单的夸张句中，可谓入木三分了。

作者的叙说语言中适当夹杂方言，亦可增强表现力。例如：

> 六斤是王山村的懒干手，好吃懒做，一个人住着一间破瓦房。（《放不下的泼烦事》）

商州、丹凤方言中，常用"懒干手"指懒惰成性的人，形象感十足。

> 老侯还给他们学习了《选举办法》，也说了一筐篮好话，都是邻里乡亲哩，说话咋恁不踏犁沟嘛。（《一个村子的选举》）

"犁沟"是名词，指犁铧开过的田沟。说话"不踏犁沟"是比喻句，犹言"说话不在正理儿上"。

> 他（山锁）挖抓大，也能折腾，地里不是种菜就是种药，屋里不是开磨房就是开豆腐坊。（《乡里人·爱告状的山锁》）

"挖抓"是"挖取"和"抓取"的合成用法，读者从句群中能够意会山锁的"挖抓大"。

但李育善散文的方言使用，也有可商榷之处。第一，作者似乎对方言书面表达的局限性认识不足。方言词用和方言句表的"滋味"，只有完全使用方言朗读，才能体会得充分。用普通话来读，既可能觉得不甚自然，又实现不了"解会妙处"之效，甚至会造成文意上的难解或误解，这是由方言不可避免的地域狭隘性所决定的。吴进指出："实际上，方言作为民族共同语的一支，能进入文学表达领域的程度并不高，因为体现方言特色的主要是它独特的语音系统，也就是说，方言最易辨别的是它的口音，之后才是它的词汇或其他语义内容，这种特点在文字中是无法体现的。"[1] 除"无法体现"不尽合于事实外，所言甚是。注重使用方言以增强文学表现力，是李育善散文之长；使用方言过频过多，却是李育善散文之短。如"天上的星星多得连挤游游哩一样"这句话中，连用了三个方言词：

---

[1] 吴进：《柳青新论》，陕西师范大学出版总社，2013年，第147页。

"连"是"像"的意思;"挤游游"本指蝌蚪一类水中动物拥挤前游,此处用来比喻星星的繁密;"哩"是商洛本地话中使用频率极高的一个语气词。句表固然生动,但只有本地读者才能有不隔的感受。又如"你"字,作者有时用以表单数,有时又用以表复数(如"把你这一伙没用的东西"),颇易造成歧解,因为在本地口语中,"你"读仄调(三声)时表单数,读平调(一声)时表复数,而在书面语中,声调的意义区分功能无法体现。

以下见于李育善作品中的方言语词,如果不加注释,其准确含义都不易为商洛方言区以外的读者理解:

巴作(艰难、窘迫)、吃马虎(差劲儿、靠不住事)、吹管它去(由它去)、二糊汤子(头脑糊涂的人)、精爽(精神矍铄)、明达活上(明目张胆)、跑贼(躲避贼寇)、谝梆子(闲聊)、瞎瞎(应为"畓畓")病(绝症)、禳镇(本为巫术作法之一种,引申为挖苦、挤对他人)、然然(应为"黏黏",未出锅的锅巴)、日瞎(应为"畓")事(造谣中伤)、土鳖(应为"憋")子(含水量大的土石块)、细发(细心、节约、吝啬)、血头羊(喻指血流满面的人)、一流带串(一连串)、张鸡皮(言行嚣张之人)、张罗鬼(好表现的人)

第二,作者有时对所使用方言语词的本字缺乏细心推敲,以致出现了一些本可以避免的误字。如"搬干柴"应作"掰干柴","美势"应作"美适","砌练"应作"砌堰","日他"应作"失塌","言谗口满"应作"言残口满","间塄"应作"涧塄","钻磨子"应作"凿磨子",等等。

显然,如果作家在行文中过分注重方言介入,把握不好普通话与方言之间的尺度,可能会使方言使用失却某些方面的意义,为作品的传播和接受设置不必要的阻碍。

## 四、对李育善散文创作的期望

李育善是商洛作家群中的后起之秀,是值得关注的散文作家,已经取得的创作成就有目共睹。但我们也应该看到,如果在整个陕西乃至全国散文创作的大坐标中评量,李育善的散文还明显存在某些不足。程华曾指出,李育善散文缺少一种高蹈、独特的精神贯注;总体上以写实为主,想象不够;叙述性言语多,情绪性言语少。[①]对此笔者颇有同感。以下是我们对李育善散文创作的两点期望。

第一,增强批判意识,兼顾美刺两端。李育善善于挖掘平常生活中的真善美,其作品大都充盈着温情。他笔下的人物基本上都属于正面一类:父老乡亲普遍心地善良,老实本分,勤劳持家,乐于助人;乡村干部大多恪尽职守,积极为百姓们做好事、谋福利。如《一个村子的选举》那样的"婉而多讽"之作,在他的散文集中并不多见。而该文之所以在李育善散文集中高标独树,一是因为作者和叙述对象保持了必要的距离,将批判意识始终贯穿于字里行间。"实录"乡村社会景象是李育善散文的主要内容,而文学性的社会实录,大都能"寓论断于事实"——有作者的"美刺"立场在焉,即班固所说的"不虚美,不隐恶"。李育善的散文,更多地做到了"不虚美",却较少能做到"不隐恶"。其实任何一个社会,都必然会存在各种不同的力量、景象、人物。当今中国社会处于急剧转型的时期,虽然各个方面都有飞跃式的发展,但同时各种社会矛盾也层出不穷;好人善事固然不少,而坏人恶事也无处不在。因此,作家在为社会正能量鼓与呼的同时,也应有直面假恶丑、察析社会弊端的胆魄,并像陈忠实说的那样"撕开写,不回避",以文学的方式激浊扬清,伸张正义。

第二,增强精品意识,精细艺术表现。贾平凹在为李育善第一部散文集所写的序言中写道:"他或许算不上才华横溢的人,作品也不华丽,

---

[①] 程华:《弘扬散文的文学精神,构建诗意存在的家园——兼对李育善散文创作的文学性批评》,载《商洛学院学报》2007年第3期。

但他看似平实的文笔又很讲究，自成特点。虽行政事务冗杂，我惊奇他作品中没有腐儒气，没有官场气，也不恃才子气。能读出他的定力极强，写作时心静。现在文坛上有一种病，即尖巧新颖，绮艳轻佻，他没有受感染，而行笔沉着，意境宽博。"①以笔者浅见，贾公的评价总体上是准确的，但"文笔又很讲究"之说，却不仅与李育善的第一部散文集不相符，与第二部亦不尽相符。李育善的作品确实"行笔沉着"，然而论到对艺术的"讲究"，则可以说用心、用力还不够足。例如一些写人散文，首段笔法如出一辙："豹子是个精干的男人，四十来岁，瘦小活泛，干啥事舍得吃亏，在城边的一个山沟村当支书。"（《村上干部》）"书芳大大也是本族一位长辈，五十开外，中等个头，胖胖的，黑红脸，头发有点自来卷，人戏称'假洋鬼子'。"（《村官》）"老郝五十来岁，黑胖黑胖，中等身材，国字形脸，写满了沧桑，能说会道，还一套一套的。"（《乡里人》）又如某一表达，在不同的作品中多次出现："山峦田野也丰富着少妇般靓丽的妩媚。"（《初秋心爽仙娥湖》）"像少妇一样丰腴袅娜的雪花，暖和着我的心田。"（《窗前，那一抹绿》）"麦子少妇般丰满着。"（《回老家》）有些作品中的描写或叙述，未能做到虚实结合，疏密有致，语言亦不甚洗练，故读来不免有沉闷之感。李育善有着比较扎实的语文功底，又经历了较长时期的文学修炼，对创作三昧自有深会。如此一些艺术上的不足，不是由于才情不够，而是因为功夫下得不够。

  一个作家的创作，数量与质量没有必然关系。数量多不代表质量上乘，数量少也不表示无足轻重。唐代的张若虚、王之涣等人，尽管传存的作品甚少，却是唐代文学史上绕不开的人物。反倒是后世的一些作家，作品数量巨大甚至著作等身，却难有一两篇可以流传后世的佳作。李育善至今不过出版了两部散文集，数量不算少也不算多。他今后的创作，不妨律己更严一些，以审慎取材、精心构思和用力打磨成就哪怕不多的精品。作

---

① 贾平凹：《一坛陈酒——〈李育善散文集〉序》，载《商洛师范专科学校学报》2006年第2期。

家方英文以为,《李育善散文集》中所收录的《我在儿子坟头栽棵柏》,"是全书里最震撼人心的,因而也足以传世的经典篇章"[①],"经典"之赞,略嫌过誉,但这篇仅六百余字的短文,确乎以其真挚之至的情愫和朴中见茂的文字令许多读者黯然泣下。期望李育善此后的散文中,能多一些这样的篇章,少一些率然之作。

贾平凹说:"李育善的第一本书还是嫩芽状,这一本书已经看出是树的模样了。他的进步是极大的。……我盼望我的故乡有更多的优秀人物涌现,盼望李育善能快点长木柱天。"[②]李育善的散文创作势头正旺,相信在以后的文学生涯中,他能够自强不息,走得更快,走得更远。

原载《商洛学院学报》2014年第3期

(本文系与王彦龙合作)

---

① 方英文:《李育善散文论》,载《商洛学院学报》2006年第6期。
② 贾平凹:《他已经长成大树的模样——论育善的散文作品》,载《商洛学院学报》2012年第1期。

# 扬葩振藻壮三秦

## ——评《陕西诗林撷秀》

乙未岁杪，《陕西诗林撷秀》丛书毕其编役。在当代陕西诗词界的历史进程中，这无疑是一桩可喜可贺之事。我想，所有关心学会事业发展的人，都会为它的即将付梓由衷高兴。

## 一

《论语·为政》："子张问：'十世可知也？'子曰：'殷因于夏礼，所损益可知也；周因于殷礼，所损益可知也。其或继周者，虽百世，可知也。'"子张问的是一个预测学的问题：能否推知未来三百年的社会发展态势，孔子的回答是：别说三百年，就是三千年也是可以大致预料的。就基本情形来说，政权、朝代的更替往往不可避免，但文化的演进，主要是"因旧"与"革新"的合奏，前者绾结着"旧"，后者指向着"新"，而以前者为主，即所谓承前启后、继往开来也。这是孔子理解的人间正道，我称之为"因革损益律"。五四新文化以前两千多年中国文化的历程，与孔子的说法大体吻合。征诸中华诗歌的源起与流变，情形尤其如此。五四以后数十年间，孔子的因革说法似乎不灵验了。但放到更大的历史坐标上看，它仍然是不刊之论——孰能否定"继承中发展"的公理？

我国素称诗歌的国度。从先秦到近代，悠久灿烂的历史文化、厚重丰赡的文学资源、诗骚并辉的美学精神，滋养着一代又一代才情焕发的作家文人，他们循行于正道，守正而拓新，慷慨任气，磊落使才，书写出的优秀佳作，创造出的经典篇什，增扩着中华文化的"土壤和武库"，至今依然熠熠生辉。而在其发展的历史长河中，主要由古体、近体、曲子词和散曲组成的旧体诗，无疑是最能代表中华传统诗歌成就与风采的艺术体式。

"旧体诗"是约定俗成的名称，指的是以文言为主要语料而创作的各类诗歌。在现代以前，它的形式已经经历了多次承变，否则就不会有《诗经》体之后的楚辞体、乐府体、五言诗、杂言诗……以至于今。《文心雕龙·时序篇》曾云："文变染乎世情，兴废系乎时序。"其说来自刘勰的历史经验和现实感受，自有道理在焉。但"文变"的"兴"与"废"，亦有必然和或然之别。对于中国人来说，20世纪总体上是一个充满动荡感和试验性的世纪，新旧思想交迭冲突，中外文化激烈对撞，花开花谢，潮起潮落，构成了变端频生、波滚澜翻的时代镜像。种种变端的杂沓纷呈、来龙去脉，究竟何者必然何者或然，人们至今仍莫衷一是。具体到诗歌来说，白话诗（自由体新诗）取代文言诗（旧体诗）成为主流，前者勃然兴起而急剧衰落，既是一个基本的事实，也是时代巨变的最显著表现之一。从20世纪20年代至70年代，旧体诗总体上是一蹶不振的。及至改革开放而后，其文学席位才得以恢复，步履渐趋稳健，形容渐趋可观，则在近二十多年以来。拙文《看剑堂诗草·序》曾有谫论如下：

> 吾国者，诗国也。屈宋曹刘，华章锦列；李杜苏辛，佳作云构。惜乎近世以降，西风东渐，凋我碧树。……幸比近廿余年间，弃祖之习渐寝，寻根之声频作，诗词曲赋，亦复振铃铎。然景象由兴而盛，其时犹赊。愚谓吾华诗焰重烈，必赖乎九州骚人返本拓新，勠力偕作，历百载而无日稍息……

这是我对中国现当代诗歌的基本看法，同时也寄托了我的期望。拙文的浅见，得到了不少诗友的呼应。抱残守缺、食古不化是不足取的，因为任何一个国家和民族的传统文化都是一座共生矿，有精华也有糟粕，继承前者挥弃后者，乃是明智之选。历史虚无主义更是不足取的，因为切断了历史的现实，如同无源之水无本之木，其合理性和繁衍率是值得怀疑且缺乏保证的。如果说，过度批判崇古泥昔，过度看重破旧立新，曾经是现代多数中国人的一个阶段性基本共识的话，那么，既反对保守主义，又反对激进主义，则是当下多数中国人的一个立足昔今、指向未来的基本共识。

## 二

与全国各地相类，新文化运动以降尤其是1949年以后，陕西诗人的创作以白话体式为主。此后的三十多年间，陕西的旧体诗创作虽不曾中断，却只能以非主流的甚至潜流的状态存在。20世纪80年代，面貌始有可喜变化，其显著标志有三：一是白话诗和旧体诗两个创作阵营结束了长期的此长彼消局面，转而互致善意，共存共荣；二是以饱满热情投入旧体诗创作的各界人士与年激增，逐渐形成了老中青三个创作梯队，发表和出版了体式多样、数量可观的佳作；三是陕西省诗词学会、市县（区）诗词学会和各行业诗词学会先后成立，诸会声气相应，以多种积极有效的方式凝心聚力，不断促进本省旧体诗创作健康发展。

陕西省诗词学会是三秦目前最为活跃的社会团体之一，在国内诗词界具有广泛影响。会刊《陕西诗词》以刊发旧体诗为主，兼顾选登新诗，是学会成员及省内外诗歌爱好者切磋交流、共同学习、发表新作的阵地。学会联络、带领全省诗词爱好者，充分汲取前人丰富营养，创作出许多贴近时代、贴近生活的诗词曲赋佳作。近年来，学会举办或承办了一系列重要的诗歌活动如"骊山杯""太白杯""秦中行""商山新咏""铜川吟""大秦岭""中国梦""百县赋"等诗词曲赋大赛,并广泛、持续地开展面向基层的诗教,不断促进全省"诗市、诗县、诗乡"建设,为全面建成"人文陕西、活力陕西、和谐陕西"做出了很多贡献,也在全国诗坛上赢得了赞誉。

从20世纪80年代开始,西北大学、陕西师范大学等高校陆续开设了诗词曲赋课程,激发了大学生诗词创作热情。本地不少学子旧体诗写作的登堂入室,正是从大学课堂的听受开始的。西北大学教授、陕西诗词学会前会长雷树田教授,陕西师范大学教授、陕西散曲学会前会长郭芹纳教授等学人,都以上庠讲筵为阵地传道授业,培养了大量诗坛新秀,受到后学的敬仰。

催笋期成竹,润花盼著果。在改革开放三十多年间,当代陕西旧体诗创作已经由复苏、拓展走向了初步的兴旺。新世纪以来的十多年间,呈现出更为跃动、提振、繁盛的态势。"撷秀"丛书的编就,便是一个明证。它可能存在某些不足,但成书意义是毋庸置疑的——它盘点着过去的收成,更激发着未来的播种。

## 三

丛书由须眉编、巾帼编、青春编、学会编、学术编五卷组成,可谓花开五朵,风姿各具。我相信它的质相,会得到人们的认可,因为披览这套书,可以看到当代陕西旧体诗坛的生态良好、实力不俗和后劲充足。

从这套书中,可以看到以张勃兴老书记、霍松林教授为代表的骚坛耆宿们"凌云健笔意纵横"的襟怀和功力。诗人、诗评家魏义友曾撰文指出:"陕西当代诗词的发展有个得天独厚的条件,就是诗坛泰斗霍松林在这里做学术指导,前省委书记张勃兴倡导支持。有此二人,陕西诗词就有了正确的发展方向,就能开展各种富有影响力的活动。正是在此二人影响下,陕西成为中华诗词复兴的先进地区之一,成为传统诗词改革的示范基地之一,成为当代诗词创新的试验基地之一。"①我同意这个说法。

张勃兴先生的诗歌创作,经历了较长期的修炼、提升过程,至今已出版诗词集、论文集多部,思想和艺术日臻佳境。其诗境界阔大,情思畅朗,开阖自如,不滞不涩。对陕西当代诗词曲赋的发展,勃兴先生倾注了满腔热情,给予了多方面的关怀和扶持。近些年来,陕西省散曲学会和辞赋学会的酝酿成立,辞赋、散曲、歌行体、竹枝词等创作掀起的热潮,多次重要诗歌采风、研讨、评奖活动的成功举办,都曾得助于张公的建议、倡导和支持。

霍松林教授是当代陕西诗词家中社会影响最大的一位。程千帆教授评其诗:"兼备古今之体,才雄而格峻,绪密而思清,至其得意处,即事长吟,发扬蹈厉,殆不暇斤斤于一字一句之工拙。"②霍门弟子刘锋焘教授谓其师诗词特点有三:诗人的脉搏始终与时代的脉搏一起跳动;字里行间充盈着真实、饱满、充沛的感情;气势大,境界大,格调高;始终具有匡时淑世、致富图强的时代使命感和民族责任感,有永不气馁的精神和蓬勃向上的情怀。③作为中华诗词学会的首任副会长,霍公先后主持了五届全国性的诗词大赛评奖工作,并应邀到各地讲学。尤其难能可贵的是,霍公晚年思想愈益解放,提倡用新声新韵为诗并身体力行,有力地推动了当代诗词的改革发展。2008年12月,霍公获得中华诗词学会颁发的"中华诗词终身成就奖"。

从这套书中,可以看到当代陕西旧体诗坛"万紫千红总是春"的勃勃生机。一大批诗词曲家的佳作杰构,呈现在丛书诸编中。就入选作品的体式而言,古体、近体、曲子词、散曲四大门类,靡不毕具;从题材内容来看,山程水驿、都市乡村、风土民俗、亲情友爱、历史现实、物态事理、

---

① 魏义友:《简论陕西在中华诗史上的独特贡献和重大作用》,见全国第23届中华诗词研讨会入选论文,2009年。
② 程千帆:《唐音阁吟稿序》,见《程千帆全集》第14卷《闲堂诗文合抄》,河北教育出版社,2000年,第105页。
③ 刘锋焘:《霍松林先生学术评传》,西安出版社,2010年,第230—236页。

情操志趣……莫不呈现；至于风致格调，则可谓豪放者有之，婉约者有之，绮丽者有之，平淡者有之，如此等等，不一而足。

还可以看到当代陕西旧体诗创作"别裁伪体亲风雅"的学理支撑。陕西高等院校大半设有文学专业，省诗词学会成员中，多有来自高校的学者。因此，开展诗歌理论研究和诗歌批评，有着良好的基础。21世纪以来，在省诗词学会的促动引领下，一批学者和诗人满腔热忱地察古观今，探讨诗歌美学道法，评说诗家创作得失，推出了不少晓声识器的理论文章和作品评鉴，极大地改变了理论批评与创作相比不够活跃的局面。丛书的"学术编"一辑，较为集中地展示了这方面的成绩。收入此辑的文章，既有宏微两关、申义缜密的鸿篇长论，又有活泼生辣、短小精悍的激情点评。循守风雅正道，奋笔激浊扬清，力避凌空蹈虚，贴近创作实践，则是它们共同的追求。

## 四

抚今追昔，感慨良多。中华诗词学会前副会长屠岸先生曾言："现在白话文一统天下，是五四运动一手造成的。五四以后，新诗呈现压倒的形势，一时间，古体诗销声匿迹。但是，如鲁迅、老舍、郭沫若等作家，无不爱写古体诗，或暗中执笔，或公开发表，他们写作的劲头很足……文言文只是死了半壁江山，它还在诗歌领域存活着，这在世界文学史上是个非常特殊的现象。"屠先生的说法，道出了五四新文化运动后果的正负参半以及现代作家对待旧体诗（屠公称作"古体诗"）态度上的矛盾，值得我们深长思之。根本的问题是，新诗是否可以完全取代旧体诗而一统天下？旧体诗存在的合理性是否已经丧失？它必须退出历史舞台吗？

答案是否定的。从理论上说，"一刀两断""大破大立"的文化立场，本身就是反文化的，理由已如前所述。从实践效果看，新诗的一统天下，造成了两个不良后果：一是中国旧体诗文化传统面临断裂，二是新诗自身对民族审美情致的持久疏离。因此，自20世纪20年代以来，便不断有新派诗人反思这样的状况，如闻一多先生，他是五四时代新诗阵营中的主将之一，但在1925年，却别有了另一种心情："唐贤读破三千卷，勒马回缰写旧诗。"（《废旧诗六年矣复理铅椠纪以绝句》）臧克家先生晚年也以自谑的口吻写道："我是一个两面派，新诗旧诗我都爱。"前贤们相似的心态，恰恰说明旧体诗和新诗的正常的、健康的关系，不应当是谁压倒谁，更不应当是谁取代谁，而应当是既能各得其所其宜，又能相互取长补短，一起立足中国诗歌文化大地，共同撑起中国诗歌文化天空。

诗人毛泽东曾说："我冒叫一声，旧体诗词要发展，要改革，一万年也打不倒。因为这种东西，最能反映中华民族和中国人民的特性和风尚……"（《和臧克家的谈话》）而今，我们生活在一个开放的、上升的、活力洋溢的时代，民族诗歌文化的发展与改革，有了较以往更为优裕的社会环境。有承有变，固本拓新，继往开来，与时俱进，乃是一切事业发展、提升的人间正道，也是全国各地诗友的共识。愿大家声气相应，互勉互励，奋力开拓中国诗歌的美好前景。

原载《陕西日报》2016年11月4日

# 悼陈忠实：世道人心的一面镜子

大前天上午，我在恸哭之后，写下《哭陈公忠实》：

忍看遗容对故人，此身恨不赎其身。

文章固解憎长寿，噩告犹惊闻早晨。

白鹿徘徊九霄远，哀衷隐约一书屯。

死生难报忘年义，他日对谁呼老陈？

昨天上午，我在一宿不眠之后，写下《我诅咒这个早晨》：

守候每一个黎明

却诅咒这个早晨

我知道

云端上的你听不到

在这个早晨

四面八方的哭泣

淹没了白鹿原

因为你

一个抽雪茄写小说的人

呜呼人间何世

又见大树飘零

天若有情天亦老
非夫人之为恸而谁
在这个早晨
……

哀悼过多少逝者
亲人　熟人　陌生人
泪写过多少祭文
但在这个早晨
词汇如此贫乏
关于你
一个吃泡馍听秦腔的人

滋水呜咽
麦子停止了疯长
没有了你
原上原下四月天
还有美丽吗
五月的鲜花
又该送给谁

守候每一个黎明
却诅咒这个早晨

　　陈忠实离开我们了，死神没有放过他。有《白鹿原》在，陈忠实就永远活在人间。但事实上，《白鹿原》只是陈忠实遗产的一部分，和《白鹿原》分量相当甚或比这部垫枕之作分量更重的，是著者的厚度、宽度、高度兼而有之的精神人格。时间会证明，陈忠实的人格质地与辉光，将与

《白鹿原》一起不朽，并且流播弥远。

陈忠实的去世，几乎牵动了整个社会的神经。千行百业的人们，自发地以各种方式哀悼他。前天中午，书法家周伯衍在电话里感慨："全国人都在哭陈。我还没有见过哪个当代作家的去世，曾引发文学圈以外如此普遍、如此真诚的缅怀。"我说："那是因为《白鹿原》的文学魅力和陈老师的人格魅力相加，赢得社会敬仰的公约数至大。没有任何组织的力量能够操作得出来这样的情景。"

在向陈忠实志哀这件事上，政府机构、社会团体和平民百姓态度相当一致，祭悼方式朴素而庄重。因此有人说，陈忠实的丧事，算是"备极哀荣"的最生动注脚。我知道，有人很希望如此，有人不大希望如此，有人很不希望如此，但都不能不承认，逝者是一个关中硬汉子、真正大写的文学巨子，其卓越事功，来自一念执守、正道直行、埋头苦干、拼命硬干。贾平凹的"关中正大人物，文坛扛鼎角色"之说，可谓对陈忠实道德文章、文化地位的最简练、最准确的评价。

悼念陈忠实的活动，也是鉴照世道人心的一面镜子，各式各样的脸面和灵魂，纷纷映现于这张镜面之上。

这两天，陆续阅读了很多悼念、回忆陈忠实的文字，我的整个身心和这些发自肺腑的泣血之作一起纠结，一起疼痛，一起温馨，一起悲凉。感谢作者们对陈忠实的深情，对文学的挚爱。他们是阎纲、肖云儒、王篷、刘路、和谷、雷涛、贾平凹、马治权、邢小利、方英文、朱鸿、陈彦、吕学敏、刘泽宇、王锋……恕不一一列举。那些不止于描写逝者音容笑貌，抒泄哀痛，表达敬仰，更将笔触伸向陈公美好心灵深微处的叙议，尤其动人心弦、引人沉思。前天下午，我的一位学生对我说："朱鸿的《先生之正，馨必飘远》，真可谓画出了陈老师的魂魄。"我深以为然。昨天下午，从微信上读到一位友人对马治权所撰《被饭局绑架了的陈忠实》的评价："这样的文章，升华了悼念的水准。"我深以为然。

而更让我感动复感慨的，是文学界以外的人们对陈忠实的朴素而真挚的悲悼与缅思。今天早晨在樱花广场早餐，听到邻桌有几位农民模样的老者对话。一位说："陈忠实咋就殁了？才七十几么，比咱几个还小几岁。那人一辈子名声好。"另一位说："对社会有用的人，说走就走了，咱这没用的人倒活着，也替不下人家。"我止不住感动的眼泪，心里向老者脱帽致敬。他未必知道"百身莫赎"，但对逝者的心情，与哭唱《黄鸟》的古代秦人何异？

李泉林作词、赵扬武演唱的秦腔《痛煞煞把名士一命陨亡》回肠荡气，既哀且壮，其撼天动地的悲剧力量，恰与陈忠实的人格气象相符，使听者无不为之动容。我止不住感动的眼泪，心里向戏曲艺术家脱帽致敬，因为他们祭悼、告慰陈公的独有方式，全然发自质朴本心。

前天，画家屈健教授微信询问十四年前的一桩事，我简约相告。昨天下午，屈君发来新作《灵鹫图》照片，随附《补画记》："2002年，陈忠实先生花甲寿诞将至，西北大学文学院刘炜评副院长嘱余画《秃鹫》以为贺。我曾奉命成画。昨闻忠实先生病逝，悲痛弥膺。今晨想起此事，询于炜评兄。兄答：'你当时问我取义，我说《百年孤独》作者马尔克斯尝言："作家应当是为社会啄食腐肉的秃鹫。"故有此立意。但你说不好画，所以没有出品。'其实我当时不但画了，还固执得认真。至于画成后的去向，年久失忆。是否自觉不甚满意，自裁于褟褲之中？今大师仙化，恨憾何似？中午与邢小俊、王宜振、许令东诸友赴省作协祭奠归来，不胜唏嘘，遂补写《灵鹫图》以为陈公千秋！" 我止不住感动的眼泪，心里向画家脱帽致敬。屈君虽与我同事多年，彼此尊重相善，却并非一线的朋友。他的补画之举，使我看到了其人灵窍深处丰盈细微的情波义澜。

然而，我也看到了一些另外的表情。我不愿意看到它们，因为它们的神色，和哀祭文化伦理是失谐的，甚至是相悖的。

有好心人为陈忠实作"逸事状"类文章，其中一段热情摹写陈公用陕西粗话当面痛斥某无知官员的场面，以此彰显陈公"说大人则藐之"的傲骨铮铮。好事者出于关注兴趣，将这段叙述单挑出来贴于网络，遂不胫而走。但此事是经不起推敲的：如果陈公和"某高官"的对话是私人性的，事后双方曾对何人陈述过？如果对话现场有三人或以上，亲见者事后又曾以何种方式"爆料"过？退一步说，即便"某高官"的教诲让陈公大为不爽，但以他的良好修养、涵养，岂能当着人家面爆粗口？何况可能还有他人在场，陈公焉能毫不顾及大家的尴尬？如果作者标明在创作小说《陈忠实》，行文也未必不能"合理想象"，但该文本明白不过地显示着实录性，那便违背了一个简单道理：有了真未必就有善和美，但没有真绝不可能有善和美。虚构的"段子"无论怎样精彩，也还是"段子"，而它一旦传播开来，就真假莫辨了。因此，这样想当然的"新世说"，不是对陈公的"捧"，而是对陈公的"诬"。

在某些流水账文字里，明写陈公道德文章之挺出，暗借缅怀追忆以自高，对逝者悲欣人生的深入解读未见其多，庸俗趣味的呈现却未见其少。在某些悼诗、哀词、祭文、悲赋、挽联里，少有彻心锥骨的哀痛流溢，却颇多炫华弄藻的丧礼文学狂欢。但无论如何谀辞套话飞舞，终究掩饰不住字句背后的浮浅与苍白，只因催泪液整出来的泪水，绝不是心底流出来的泪水。《易》云："修辞立其诚。"子曰："丧，与其易也，宁戚。"是的，一切与发自内心的哀伤无关的风雅形式，无论怎样耀人眼目，都不能充分具备见心见性的意义。

在个别矜伐一己术业长技、讥诮逝者文体短板的论议中，看不到低首下心、严己宽人的君子修养，却能看到"文人相轻，自古而然"的陋习不去。更有甚者，读者还看到了苛求死者、妄下雌黄的文字，从其中难觅悲苍天悯好人、痛惜大树飘零的情怀，却屡见狭隘、偏执、戾气十足的诋谩。

还有对怀念陈忠实的文章的无端妄测、过度阐释，也让人阅之齿冷心寒。我就怎么也不能理解，在悲哀之雾遍被人心的日子里，竟还有人兴味盎然地拿起显微镜，对贾平凹一篇简短悼文敕事诛意，不仅费心统计出全文"加上标题、署名、时间一共283个字"，更下功夫索隐出那么多所谓的

"耐人寻味"的微言大义来。

　　我要说，陈忠实是杰出的作家，但不是完人；《白鹿原》是公认的名著，但并非无瑕。评说其人其书，是任何一个公民应有的权利。但我更要说，当此丧事也，当此哀时也，所有心会真善美之义的人们，都应当捧出君子四端，挈情循理对待这位尚未安葬的老人。如果我们真心爱戴陈忠实、相信"文学依然神圣"，就一定明白、珍惜、光大陈公留下的精神遗产，让中国的文学天地更为明净，乃是最重要的事情，也是对陈公最好的告慰。而陈忠实留下的精神遗产中，不只有诚实、端方、正大、崇高……还有友善、厚道、包容、容让……

原载《陕西日报》2016年5月5日

# 丰临和他的文学

丰临本名贺群社，1981年9月，我们同入西北大学，同在中文系就读。大约三个月后的某一天，我经过物理系楼东的丁字路口，看到了新一期的大板报，这期主题是"贝多芬逝世211周年纪念专号"。主办方是校团委和学生会，实际操办者则是中文系77级的学兄们。板报两丈见方，图文并茂，十分醒目。我当时就很纳闷，时至今日也仍不能明白，西大人纪念这位音乐巨擘，为什么选择了一个非整数的年份。

这个不明白，暂且放置一旁，不去讨论。我要说的是，在这期板报上，我第一次见到了丰临同学的白话诗。内容是什么，而今已不记得，能记得的是，诗写得相当地好，好得令我惊讶。这是我入西大后，头一回感觉到身边有文学能耐比我强得多的人。多年后拙诗有句："平生不识妒滋味，总盼人家比我强。"这不是假话，但坦白地讲，干同样的事，见到别人比自己出色，心头泛起挫败感，总还是免不了的。

第二年春天，我又从班上办的油印刊物上读到了丰临的意识流小说，再次感到惊讶。那时的文学青年，普遍热衷研读西方现代派作品，但能上手试笔者，还是很少的。丰临直觉意识流小说路数的能力委实不俗，无论"内心独白"还是"时序颠倒"，都拿捏得像模像样，文字又清通而跃动。这些长处，我当时都赶他不上。

在此之前，从小学到高中，我的作文从未曾落过第二，我的诗也屡屡被老师表扬。读初二时，我就瞎编过几万字的"打仗"题材小说，被同学赠送过很多虚荣。这使我产生了一个错觉：我是搞文学的好料。读了丰临的诗和小说，才知道和他这块料相比，我这块料的成色还差着一大截。

考入西北大学1981级中文系的学生，总共只有四十人，不少是当地的文科状元，又大半怀揣着当作家的甜梦走进校门。尽管我们初来乍到就被告知，中文系是培养研究人才之所，而非作育文学工作者之地，但刚刚念大学的文青，热辣辣的创作激情，还是涌动了好些日子。只是一两年之后，在以古今文学名著为"远镜"自照、又以彼此创作实绩为"近镜"互照的过程中，多数人逐渐调整了志趣，不再痴情"屠龙"而用力专攻"屠狗"了。而我由于心神不定，便成了两个频道之间的徘徊者。但我又因为丰临和丁科民等几位同学的诗写得好，就很久不敢轻易写诗；因为丰临和王怀成等几位同学的小说写得好，就很久不敢轻易写小说；因为韩星、张艳茜等几位同学的散文写得好，就很久不敢轻易写散文。后来倒是铆着劲儿写了一些，却既不敢寄出去，也不敢晒出来。

我们班有好几个"蔫怪"，丰临是其中之一。他的才情和个性，主要呈现在文字世界里，平素间待人接物，也不怎么显山露水，正应了一句歇后语："红萝卜调辣椒——吃出看不出。"这句话老掉牙了，但我实在想不出更恰当的比喻。但在日积月累的互动之间，他的记性贼好，他的反应机敏，他的荤素杂陈的怪话迭出，他的绵软中透着崚嶒的幽默，赢得了全班同学的赞赏。记得有一次他和我争辩什么，我一会儿就被他的诡辩绕了进去，引得舍友王强一脸坏笑地看着我窘迫的样子。从大二开始，大家一直叫他"小贺"，多少有点儿"小诸葛"的意思。虽然"小诸葛"那时不会讲普通话，但大四毕业联欢，还是被公推为了首席主持人。后来我毕业留校，从一些老师那里知道了贾平凹当年的不少逸事，就不免想，我们班的"小诸葛"，亦殆同此类也——灵秀都化在骨子里，"寻常看不见，偶尔露峥嵘"。

岁月不居，时节如流，干工作和讨生活，"颇多喜亦多可悲"。我们毕业后，用丰临的话说，"卑微的时光开始了"（《想念文学》）。"整个90年代，我们开始养家糊口，生娃，上班。有的人学聪明了，或者说慢慢知道自己姓啥为老几，自己是个啥货色。过日子吧。……知道世界是世界，你是你，是我们这茬人活明白的一个标志。"[1]我们跌跌撞撞地走过了中年，又慢慢腾腾地靠近着晚岁。文学之于我们中的多数人，原来是唱唱跳跳的舞台，后来是隔着好多座位的银幕，再后来成为烟村四五家的背景，而今成了云霞明灭或可睹的天姥山。把文学的心火窨封起来也罢，从文学那里淡然撤退也罢，让文学成为生活的调味品也罢，视文学为无用之物也罢，对具体的人来说，各有各的理由。

但依然有几位同学的生活主题，一直和文学紧密搅和在一起，丰临是其中最突出的一位。2011年秋，我们班纪念入学三十年，出了一本纪念册。这本册子里，有我为每一位同学写的绝句，算是我用文字画出的人物素描。写给丰临的那首，自觉还比较满意："公子前身压海棠，醉吟月榭动潇湘。风流天授生花笔，岂共雕虫论短长？"前两句状他的文学精神气质，后两句道他的文学走行姿态。现在，我想从拙诗后两句说开去，拉杂地谈谈我对丰临文学创作的鲜明印象。

在给我母亲回忆录写的序里，陈忠实先生谈道："我对天才有一个物质化的理解，便是对社会事相的某种事有一根尤为敏感的神经。有一根对色彩敏感的神经的人，便爱好画画儿；有一根对音律敏感的神经的人，可能成为音乐家；有一根对数字计算敏感的神经的人，可能会成为数学家；同样，有一根对文字尤为敏感的神经的人，便会喜好文学成为作家。"（《回首山路，槲叶依然灿烂——〈槲叶山路六十年〉阅读笔记》）我引用在此，绝无为家母出书做广告的用意，而是想说，丰临正是那种"有一根对文字尤为敏感的神经的人"，至少在我熟悉的陕西文学界，"文字神经"比他发达的作家，是很难数出两位数以上的。换句话说，在我眼里，丰临有着天生成为好作家的坯子，此生合该务弄文学。借用他的话，说成

---

[1] 本文所引《想念文学》《我不惹文学，文学为何惹我》《阿弥陀佛，幸好有文学》均为丰临未刊稿。

活该和文学骚情也行,还更贴切。他要是不事创作,实在太闲置禀赋了。不仅我这么看,班上多数同学都这么看。大家悄悄地注目着他,期待他"凌云健笔意纵横"。

很好很好,他没有闲置禀赋。他的"文学神经"早年发达,多年下来更发达,老匠斫轮,"刀子越磨越铇",只是爆发方式还不够恣肆。也许不远的将来,他会造出一艘大轮船或大飞机来。不肯下功夫造出来也无妨,毕竟文学是不愿意让人受苦的。

且看他自己怎么说:

> 我跟文学的关系,可以用骚情来说。我们陕西有一句话,叫骚情。其实这话一点不贬义,不是你想的那么黄,那么龌龊。骚情大概是指一种轻飘飘的感觉,是一种主动的姿态,是人有些得意,然后惹人的样子,但不一定女人惹男人,或者男人惹女人。骚情首先是自己把自己看得大,看得了不起,以为啥事自己能把握,但这个词指的恰恰是一种自己闹了笑话的状态,有一种后果不怎么的的意味在里头。(《我不惹文学,文学为何惹我》)

这是近于王小波式的自白,有自择、自适的坚定在焉,亦有自谑、自释的豁达在焉,但主旋律还是前者。所谓"骚情",说白了,就是一股子痴气。什么是痴气?就是对自己向往的事情所保持的一种长久迷恋的生命状态。

丰临的痴气,丰盈地贮存在他的精神水塔里,丰沛地从他的文字水管中涌流而出,他的笔下因兹而有了池塘生春草般的盎然生趣:

> 我来到世界上,就爱字爱得不得了……我把文字撕长掐短,敲圆捏扁……我这一辈子,跟字有淘不完的闲神,受不完的闲气……我从字堆里扒开一条缝,思量人,思量世事,思量自己,思量天上有没有个神神灵灵,如何安排布局……我曾经想,文字是我的"乌托邦"。

这是他写在我们班的纪念册上的自白,原文过长,我做了删节,但基本意思都在。显然，对自己和文字的"天缘"，丰临有着志得意满的体认。在文字的海天里徜徉、飞翔，让他享受了太多的得劲、畅快。

丰临既用文学创作构建属于自己的意义世界，同时用这个意义世界对现实世界表态。人生的悲剧性之一，是作为实在的生命个体，无法超越时间和空间。就心性而言，丰临这样的人，并不适合生活在这个时代，却别无选择。大学毕业后，丰临长期供职于一家大型国有企业，所事与文学基本无关。体制内的气场，在不动声色之间改塑着职场人的身心结构，与环境主动或被动同构，是多数"干部"的宿命。但我们班多数同学的"新常态"，却是先在对抗中妥协，后在妥协中对抗。想到这一点，我就很欣慰甚至骄傲。"编过十年工作刊物""搞过七年工运理论研究"的丰临同学，尤其如是矣。智力水平、经历体验和文化立场的共同给力，使得丰临倔强地保持了作为自由知识分子的风骨，而不断地读书、察世和省己，又使得丰临中年以后的精神所臻，更趋于"畸于人而侔于天"的向度：

> 我对我的命运是满意的。我如此深入地深入了生活，我每天都在乱麻一般的日常生活里，看别人，看自己，就像一个藏身很深的间谍，默默记下一切。我需要那些弯路，那些坎坷曲折，那些是是非非，那些烦恼纠结。我需要这儿通一点，那儿透一点。对大世界，我能批判，也能称赞，能理解，也能追根问底，提出意见。对小生活，我曲尽了人情世故之微妙，能理解，但不被屈服，不被学坏。我觉得自己一天天成长，能够强大。我也不怕自己的不强大，我在普遍人性的不强大中，仍然可以体味人的复杂和生活的全部况味。（《想念文学》）

丰临还是当年的那个丰临，那个不正经中有正经、时而满脸憨笑时而满脸坏笑、时而满嘴严肃时而满嘴讥诮的丰临。但丰临又不是当年那个丰临了，他结束了毛头小伙耍花枪的文学模仿，开始建构属于自己的文学庄园了。

在这座庄园里，主人主要经营两份家业。一份是体式不一的散文，其中又以随笔为主；另一份是小说，短中长篇皆备。

他固然常用他的文字为这个世道拍照，揭示这个时代的某些本质，有的时候，他的刀子批隙导窾，将某某事的七曲八折、某某人物的五脏六腑割剖得一清二楚，但我以为，他更大的兴致不在于此，在哪里呢？在于为生逢斯世此土的你我他寻找更多的"人的可能性"，其中最最要紧的，乃是自由自主地设计、筑建、执守、拓展"精神上的撑持"——这还是他的话。

他说他要用文学"讲道理"，我完全赞同。他又说用文学讲道理，须在文学的道儿上进行，我更赞同：

> 讲道理，不是说教。如佛教讲的"随因缘处，说比喻法"，文学的讲道理，类似于过去讲的"思想性"，但也不全同。过去说的"文以载道"，也比较接近这个意思。只是文学所载之道，一是只载作者自己的道，别人的道不能强迫于他。二是关于人的道，不是家国、时代、社会、民族等大概念之道。如果不小心载了那些道，那也只是让它们搭了车，主旨还在个体人。三，这个道是宽泛的，又是和文学的艺术性不可割裂的。它可以讲人的生命、生活、生存过程中的道理，但是它是蕴藏于文字的情理逻辑中。它首先是要给人文学的愉悦，让他停下来，听进去。它有游戏的一面。它有它"善巧方便"，通过"言辞柔软"，来"悦可众心"。（《阿弥陀佛，幸好有文学》）

说得很通透，创作中也做到了。丰临的散文，大抵写得既俏皮又不失庄正，叙议波滚澜翻，文风略近王小波，但文字较后者更活泼一些。不足也明显：有时大结构上不甚注重剪裁，行文略显率尔；有时行文逞才使气，"下笔不能自休"，少了必要的节制。

相比于写散文，丰临写小说更见功力，更出彩，也更能贯彻他的文学主张。尤其在节奏控制和心理刻画方面，已至老辣自如之境。我最近读过的两篇，就既当行得很——通过虚构的故事塑造了生动的人物形象，又讲了该讲的"道理"。短篇《少春之死》[①]写初夏时节里几个顽童的"村游",显然与作者本人幼年的经历有关。小说对儿童的言行和心理的描写,惟妙惟肖。而其中蕴含的"道理",则在于传达一种体验:在这个世界上,偶然性是无处不在的。较诸《少春之死》,介乎中短篇之间的《黑狗凡凡》[②]更为出色,深深地吸引了我。他将草根阶层悲欣交加的生存情境,摹写得既绘声绘色又疏密有致。在闾里烟火气息与宗教文化关怀的二重变奏中,忧伤逐渐被温馨冲淡,从而也就讲出了"道理":人生固多种种"被受"的无奈,心境却可以在一定程度上超越处境。

丰临是文学中人,却不是文坛中人。孙犁先生晚年多次表达过亲近文学而远离文坛的意思,杨宪益先生晚年也曾以打油诗明志:"告别文坛少开会,闲来无事且干杯。"这近于说好好吃饭,远离饭店。只有真正挚爱文学本质、护持文学绳墨的作家,才会对当代中国文坛如此表态。我不曾与丰临交流过对当下文坛的看法,但敢肯定地说,他不在"圈子"里,不是"圈子"不接纳他,而是他对"圈子"比较"趔",因为他亲近着一个更大的"圈子"——由古今中外经典作家和作品构成的"圈子"。这一点上,我又不如他。我想起了《白鹿原》里白嘉轩对鹿三说的话:"三哥,我不如你,你是人。"

虽然不如他的地方很多,但作为在同一个时代的天地间安身立命的同道,对文学的根本态度,或者说最基本的文心,我和他过去一样,现在和将来也一样:

> 总的来说,真正的文学还是对社会文明有更大的意义,它增添人们的教养,修养,气质,使人高雅,脱俗,让人会感动,会有一种温暖,会发现有意思、有趣、好笑的东西。各安天命。我站在文学这一边。我不指望这个世界给我多少好处,只希望有同道,有读者,和我一起往前走。如果没有人愿意,我只能说一

---

[①] 丰临:《少春之死》,见张艳茜主编《文谈春秋》,西安出版社,2017年。
[②] 见微信公众号"丰临的国",2023年11月18日。

句，真见鬼。然后一撇嘴，对自己说，活该。自己的福自己享，自己的罪自己受。(《我不惹文学，文学为何惹我》)

  大约1982年夏，我在北京出版的某文学期刊上读过一个短篇小说，遗憾的是后来想不起它的标题，也想不起作者和发表它的刊名。大致情节是：19世纪50年代初，几个四年里"京读"的大学生，一直寓居在某一人家。毕业前夕的一天，大家在房东家举行告别酒会，约定三十年后同月同日同地聚首，房东的可爱的女儿见证了他们的约定。三十年后的那天，已入中年的房东女儿早早备好了酒席，等待大哥们从四方归来。但践诺的只有一人，是当年几位同窗中最倒霉的一位，多年间一直在北大荒接受"改造"，不久前才摘掉右派帽子。我认为这是一篇好小说，既写出了人生的况味，又讲了"道理"——迎送了漫长风雨流年而依然不改初心的人，实在是太少了，正因为太少，更值得尊敬。我想，如果我们生逢那个年代，曾有过那样的约定，那么三十年后如期赴约、开怀畅饮的人，一定有丰临。当然，也有我。

2016年12月

  选自《文谈春秋》，西安出版社，2017年，原题为《尊前谈笑人依旧——闲话丰临和他的文学》

# 旧体诗的现代性问题

## ——兼论当代诗词的发展历程

旧体诗创作由沉寂、寥落走向复苏、繁盛，是中国改革开放以来引人注目的文学景象之一。关于旧体诗的学理研讨，也经历着日益拓宽、深入的积极变迁。其中三个方面的争鸣最为诗坛和学界所关切：一是旧体诗是否具有续续不绝的持久生命力，二是现当代旧体诗是否具备进入现当代文学史的资格，三是现当代旧体诗创作有无必要和能否获得文化精神上的现代性。

三个问题绾连在一起。倘若现当代旧体诗不能具备现代性或现代性微弱，无论有多少人热衷其事，它的发生和接受终不能走出"圈子文学"的园篱，它的存续终不免"大江余波，风流难再"的命运，而"摈除现当代文学史界对于旧体诗的傲慢与偏见"，"让旧体诗入史现当代文学"便不可能真正实现。

当代旧体诗能否避免这样的命运？回答是肯定的，但它的否极泰来、历久弥新，需要多方面持久给力，尤其需要旧体诗坛群贤自觉自为、承变并重。

## 一、何谓旧体诗的现代性

首先有必要辨析两个相关而有别的概念："现代化"与"现代性"。

两者虽内涵相关，然所指维度有别：前者偏于指社会形态的出古趋今，后者偏于指人的精神主体的推陈出新；前者主要关乎动态过程，后者主要关乎静态结果；前者与政治建设、经济发展、社会治理关系密切，后者与哲学、美学、文学、艺术关系密切。

"现代化"一词出现于20世纪初。广义的现代化主要是指工业革命以来现代生产力导致的生产方式的大变革，引起世界经济的加速发展和社会适应性变化的大趋势。狭义的现代化主要是指第三世界经济落后国家采取适合自己的高效率途径，通过有计划的经济技术改造和学习世界先进，带动广泛的社会改革，以迅速赶上工业国和适应世界环境的发展过程。总的来说，它更侧重于物质进步。当今社会生活的现代化，主要以劳动方式专业化、产品交换市场化、生活环境城市化、信息沟通全球化为基本特征。

"现代性"一词实际上是人的精神文化"走出中世纪"的标识，其核心是马克思·韦伯所言的"祛魅"过程——摆脱愚昧、迷信、专制，追求理性、科学、自由，是建立在理性之上的时代精神——科学精神、人文精神和法治精神的体现。总的来说，它更侧重于精神进步。

要而言之，"现代性"是一个舶来概念，但早已进入中国现当代文化语境。从马克斯·韦伯、汤因比到费尔南·布罗代尔、哈贝马斯、马泰·卡林内斯库等，各国学者对现代性的阐释虽不无歧义，却有着最基本的共识：现代性是在与古代性的比照中呈现自身质性的，其要义在于强调通过物质尤其精神的持续继往开来的建设，造就健康合理的社会文化环境和自由自为的人的主体性。

笔者所理解的我国旧体诗的现代性，是指它对时代生活动态尤其精神文化动态的热诚反映与介入。如前所述，这样的现代性，并非今世才有之而是自古即有之。变风变雅、屈宋楚骚、建安风骨、山水田园诗、"四杰"新体、边塞诗、南渡词等等的与时而出，皆为明证。近现当代诗家黄遵宪、郁达夫、吴芳吉、毛泽东、田汉、夏承焘、唐玉虬、聂绀弩、钱仲联、赵朴初、启功等人的腾挪诗笔发为吟咏，更能启示今人：拥抱火热现实生活并与时代精神声应气通,旧体诗不仅可以做到,还可以做得气韵饱满。

## 二、中国现当代旧体诗现代性的不足

我以为,近代以来,我国旧体诗坛有三批追求现代性的诗人。

### (一)第一批以黄遵宪、梁启超、柳亚子等为代表

晚清黄遵宪(1848—1905)、夏曾佑(1863—1924)、谭嗣同(1865—1898)、梁启超(1873—1929)等人先后倡导"诗界革命",积极创作"新体诗"。黄氏贡献尤著,梁启超赞誉:"公度之诗,诗史也"。丘逢甲甚至认为:"茫茫诗海,手辟新洲,此诗世界之哥伦布也。"(《人境庐诗草跋》)。

黄诗虽有明显不足:情感张扬外露,叙事议论过多;反映异域风情之作,"差能说西洋制度名物,掎摭声光电化诸学以为点缀,而于西人风雅之妙、性理之微实少解会"(钱锺书《谈艺录》)。但难能可贵的是他清楚地意识到,旧体诗应当接纳新时代的社会生活和文化知识,在题材、语汇等方面承古趋新并重。其创作有力地扩充了旧体诗的堂庑,表现了当时先进的中国人走向世界、接受世界的姿态。

继"诗界革命"之后旗帜鲜明推陈出新的诗歌团体,是1909年11月成立、"欲一洗前代结社之弊,作海内文学之导师"、前后存续了三十多年的南社。1911年,柳亚子(1887—1958)在《胡寄尘诗序》中声言:"余与同人倡南社,思振唐音以斥伧楚,而尤重布衣之诗。"1917年又表示,民国时代应有民国之诗,决不能让前清遗老遗少们再做诗坛头领;排斥同光体,是为了给"民国骚坛树先声"(《磨剑室拉杂话》)。

南社"唐音"和同光体"宋调"的分道扬镳,主要缘于两派精神立场、审美情趣的对立,而非"尚情致"与"尚理趣"之别。后者逊色于前

者的,不在于诗歌艺术不够精湛(事实往往相反),而在于诗歌精神现代性的不足甚至欠缺。

## (二)第二批以于右任、郁达夫、毛泽东等为代表

从1904年《半哭半笑楼主草诗》印行到逝世,于右任(1879—1964)创作了大量诗词曲,它们既记录着作者个人的经历、阅历、情怀、志向等,亦呼应着时代的天风海雨。柳亚子为《右任诗存》题词:"卅年家国兴亡恨,付与先生一卷诗。"章士钊评于诗:"壮有金戈铁马之音,逸亦极白鸥浩荡之致。"(《于右任先生七十寿序》)胡迎建评于诗:"于右任用新观念写新事物,驱遣新词,很有时代气息……关怀天下忧乐,感慨国家兴亡,渊源于李太白、陆放翁、元好问,近学黄遵宪……于博丽中见沉雄,蕴藉中含豪放。"(《民国旧体诗史稿》)

郁达夫(1896—1945)才情卓荦,诗笔洒落,其旧体诗的成就与特色,早就得到了广泛认可。刘海粟说:"达夫诗词第一,散文第二,小说第三,评论文章第四。"(郁云《我的父亲郁达夫·序》)郭沫若说:"其诗为时代、为自己作了忠实的纪实。"(《望远镜中看故人——序〈郁达夫诗词抄〉》)郁达夫虽自称旧体诗"骸骨迷恋者",但这只是对古典文学态度的一种表示,综观其作的精神质相,固有近于古人情致者,然更多的作品,呼应着新文化乃至世界文学的现实场景,正如孙郁所论:"(郁诗)以旧调子写个人主义的情思,去儒生之陈腐气,得卢骚(卢梭)、普希金之缠绵,阅古今之苦,听中外之音,独抒胸臆者在,有悲苦万状不能自已的痛楚。"(《民国文学十五讲》)

毛泽东(1893—1976)诗人气质强烈,亦善于博采众长。毛诗并非篇篇精品,但其代表作《沁园春·长沙》《采桑子·重阳》《菩萨蛮·大柏地》《忆秦娥·娄山关》《清平乐·六盘山》《沁园春·雪》《浪淘沙·北戴河》《水调歌头·游泳》《卜算子·咏梅》等,情辞并美,脍炙人口。

毛泽东写诗不仅有明确的审美倾向,还对新旧诗歌的出路极为关切,

倾注了很多思考。一些见解，至今仍有启发性。

毛泽东诗词的现代性主要体现为："万物皆备于我"，及时反映重大时事，措词遣句兼容古今，精通律而不为格律所拘。

吴芳吉（1896—1932）、田汉（1898—1968）、赵朴初（1907—2000）等现当代名家的诗作，亦在于右任、郁达夫、毛泽东一路。

吴芳吉是20世纪诗词改革的先驱之一，诗作形式自由活泼，语言文白兼容。吴宓誉其诗"颇多忠爱之言，而尤重沧桑之感"。代表作为长诗《婉容词》。正因为诗语"亦古亦今"，"旧派难容其新，新派难容其旧"，但这不是吴先生的局限而是新旧两派的局限。

田汉是文艺创作的多面手，虽不以诗词成就盛名，而诗词实绩洵非俗流。唐弢说："新文人作旧诗，妙句浑成，不事雕砌，当推郁达夫、田寿昌两家。"（《〈黄山两首〉题记》）个人悲欣感遇与民族命运密切交织，构成了其诗的主体内容，风格以豪宕为主，兼有沉郁之致。数十载之后，诵咏其《狱中赠陈侬非》《题关羽像》《过大世界》《宿徐家汇》《庆祝西南剧展兼悼剧人殉国者》等，仍有强烈的回肠荡气之感。

赵朴初20世纪50年代以后的诗词曲创作，有着"暂借旧碗盛新泉，更存薪火续灯燃"（《韵文集·代自序》）的自觉，融"人间佛教"义理、爱国主义热忱、社会主义核心价值观于一体，情怀宽博，情致盎然，与历代僧人、居士的"幽情单绪，孤行静寄"之作相比，可谓别开生面。

### （三）第三批以聂绀弩、启功、邵燕祥等为代表

聂绀弩（1903—1986）的诗作，收在《聂绀弩旧体诗全编》（1990）和《聂绀弩全集》（2004）中。1982年，聂氏《散宜生诗》甫一出版，即震动了诗坛，因为它大大超出了旧体诗读者的接受经验。正如胡乔木所言："热烈希望一切旧体诗新体诗的爱好者，不要忽略作者以热血和微笑留给我们的一株奇花——它的特色也许是过去、现在、将来的诗史上独一无二的。"（《散宜生诗·序》）程千帆称道聂诗："用传统观念看来，

作者是诗国中的教外别传。正由于他能屈刀成镜，点石成金，大胆从事离经叛道的创造，才使得一些陈陈相因的作品黯然失色。"（《读〈倾盖集〉所见》）袁第锐赞扬聂诗："聂翁乃五四以来成就最大的一位传统诗人。聂诗题材之广泛，功力之深厚，含蕴之幽邃，状景状物之生动，形象思维之活泼，以及炼词之精到和改革所迈步子之大，不仅当代无人可以企及，即黄公度、梁任公亦当瞠乎其后。"（《当代之离骚，诗家之楷模——关于聂绀弩诗体的创新评价》）

迄今为止，在另类道路上走得最远、或许唯一"出体"的现当代旧体诗大家，莫过于聂氏。其诗在继承古人艺术经验的基础上机杼独运、别开生面，形成了公认的"聂体"并奠基了诗坛"聂派"。聂派诗家启功、杨宪益、荒芜、邵燕祥等，作品各擅其胜，主体艺术风貌，则皆为谑中蕴正。

聂派诗词的现代性主要表现为：古代书生意气与现代知识分子情怀的兼具，对社会流行风潮的适度疏离，时语、俗语、谑语的高比重入诗，"含泪的笑"式的喜剧美感呈现。

尽管从黄遵宪时代到聂绀弩时代以至当今，前贤和时贤在旧体诗现代性方面做了艰苦而坚韧的探索，取得了很多成绩。但在现当代诗歌文化的大坐标上察量，又应当看到近百年来的旧体诗创作，整体上的现代性养成还不够充分，未能赢得广大的读者的普遍赏爱，未能取得与白话自由体诗平起平坐的"诗席"。

我认为，几个基本的事实不应回避或遮蔽：

其一，能够为时代"写心摄魂"的现代性旧体诗力作，仍属凤毛麟角。当现实生活发生重要、重大事件时，旧体诗的在场感、介入度往往不如新诗及时和有力。

其二，在表现当代人类心理情感的细微性、复杂性方面，一首情辞俱佳白话诗乃至流行歌词，可能较旧体诗更为"直指人心"。

其三，现当代旧体诗坛迄今仍未能产生它的"李杜苏辛"，即使以郁达夫、聂绀弩等为代表的现当代旧体诗坛巨擘，其影响力犹不能与艾青、徐志摩、牛汉、雷抒雁、北岛、舒婷等白话诗坛大家相比。

其四，现当代旧体诗库还未能诞生震古烁今，堪与《离骚》、《古诗十九首》、《古风五十九首》、"三吏三别"、《秋兴八首》、《念奴娇·赤壁怀古》、《己亥杂诗》等相媲美的经典作品。

对此反思不足，导致了当下众多旧体诗的颇多遗憾：不少作品虽工致、典雅，但生活现场感往往不够甚至缺失，其中一些以"不离祖法"自高自矜、以"规唐范宋"互相标榜的"啸傲烟霞，流连光景"之作，屡屡使读者产生作者不是活在当下而是活在中世纪的错觉。而阵容看似强大、作品数量惊人的"口号体"旧体诗，又可以说是古代官僚体（馆阁体）诗的变种。

人类文化的演进，主要是"因旧"与"革新"的变奏。征诸中华诗史，情形尤其如此。与时代相偕行，在继承中求拓新，不断增扩和提升自身的现代性，乃是古今中外诗歌以及一切文艺体式历史经验的最大公约数。

## 三、当代旧体诗如何获得现代性

窃以为旧体诗质相的现代性，首先指向精神情感与当下文化情境的多维度交结，其次指向形式要素的必要改良，再次指向遣词造句对古今语词的兼重并采。

### （一）诗人心理的"守正纳新"

第一，情怀与眼界——旧体诗人与当代诗人、世界诗人的统一。遵守旧体诗的基本绳墨，体味旧体诗的古典美感，努力创作出不仅有文言诗"模样"而且有文言诗"风味"的作品，是旧体诗人应有的自律。关于这一点，诗人们有着共识。但旧体诗人的角色领会中，应当有当代诗人和世界诗人的自许，却又为很多作者所忽视。既是当代中国诗人，其"诗意栖居"就主要不在于发思古之幽情，而在用作品伸张自己现在时态的生命意志。同时，和新诗作者无异，当代旧体诗人不仅是自然人和国家公民，还是世界公民，不但应当关心自己的家庭、家族、朋友圈、社区、行业、民族、国家，也应当关心纷纭变化的世界。如果说，在国家、民族与外部世界隔着重重壁垒的时代，世界公民对普通一隅之民、一廛之氓来说只能是个遥远的概念，那么，在世界已变成了地球村的而今，作为诗人，自当有世界公民的角色知行。

退一步说，即就单从提高诗艺的意义上讲，旧体诗人也应当积极了解、借鉴我国现当代白话诗人和外国诗人的艺术经验。长期以来，当代新（白话）旧（文言）两个诗界不相往来的状况是不正常的。新诗作者要补古典文学的课，旧体诗作者要补新文学和外国文学的课，同时两个阵营有必要对话交流、切磋诗道诗艺，取长避短。

第二，责任与使命——积极关注和热情介入社会生活。从"主文而谲谏"到"歌诗合为事而作"，从"一枝一叶总关情"到"我以我血荐轩辕"，我国历代优秀诗人如递受着接力棒一样地守护着风骚传统。当今的旧体诗人的取材与措笔，更应当既真实地捧出一颗"明明白白我的心"，又及时有力地关注社会"第一真实"。

习诗多年，笔者数遍通读、反复咀嚼郁达夫、于右任先生的佳作，总是被强烈打动，因为它们既承载着作者个人最深切、最炽烈的生命体验，又涵容着极为强烈的当下关怀意识和世界公民意识，所以我以为他们的代表作，既是古典美和现代性并具的佳构，又是当今"口号体""高仿体"诗词的校正仪。

基于以上认识和个人写作实践体会，笔者特别强调两点：第一，"好句全凭热血浮"——真诚是诗人的精神生命的第一范畴。以高度的真诚接通生命的根脉，是诗的第一本质。"诗者，根情、苗言、华声、实义"（白居易《与元九书》），乃古今不刊之论。盖一切好诗，都必定承载着作者的"体温"和"呼吸"。固然有了真未必就有善与美，但没有真绝对不可能有善和美。缘事兴感，触物起情，言由衷发，意不虚表，即诗的真诚。同时诗人必须有尊严感、羞耻心、正义感，有"诗无呐喊即骷髅"

的自觉，有"镗嗒胸槌如击缶"的自为，有忏悔、反思、叩问、追梦的勇气。第二，"五洲风雨注心头"——"文变染乎世情，兴废系乎时序"，亦古今不刊之论。诗人固可以"精骛八极，心游万仞"，但首先是活在既定时空下的诗人，其主要的生活场所是"此岸"而非"彼岸"。以诗为"时代的良心""时代的晴雨表"，写出不仅属于作者自己而且属于更多人的爱憎诉求，其作品才可能直指人心、有补于世。

### （二）诗歌体式的"求正容变"

数千年来，旧体诗的体式一直在渐变。不变是相对的，变动是绝对的。骚体诗、汉魏乐府诗、永明体、近体诗、曲子词、散曲及其相伴的"平水韵"、《词林正韵》、《中原音韵》等的产生和改良，本身就是与时俱进的结果。

由于语音的变化，《诗经》使用的上古音和唐宋诗使用的中古音，与今音必然有很大不同。正如明代学者陈第所言："时有古今，地有南北，字有更革，音有转移。"（《毛诗古音考》）因此，根据语音体系变化制定新的诗韵，道理上不存在任何问题。在普通话已经普及为汉民族共同语的当今，旧体诗形式要素的必要改良，主要涉及近体诗、曲子词、散曲的平仄程式和押韵规则。

笔者反对贸然急进的革新，赞同"知古倡今，双轨并行"（马凯《"求正容变"，格律诗的复兴之路》）的主张，欢迎《中华通韵》的颁布。

《中华通韵》是在近一个世纪以来前贤"求正容变"的探索、实践基础上制定出来的。在此之前，已经出现了一些现代新韵书，影响较大者为《诗韵新编》和《中华新韵》。前者1965年由中华书局上海编辑所出版，1989年10月印行第2版。后者由中华诗词学会于2003年提出制定，2005年公布。

21世纪初，在拙作《论诗绝句十五首》中，笔者表达过对当代旧体诗声韵的基本态度："声情自古重圆融，旧韵新声两可工。若作海棠新社主,何须协律一规从?"。2018年7月,笔者再次毫不含糊地表明了对《中华通韵》的支持:"韵舟蜀驶出平水湾,诗篙舞向自由天。江南江北霞云好,任我撷来织彩帆。"(《欢迎〈中华通韵〉颁布》其一)

笔者的基本立场是:

第一,在普通话已经普及的当代,中国人几乎不可能用唐音宋韵读诗和填词,因此制定与今韵相符的新韵书正当其时。

第二,制定新的韵书,并不表示废除旧韵。选择使用哪一种韵书,是创作者个人的自由。

### (三)诗歌语词的"取昔"与"纳今"

相对于形式改良,改变诗语的重古轻今乃至荣古虐今现状,对当代旧体诗坛更为紧要。现代以前,它的多次承变不仅体现在体式方面,也体现在诗语方面。从寒山、王梵志、王绩、杜甫、韩愈到王安石、陆游、杨万里、黄遵宪等历代诗家诸作,皆有迹可循;元曲用语的俗白鲜活,更是诗语可以拾材于市井乡野的显例。这样的变迁,是旧体诗不同历史时期现代性的另一个表征。既然如此,在白话书写取代文言书写已近一个世纪的当今时代,旧体诗创作便没有理由拒绝口语词汇和语句的介入。

笔者不仅不反对,而且提倡旧体诗写作练习阶段对典范文言诗的模仿,但坚决反对创作意义上的"高仿体"。如果某种生活场景、某种情怀思致无法用文言语词摹写、抒发,就可以不避使用当下语词。苏轼所言甚是:"街谈市语,皆可入诗,但要人熔化耳。"(周紫芝《竹坡诗话》引)

古代诗人施置意象、建构意境使用的文言语词,大部分仍留存、活跃于现代汉语中,少部分已与当今社会基本无涉,如南浦、长亭、竹斋、机杼、柴扉、猿啼、南冠、吴钩、羌笛、获麟、问鼎、献芹、驻锡、采薪之忧、河鱼之患、灞柳风雪、蟾宫折桂、秉烛夜游……谓之"死去"或许太过,谓之"陈套"不算言重。而对应现当代人、物、事、景的大量新语词不断产生，一部分已被收入词典，如高考、环保、时髦、房奴、宅女、暖男、飞船、热线、低碳、粉丝、驴友、博客、幽默、忽悠、自驾游、月光族、两弹一星、希望工程、绿色食品、冰雪聪明……这些已经"入籍"当代语境的新语词，没有理由被当代旧体诗坛拒之门外。

笔者一直赏爱启功教授的诗词，原因之一正是先生之作，多能"熔化"时新语词。如名作《鹧鸪天八首·乘公交车组词》之所以脍炙人口，不仅因为它们写出了当代市民公交出行的酸甜苦辣，更因为"乘客纷纷一字排，巴头控脑费疑猜""坐不上，我活该""铁打车箱（厢）肉做身，上班散会最艰辛""身成板鸭干而扁，可惜无人下箸尝""居然到了新车站，火箭航天又一回"等当下口语被作者驱遣自如、纷涌入篇。

近些年来，因为生硬使用文言语词状写当下社会场景、抒发作者当下情感而损害了作品美感的例子，屡见不鲜。如2017年7月31日朱日和大阅兵后，大量颂美诗词见诸网络，诗人们扬我军威的热情可嘉，但烽烟、柳营、鼓角、王师、虎贲、熊貔、双铜、长缨等语词的频频使用，又是明显的美中不足，因为这些比喻、借代、用典等等，并不能收到准确、生动之效，有时还让读者感到失真和别扭，足见旧体诗书写当代生活，不必一味尚求古雅。

梁启超先生"诗界革命"的主张至今并未过时。钱锺书曾批评黄遵宪若干诗作的诗味不足，只能说明诗家在追求作品现代性的过程中，尚未取得理想的新语词诗化效果，却未足作为旧体诗不能使用新语词的理由，盖诗之感动力强弱，不必关乎诗语之雅与俗，而必关乎诗情之浓淡和诗境之高下。诗人发为吟咏，"必以情志为神明，事义为骨髓，辞采为肌肤，宫商为声气"，其作品才会具有丰沛的精神活力和丰灿的美感活色。而那些无关乎作者精神呼吸、情感体温的种种"诗"，即使"看上去很美"，亦不过是徐渭痛斥过的"徒轨于诗"的塑料花而已。

原载《光明日报》2017年11月6日，原文无副标题

（收入本书时有删节）

# 桥门卅载仰先生

## ——评《我的诗生活：紫洪山人诗学文选》

大约四年前的一个晚上，我们大学同班的几个同学请张孝评教授餐叙。轻松闲聊之间，自不免追忆"城南旧事"——我们的大学四年。谈起先生之于我们的恩德，王春泉同学说："张老师是我们的文学教父！"我愣了一下，立刻被他的说法感动了："这话真是精彩，却又实实在在！"贺群社同学也热烈呼应："这是学生的心里话，也是最准确的结论！"先生连连摆手："不敢！不敢！"先生的谦虚是真诚的，我们的感受更是由衷的。

我敢肯定地说，以"文学教父"美誉呈献先生，我们班三十九个同学，绝对没有持异议的。岂止我们班，历届从游于先生的弟子，都不会有异议。

1981年9月，我考入西北大学中文系。第二年初秋，先生为我们班开设必修课《文学概论》，授课整整一年。也是从这时开始，先生做了我们的业务班主任。因此本科学习阶段，我们向先生请益、求助以至说愁诉苦，是常有的事。我毕业留校至今，和先生共事一个院系，又同在一个小区居住，来往比较频繁。现在，也就是先生的《我的诗生活：紫洪山人诗学文选》一书即将付梓之际，我想从一个"亲学生"的角度，谈谈我眼里的"文学教父"。

先生籍贯浙江绍兴，幼年在紫洪山下度过，少年随父母迁居西安，1962年考入西北大学中文系。幸运的是，先生接受的五年制大学教育，前四年基本正常。为先生所在班级授业的硕学名师，有傅庚生教授、刘持生教授、郝御风教授等资深学者。先生青少年即有才名，又一向勤奋好思，因此打下了扎实的学业基础。大学毕业以后，先生在铜川蹉跎了近十年。改革开放之初的1978年，因为母校爱才，先生得以回到西大中文系执教。先生珍惜"第二个春天"的到来，全身心治学、教书、育人。《文学概论》课堂上，先生热情洋溢授讲、同学们如饥似渴听讲的情景，我至今历历在目。但印象更深的是，先生没有拿着蔡仪先生主编的教材照本宣科，而用自己精心编写的讲义娓娓道来。后来，在讲义基础上扩容、完善而成的《文学概论新编》正式出版；再后来，"新编"又经先生多次修订，迄今已再版了十多次，累计发行数十万册。这样的奇迹，完全是"货比货"的结果。

我们自觉的文学领悟，正是从聆听先生授课开始的。先生"鱼""渔"兼授，为三十九个懵懂少年打开了一扇又一扇窗，使我们的文学视域日益开阔，文学心脑逐渐开窍。在先生门下，我们既循序渐进地接受了比较扎实的理论思维训练，又十分有效地增强了对具体文学作品的感受能力；既大致把握了中国古往今来文学创作的长与短，又初步了解了西方文学理论和实践的源与流。先生不仅启发我们勇于"解释世界"——察析文学的现象和本质，更鼓励我们积极"改变世界"——关注并助力正在发生着可喜变化的中国新时期文学。"接闻于夫子"数年之后，我们差不多都可以不胆怯地和各路人士谈文论艺了。

因此，2012年3月，也就是我们大学毕业二十七年后，阅读先生惠赠的最新版《文学概论新编》，我情不自禁写了一首绝句《呈业师张孝评教授》："山阴才调发琅琴，沣镐草玄倾热忱。由喭柴愚同仰颂，先生度我有金针。"第三句典出《论语·先进》："柴也愚，参也鲁，师也辟，由也喭。"谓孔门四个学生各有不足。第四句反用元好问《论诗》句意：

"晕碧裁红点缀匀，一回拈出一回新。鸳鸯绣了从教看，莫把金针度与人。"一般认为元氏的意思是，方家不要将自己掌握的道法秘窍授人。先生的做法恰恰相反，一次又一次给了我们"金针"。我可能就是张门的"辟"生——偏激者，因为先生的言传身教，毛病逐渐有所克服；我又来自比夹皮沟还要偏僻的地方，长于打柴而欠乏"绣才"，能学得先生"针法"一二，也算是一种福分。

如果说，先生作为业师的义理精到、表述精彩的授课，是对我们成长的初步的、直接的影响，那么，先生作为学者近四十年间风雨笔耕的诸多成果，便是给予我们的间接沾溉。

窃以为，先生治学和为文最为突出的自家路数，概而言之，约有三端：

一曰在宏观研究与微观研究的并重并进中建构自己的学术堂庑。先生论文和著作的发表和出版，大抵始于20世纪80年代。"出品"最多的时段，则是20世纪90年代到21世纪初的十余年。先生的学术研究，主要涉及两个领域，一是文学通论，具体包括文学本体论、文学功能论、文学创作论、文学接受论等；二是诗学专论，其中包括诗道论、诗艺论、诗人论和诗作评析等。具体而言，在文学通论研究方面，称得上名著的《文学概论新编》建构了先生文学认知的大体系，论文《文学作为语言艺术的宽泛性与深刻性》《论文学的情感性和形象性及其统一》《关于艺术创新的再思考》等则体现了先生在文学的一些关捩点上的新见。诗学专论方面的研究，表现出近似的格局：《诗的文化阐释》《中国当代诗学论》等专著，属于宏观研究；《诗的典型不是什么》《诗美变形律探微》《论诗的意象空白》等论文，属于微观研究。在宏微两个领域里，先生览涉古今中外主要文学理论与批评成果，阐发自己对若干重要文学概念、范畴和命题的再思考，既"我注六经"，又"六经注我"，提出了许多有扬有弃、有承有变的见解。先生也不时表明自己对变动中的当代文学创作的一些事象、个案的观察和剖析，批隙导窾，评骘剀切。多年以来，每每拜读先生的著作和论文，我眼前就浮现着"紫洪山人"时而登高临远、时而低首沉思的身影。

二曰在护持个人研究兴趣与适应既定学术环境之间，努力求取最好"生态"。吴宓教授曾说过，人生不得不面对的主题有二：职业和志业。前者乃谋生糊口之事，未必是"吾之所愿为"；后者乃兴趣理想之事，必出乎"一己坚决之志愿"，"职业与志业合，乃人生最幸之事"（《我之人生观》）。我虽不曾斗胆问过先生早年志业何在，但内心一直以为，就像贾平凹"命定"合该以文学创作为终生乐事一样，我们的"文学教父"，天赋哲性思维和诗性思维俱佳，又自幼耽好"游于艺"，所以授传、研究文学尤其诗歌文学，正可谓"职业与志业合"。但在具体操作层面，每个"扶义俶傥，不令己失时"（《史记·太史公自序》）的"社会人"的兴之所趋，也得考虑两个制约性因素——个人精力的有限和社会环境的所限。所谓有为有所不为的道理，正在于此。尽管以先生的才能，"遣吾有涯"的可能性是很多的，但先生没有在多个平台上作业，而将自己的学术行走收拢在一定的扇面之内，笔耕不辍，心无旁骛，实现了堪称良好的"投入产出比"。我还要说，先生不是冬烘自足型、人云亦云型的学者，而是"视通万里""我思故我在"的读书人，对很多历史的、现实的谜团与迷雾，都有着深切、独到的察识。但在工作、生活和学术活动中，先生又是不狂不狷、不激不随、谨言谨论的"在场者"。时代语境允许的言说，先生差不多都言说了；先生的研究成果，无论是自发性的还是被安排的，都充满了人文的正能量；情非所愿的应景文字，先生几乎不曾写过；即使承担的集体性科研任务，先生完成的部分，也力避敷衍时俗，而有着可圈可点的自出机杼之见。这令我想起了王瑶教授的话："在学术研究中，既要有求真精神，绝不做违心之论，但也要注意掌握'什么时候、可说、不可说、说到什么程度'之类的分寸。"（钱理群《"鲁迅式"的知识分子》）

三曰搦管为文，必出以精研覃思，且文笔富于"语文美感"。先生的每一部专著和每一篇文章，甚或一则千字随笔，都绝非率尔操觚之作，而成于深思熟虑之后。先生的文章既有严密逻辑的统领，又有恰到好处的修辞讲究。凌空蹈虚之说，故作高深之论，夹缠不清之语，在先生文章中是没有踪影的。先生崇仰朱光潜教授的文风，亦颇得朱先生为文的个中三昧。我虽写不出好文章，却也和先生一样心服朱先生作为学术大家、文章大家的襟怀和能耐。在先生家里，我们师徒曾一起讨论过当代学人文章表达的长短得失，一致的看法是，朱先生说得从容、通透、简要的文风，在同时代的学术巨擘中是最可称道的，因而也就最值得后辈人以揣以摩；无论知性文章写作还是感性文章创作，无论怎样响应"文变染乎世情"，下笔总须有"语文自律意识"。在我看来，先生文章的总体语文质相，可以"清通熨帖"概言之——清通的是立论和证说，熨帖的是措句和驭篇。实话实说，在我认识的长辈学者中，语文素养与先生可以颉颃者，并不很多。施蛰存教授多年前就曾感慨："语文纯洁，本来是读者对作者，或作者对自己作品的最低要求。但近十年来，却已成为最高要求。"这的确是实际情况。所幸总还有时贤为后学做着"语文纯洁"的表率，我们的"文学教父"也是其中之一。

这部诗学文选主要收入了我们的"文学教父"多年研究诗学的近五十篇论文、随笔和评论，同时收入书中的还有近五十首白话诗和旧体诗。我通读电子版一过，私心称之为"紫洪山人"诗学研究的"散金碎玉集"。作者有关诗歌的文化视野、精神立场、审美尺度等等，都鲜明而集中地呈现在长论短议中。

先生一向淡泊宁静，疏远灾梨祸枣的时风，而今愿意自选这些文章和作品出版，我想主要是因为它们最直接地联通着先生数十年的志趣、丹衷。正如先生在本书后记中自道："我自小爱诗，与诗有一种特别的缘分。我不能算作诗人，但起码是一个始终如一地爱诗的人：从幼时的喜欢读诗，到此后一度狂热地写诗，再到高校执教以讲诗、论诗为自己的专业，可以说，我一辈子都在与诗打交道。"我最早拜读先生的论文，便是诗评《真挚·纯朴·隽永——读雷抒雁近年来的诗》。这篇深入腠理之作,受到了学界和读者的广泛好评,先生自己也认为它是"我诗学求索的起点"(《我的诗学求索之旅》)。由发轫到兹今,先生从未停止过孜孜探索诗歌堂奥的步履。丰实著述的与年面世,各界诗友的"悦读"受益,学界同仁的声气相通,授业弟子的膏泽仰承,都是对先生学术勤劳的回报。

先生本来有着很好的写诗禀赋,只是因为倾力于学术研究,诗才被委屈了,未免有些遗憾。固然如先生后记所言:"我的'野囿诗吟',虽亦是有谓而作,而其间抒写的那点心灵涟漪,及通过文字表达出来的诗的游戏精神,与大时代的主流话语终究是隔膜的。我保存它们,并将其辑入本书,所具有的更多是顾影自怜的纪念意义。"但读者依然可以从这些作品中窥见作者心中的诗灯闪烁和笔下的诗情涌动。

先生退休十多年了,但"美学散步"还在继续,思致依然机敏活跃。衷心愿我们的"文学教父"生活有滋有味,学术之树常青。

先生不嫌小子浅陋,一再吩咐"你比较了解我,为我写个评论,想怎么说就怎么说"。我恭敬不如从命,很惶恐地写了上面这些感受。说得不妥之处,还望先生和读者见谅。

2017年9月

选自《年华暗换在西京》,陕西人民出版社,2020年,原文无副标题

# 孙志文的诗意栖居

## ——《小草诗集》印象

阅读《小草诗集》，想起了德国古典诗人荷尔德林（1797—1843）的诗句："人生固然充满劳绩，但还要诗意地栖居在这片大地上。"德国现代哲学家海德格尔（1889—1976）借此诠释存在主义和诗歌的终极意义，遂使"诗意栖居"这一命题广为人知。海德格尔反复强调，只是为了活着而劳碌奔波的人生，只可谓之"筑居"；唯有以神性的光芒照亮并规范自身，进而追求精神恒久的人生，才称得上"栖居"。在这样的维度下，诗歌的意义顿时突显——"诗首先让栖居在其本质上得到实现"，"只有当诗发生和出场，栖居才会发生"。我个人一向以为，抛开"神性""存在主义"之类西方"玄念"，将"诗意栖居"植入中国诗歌文化语境中，使其获得更为入情合理的意义，是完全可以的。"朝饮木兰之坠露兮，夕餐秋菊之落英"是屈原的诗意栖居，"采菊东篱下，悠然见南山"是陶渊明的诗意栖居，"三杯通大道，一斗合自然"是李白的诗意栖居，"老妻画纸为棋局，稚子敲针作钓钩"是杜甫的诗意栖居，"日啖荔枝三百颗，不辞长作岭南人"是苏轼的诗意栖居……简而言之，基于现实、指向理想的情怀自悦与自适，便是我所理解的诗意栖居。它表现在生活场域，便是主体言行对环境的积极表态——拥护、对抗、疏离、向往、超越等等；表现在文学场域尤其在诗歌文本中，便是主体自由意志、精神情趣的感性张扬。

  我愿意由此散谈阅读《小草诗集》的鲜明印象。起初拿到这个集子，多少有点不以为意。这倒不是因为偏见，而是由于经验主义作祟。近十多年来，我在大学里开设"诗词曲赋创作"课程，又承担着诗词文化普及工作，参加过不少相关活动，因此和省内外旧体诗爱好者互动较为频繁。我给很多诗友改过诗词，也给多位诗家写过诗序，但在见到《小草诗集》之前，从没有听说过诗人孙志文先生。一向热心肠的李建飞兄介绍，孙先生酷爱诗词创作，多年笔耕不辍，作品积累丰厚。这个集子，是孙先生精心整理出来的，子女和亲朋好友都积极支持付梓。于是我就想到了我看过的许多时人的旧体诗"自选集"，其中可点可赞的作品，委实数量无多。于是我就想当然了——《小草诗集》大约亦属此类。

  但这本诗集的质地，改变了我的"妄忖"。通读全书之后，我不能不对作者的创作实力刮目相看：第一，这是一部多方面体现着作者诗意栖居追求的诗集；第二，这部诗集中的大量佳作，显示着作者对旧体诗的驾驭，既循守着风骚正道，又呼应着时代生活的春风秋雨。仅就这两点来说，它是值得出版、值得读者"悦读"的。

  先看作者在两首诗中的自白：

    养性修身重品行，钱财名利羽毛轻。
    清风明月书生气，冷雨寒霜侠士情。
    对酒狂歌尘世路，挥毫劲舞翰林程。
    难成正果超三界，遁入桃源远俗声。
——《退休又感》

    豪歌兴咏志，意境立幽纯。韵调音循律，陈言典寓新。
    推敲温警句，提炼铸诗神。耕作呕心血，挥毫珠玉珍。
——《写作心得》

第一首七律重在言说退休后的诗意栖居：淡看钱财名利，以修身养性自得其乐；而书生意气和侠士襟怀的并在，引领着、激发着作者"对酒狂歌""挥毫劲舞";即使难以"修成正果",亦无怨无悔,因为作者有着自己的精神"桃源"。我特别喜欢尾联,它让我看到了诗人的心理定力。子曰:"知之者不如好之者,好之者不如乐之者。"(《论语·雍也》)好而趋之,乐而为之,自会有"不知老之将至云尔"(《论语·述而》)的裕如心境和从容不迫的走行姿态。

第二首五律重在言说文学创作的诗意栖居:情感由衷而发,注重意境构建,严守格律轨辙,用典追求"陈言寓新",推敲字句一丝不苟,努力写出真精神。这是作者写诗的自律与自期。我最欣赏的也是尾联:"耕作呕心血,挥毫珠玉珍。"没有呕心沥血的笔耕纸耘,纵然天赋高才,也难得有较多的"珠玉"收实。

作者在自序中说:"我自幼就爱好文学,特别喜爱中国古典文学。记得上小学和中学时,除了学好规定的功课外,我就沉浸在古典文学的浩瀚大海中。"从中学时代开始,作者即满怀热忱写作诗词。在部队服役和转业油田工作的多年间,积累了大量作品,只是由于"保管不善","多次搬家和更换电脑",它们大部分散失了。"退休后时间充足了,我又回到了读书写作的乐趣之中,对过去保存的部分文稿作了修改充实,也写了一些新诗。我作为家族中的长辈,希望自己家族中的后辈儿孙能传承中国古代的优秀文化,传承祖先的优良家风和品德,特选了有关自己读书、处世、治家、交友等方面的心得和感悟写成的诗作,编成小册子,也算是给家族后代留下的一点精神食粮罢。"由此可知,作者对文学尤其中国古典文学,有着一以贯之的爱好;旧体诗的创作,伴随着作者的似水流年,记录着作者的人生履痕,承载着作者的悲欢爱恨。作者希望他的诗作选编,至少具有激励子孙健康成长的意义。这样朴素深挚的丹衷,令我十分感动。

《小草诗集》由"处世感悟""读史怀古""自然风光""时事抒怀""游记感怀""亲情友情""无题""自省自悟"共八小辑组成。就诗意栖居的呈现而言,既有集中性,又有丰富性。大抵来说,对人间正道和正义的探寻和守护，对现实社会事象的热切关怀和剀切评骘，对历史人物和事件的冷峻察量和公允评说，对大自然美好物色的依依爱赏，对自己立身行事的时时戒惕，构成了这部诗集的主体内容。

这部诗集中最动人的诗篇，无疑是那些"心灯"闪烁之作："冰心古道忘尘事，杯酒论文度暮年"（《自乐》）如孤光自照，可见肝胆冰雪；"别情难断阳关曲，歧路犹伤杨柳歌"（《送别》）字字情深，说尽离合意绪；"虚影无踪蝴蝶梦，浓情厚意杜鹃哀"（《无题》其九）妙得玉溪生之深婉；"夜梦观音送子来，金童转世下瑶台。一声啼哭齐欢笑，几度担忧尽释猜"（《天伦乐》其三）端现期待新生命到来的忧喜交织之情；"迷情失德终生悔，醉态招灾永世憎"（《伤酒》）自戒戒人，有箴言之力度；"谁道壶中天地小，怡情修德雅歌长"（《对祖国茶艺有感》）由小见大，义关养生大道；"飘如流水龙归海，逸若浮云鹤啸尘"（《观友人书法》）既道出书法走笔之妙趣，又寄望于人生境界之高远；"无心再作登高客，对酒重温梁甫吟"（《答友》）既坦言沧桑阅尽之后的有所不为，又表明回首鸿爪初心未易的有所作为；"鲛泪骊歌风雨骤，何堪泣血怨啼鹃"（《宠物情》其四）悲彻心骨的感受，使读者不能不为之动容……凡此灵犀情采，于诗集篇中往往可见。

作为热爱优秀传统文化的读书人，作者对"修齐治平""礼义廉耻"等千秋不刊的价值观有着坚定不移的认同；作为曾在苦水里浸泡过的平民子弟，作者对底层草根生存有着同悲同欢的体味；作为当代国企干部，作者对社会现实问题有着深入的观察和焦灼的思考。由此决定作者的诗歌创作，贯通着强烈的忧患意识、淑世情怀。他既肯定网络世界给予人们获取信息的便捷功效，又为它光怪陆离、真假混杂的病相忧心忡忡："信息弥彰漫宇空，周游世界网中行。豪门艳事风初静，艺界流闻波未平。乞丐捐银何足信？红颜助赈岂斯明？追凶扬善谁称誉？痴语狂言众与评！"（《上网有感》）他为环境污染治理不力痛心疾首："当惊环境令人忧，地暗天昏污水流。食品添加危毒售，基因转育祸根留。

雾霾笼罩千城暗，癌症弥增万户愁。安得河清红日照，谁承大禹治神州？"（《对治理环境污染有感》）他将商业大潮中农村变化记录于诗中，通过鲜明对比反映现实的"三农"问题，为农民的疾苦长吁短叹："三山六水一分田，万代千秋生命延。林立高楼侵绿地，烟迷碧宇失蓝天。农桑何敌经商富，城镇堪忧求职怜。珍惜资源基业固，人间和美月长圆。"（《农民工》之二）在这类诗作的最后，作者往往寄寓了"引起疗救"的殷切期望。

作者既关注现实，也关注历史。收入本书中的咏史诗，虽大多只是单纯地"叙史"或"咏史"，但也有一些作品，颇能见出作者对中国历史真相的独到察识和对古代人物命运的深刻思考。兹举其中有关"汉初三杰"的三首七律，都颇有可观之处。

>　　金椎博浪震秦宫，拾履圯桥遇石公。
>　　妙策求贤收众杰，奇谋征楚统群雄。
>　　一身韬略扶明主，满腹经纶扬圣风。
>　　功狗遭烹空有恨，孤云野鹤觅飞熊。
>
>　　　　　　　　　　　　——《张良》

>　　广交豪杰识英雄，初露锋芒小沛盟。
>　　兵进秦宫存典籍，夜追韩信荐元戎。
>　　功人开国居卿首，法令安民肃政躬。
>　　名节自污消祸患，萧规曹继汉兴隆。
>
>　　　　　　　　　　　　——《萧何》

>　　胸怀大志叹家贫，漂母恩怜胯下人。
>　　布阵挥师平四渎，登坛逐鹿统三秦。
>　　功高开国无双士，权重安邦不贰臣。
>　　空有雄才难自保，英年血染汉宫春。
>
>　　　　　　　　　　　　——《韩信》

张良、萧何、韩信皆为秦末汉初豪杰之士，为刘邦统一天下立下了赫赫功勋。刘邦曾不无自负地说："夫运筹帷幄之中，决胜千里之外，吾不如子房；镇国家，抚百姓，给饷馈，不绝粮道，吾不如萧何；连百万之众，战必胜，攻必取，吾不如韩信。三者皆人杰，吾能用之，此吾所以取天下者也。"（《史记·高祖本纪》）三人才能，于此可见一斑。我以为这三首诗的成功之处有三：一是用简练的语言概括出了三人生平主要事迹和功勋。如张良早年曾于古博浪沙行刺秦始皇，于沂水圯桥上受高人黄石公兵书；萧何在进入秦咸阳宫以后做的第一件事是妥善接管各类典籍、账册等，之后又曾"月下追韩信"，为刘邦留住贤才；韩信早年曾因家贫而受"胯下之辱"，有漂母怜悯他而施舍给他饭吃；等等。二是对三人的最终命运做出了恰当评价。萧何虽曾自污名节以求自保，但能适时推荐曹参为相，称得上"大事不糊涂"的先驱；韩信空有雄才伟略，最后却惨遭杀害，令人唏嘘不已；相比之下，张良最谙兔死狗烹之理，所以早早地功成身退。三是每首诗大部分内容都是写三人的早年经历和为汉王朝做出的丰功伟绩，只用最后两句交代其命运——他们并没有因为功勋卓著而活得安生。不惟汉朝，历史上有几个朝代的开国功臣们的命运不是如此？

再如其《龙纹五耳鼎》一诗，虽然收入"游记感怀"一类，但实际上也可以看作咏史诗。其诗如下：

圆形垂腹伟彝熙，五耳龙纹绝世奇。

纯朴冠居三代首，雄浑贵显九华姿。

江山鼎盛民心顺，朝政衰微礼乐危。

阅尽春秋千古事，萧墙祸乱毁周祠。

前四句写实，赞美了龙纹五耳鼎的造型、工艺和气魄；后四句则从"鼎"字所象征的国家意义说开去，谓国家昌盛之时民心和顺，朝政衰微之际礼崩乐坏，千古皆然。由一件周代器物而引发出如此严肃的历史思考，自然比单纯地咏物要有意义得多。

这部诗集所收作品，大多为近体诗，尤以七律为多。以我个人体会，古今众多诗体，七律最不易写好。由于作者数十年肯下功夫，措笔此体，大体上可谓得心应手。无论起承转合、对仗用典还是炼字度句，都比较圆融熨帖。随便举出几则对仗句，就可以见出作者诗笔的老辣："鹿乳奉亲山谷险，尝汤进药汉王啼"（《孝亲》）、"夷吾交友倾心贵，樵士知音绝世魁"（《交友》）、"煮酒当歌英气发，驾车长啸赤心铭"（《饮酒》）、"傲骨扬眉轻达贵，奇才吐气赋豪篇"（《李白》）、"三吏鞭笞三别恨，一歌怀感一行悭"（《杜甫》）。

真诚祝贺《小草诗集》的出版，衷心祝愿作者的诗意栖居精彩继续。

2017年11月

选自《小草诗集》，陕西人民出版社，2017年，原文无副标题

# 天意君须会，人间要好诗

## ——评《第六届"抒雁杯"青春诗会获奖作品集》

"抒雁杯"青春诗会已经成功举办了五届。正在进行中的第六届诗会的人气之旺和作品之多，较往年更为可喜。可以说，它与"黑美人"艺术节、文苑华章等品牌相辉互耀，说明西北大学文学院"守正创新，知能并重"的人才培养理念逐年落实，并成为西北大学校园文化建设的重要组成部分。

从1985年留校工作至今，作为文学院的一名教师，我和同事们感受着学校尤其文学院人才培养、学术研究等事业的开拓与提升，见证了以"黑美人"艺术节为代表的诸多工程、活动、项目的春华秋实。不仅如此，如果把视域放大到校史，更让我们感到自豪的是，既高擎人文旗帜，又拓展科技殿堂的自觉自为，通贯着西大的一百一十六年的风雨历程，成为一种生生不息的精神源动力。校歌里的"滋兰树蕙满庭芳"，形容的正是这种源动力的"热值"与"光效"。

限于篇幅，这里只谈谈西大的诗歌文化传统与气象。

我国素称"诗的国度"，人莫不知。西北大学所在的西安，又曾经是一座诗歌文化极为发达的古都：周秦汉唐时期，这里是中国诗歌的最主要的风气引领之地和最重要的集散之地；隋唐时代，这里是近体诗的主要规范、定型之地和推广中心；在西安的诗歌舞台上，曾闪耀过众多"国手"级诗人的风流身姿。西安与诗歌的密切关系，积淀在当代西安人的文化传统认同中。2004年10月，《西安晚报》登载过一则题为《给咱西安起个别名》的消息，"该提案已得到西安市有关方面的高度重视。分管地名工作的市民政部门的负责同志最近提出，应借助新闻媒体，广泛发动各界人士，给西安起个别名和简称"。消息公布后，市民反应积极，提议甚多，"诗城"即其中之一，并得到了广泛支持。由于多种原因，此活动最终不了了之，但"诗城"的倡议与响应，反映了西安市民的历史文化意识的一个方面。近年来，西安的城市文化建设，越来越重视古典诗歌元素的激活。"诗墙"遍布里巷，即为一征。诗歌活动如诗词大会（赛）十分活跃，吸引了大量市民尤其是莘莘学子的参与。西大师生处于这样的诗歌文化氛围之中，无疑是一件幸事。

五四以降，白话新诗崛起并成为主流，极大地改变了文言诗体一枝独大的状况，旧体诗创作一度低迷。但其生命力依然坚韧，近三十多年来重新焕发出生机，更是不争的事实。新旧两体将长期共荣共存、相互促动发展，注定是中国当代诗歌文化的基本格局。

西大诗歌文化的过去、现在和将来，呼应着、融入了这样的时代背景和地域环境。西大又是一所学科齐全的综合性高校，有着良好的人文精神土壤和美育传统。这些都成为西大诗歌文化继往开来的资源和动力。笔者曾用心搜集过从陕西大学堂到早期西大、从西北联大到当代西大的诗词作品，它们所承载的可歌可泣的校史、所彰显的"公诚勤朴"精神、所突显的雄秀兼具的格调等，都使笔者感慨、感奋不已。

研究与创作彼此给力，旧体与白话各擅胜场，鸿儒轩鼚于前，俊彦奋翮于后，英杰辈出，实绩丰实，大致构成了西大诗歌文化的百年生态与景象。

——以傅庚生教授《中国文学欣赏举隅》、雷树田教授《诗词曲赋联语格律研究》、张孝评教授《诗歌美学》、李浩教授《唐诗的美学阐释》等为代表的课程开设或著作传播，支撑起了西大诗歌理论与批评的学术优势。

——由吴芳吉、杨钟健、刘持生、郝御风、陈直、杨春霖、武复兴、费秉勋、雷树田、李志慧、月人、周晓陆、徐耿华、王家鼎、刘炜评、王锋、汪涛、吴嘉、陶成涛、王彦龙等几代师生、校友组成的旧体诗人方阵，堪称现当代陕西骚坛的生力军之一。

——由牛汉、雷抒雁、和谷、朱文杰、渭水、刁永泉、商子秦、岛子、薛保勤、陈敏、丁斯、刘亚丽、杨莹、尚斌等几代师生、校友组成的白话诗人群体，是"西大作家群"名实相副的标志之一。其中一些诗人的卓荦创作成就，早已成为中国现当代诗史的关注对象。

我个人以为，傅庚生先生、刘持生先生和雷抒雁先生三位先贤，分别是我校诗歌研究、旧体诗创作、白话诗创作三个方面的代表人物。青春诗会以"抒雁杯"命名，既体现着西大人对本校诗歌优良传统的认知，更体现着西大人循守诗道、高擎诗帜、固本开新、踵事增华的热忱。

置身于这样的背景下赏阅本届青春诗会获奖作品，我的鲜明感受，可以八字统言：有承有变，情辞并茂。

试看不同年代大学生诗人的近题之作——乡愁：

你是两条呻吟的铁轨／痛苦地弯曲／如蜕皮的蛇艰难地向前延伸

不管时代的列车／行驶得多么快／你始终趴在地面／承受着最大的压力

你没有站立的时候／土地和家庭／是无数螺钉／把你在地球上钉死

——丁斯《农民》

这首诗创作于1983年，后收入诗歌自选集《疯狂的头发》[①]。作者来自北方，时为西大在读大二学生。全诗的意象鲜活而概括力非凡，语气冷峻而沉重，具有一种历史审视、文化审判的气度。其基本的情感立场，是对"土地和家庭"显在的哀叹与潜在的疏离，传达了高加林（路遥小说《人

---

① 丁斯：《疯狂的头发》，太白文艺出版社，1996年。

生》主人公）们的强烈心声：告别农耕社会，融入城市文明。

  夕阳西下的古塬／最能嗅到家的鼻息

  为了每日衣食／父亲们放下刚端起的／大老碗／开始翻耕这一片／广大的土地／一季是金黄的小麦／一季是金黄的玉米／还有两季／一季是雪白的棉花／一季是雪白的日子

  于是／交替地渴望着／日光与月光／和风与细雨

  夕阳西下的古塬／我们弄不懂／什么是肥沃／什么是贫瘠

——李道新《父亲的大地》

  此诗创作于20世纪90年代初期，后收入诗歌自选集《大地的方向》①。作者来自南方，时在西大攻读硕士学位。较诸《农民》，此诗意象大抵可称"凝练的实录"，语气温馨而又苦涩，传达的情感有一定的撕缠性，但其主导倾向，仍是对乡村闭环型生活场景、农民自给自足性精神状态的批判。

  三十多年过去了，中国的城市化进程取得了巨大的进展，但城乡真正的一体化时代的到来，尚须等待一定时日；即使全面实现，新的现实问题又将困扰人们。所以我们看到，新世纪从乡村走进大学的校园诗人笔下的乡愁，既呼应着学兄诗人青春之作的惆怅与焦灼，又承载着复杂得多的意绪。

  深秋。祖父死了／祖母哭得像个孩子。那夜／我梦见，他们牛车的木轮滚得比牛更慢／于是，五十八年的爱情只有一半／一半红色、一半白色的唢呐号叫着／稻穗的饥饿只有一半，黑瓦和秋霜一半／牵着鼻绳归于尘土，是团圆、是静寂／是时间从未开始，是不可能。

——吴英林《回乡组诗·老屋》

  读母亲的时刻，土地生长槐枣的裂隙里照见我／比故乡更

---

① 李道新：《大地的方向》，中国文联出版社，2017年。

远的是走向母亲／我是一只衔泥筑窝的燕子／在老旧的屋檐下仿造／孕育我的抽象的母体。

——覃昌琦《比故乡更远的是走向母亲》

一片瓦，是至阴至阳之物／而黄和青是无坚可摧的内外核／年岁久了，就用坠落提醒主人去检修／我对每一片瓦都心存敬畏，因为／受过太多苦难的人死后没力气升天／瓦舍，就是祖辈们唯一可以爬升的高度。

——袁伟《瓦上霜·瓦舍》片段

相较于《农民》的满纸冷峻与凄凉，《老屋》等三首固然也咀嚼着悲苦，然而属于它们的主导倾向，却是对乡园已经逝去和正在逝去的温馨情境的眷顾、依恋。换言之，五篇作品皆为悲情之咏、痛感之吟，但就情怀诉求而言，前两首显现着十分明晰的非此即彼的决然性，后三篇则交织、变奏着不易说清道明的游移和怅惘，更近于复调宣叙。

在感受着一定的异时迁变的同时，我也看到了不同代际校园诗人们人文气质、审美思致的承继性——以敏感、炽热、跃动的诗心感受历史和现实的晴风晦雨，使才披情以措句，铺采摛文而成篇。

赏阅数十篇旧体诗，我的心情更为欣慰以至振奋——多数作品"范儿"很正，立意、结体、修辞等皆有可圈可点之处。

隔岸小艇成蜂群，采石片矶悬暮云。君昔作歌忆太白，我作长歌当忆君。浩荡天风来江左，人间楼台同一舸。槛外落晖俱沉沦，澄江余烬尚有火。其底仿佛燃犀灰，渊洞长向水崖开。寻常铁锁通绝巘，绵延大壑岂止哉。高阁下望皆广泊，竹君于此燕宾客。倚马捷才君所擅，君年最少裕衣白。念我秦中束发时，灯前次韵绮怀诗。旧游千里客武进，马山埠头莫得知。佳气郁盘浮石渚，青莲踪迹剩抔土。怜君归去二百年，抔土不存空山雾。

——张子璇《采石矶怀黄仲则》

读者无妨以此作对读明代诗人高启的名作《登金陵雨花台望大江》："大

江来从万山中,山势尽与江流东。钟山如龙独西上,欲破巨浪乘长风。江山相雄不相让,形胜争夸天下壮。……英雄乘时务割据,几度战血流寒潮。我生幸逢圣人起南国,祸乱初平事休息,从今四海永为家,不用长江限南北。"两首诗的立意相去甚远,但就情由衷发、意象飞动、气脉流畅而言,张诗不比高诗逊色多少。西大校友、著名作家方英文曾说:"我们作为师长,对晚辈德能的量长较短,一定要减去年龄差。"我从高中便开始学写诗词,读大学期间,更以"蛮拼的"劲头为之。我必须说,在二十岁上下的年龄段,我是写不出《采石矶怀黄仲则》这样的七言歌行的。抛开天赋差距不论,张子璇能有如此佳作,亦可说得了"国学热""诗词热"的时代之赐——在童少年时期,便打下了比我们那代人扎实得多的旧体诗童子功。

  闽山一望与天齐,半壁东南照海西。巨擘抟风扶日月,霜刀吐焰贯虹霓。投鞭何意生涯短,翘首应嫌马背低。台独经年喧未了,只今犹听杜鹃啼。

——陈立琛《题施琅祠》

作者诗前小序云:"闻施琅尝居鄙邑,邑人于乌石山华严岩祠之,恰见蔡氏拒统,故遥题之。"此作站位高、立意好、气象大、格律严,只是尾句稍嫌气弱,与全篇措意的气象峥嵘未能尽谐,但与当下时时可见的塑料花般的"高仿体"诗词相比,可谓"歌诗合为事而作",值得点赞。

  继业师雷树田教授之后,笔者在文学院承担了"诗词曲赋创作"课程的教学任务,近二十年来庶竭驽钝,为本科学生旧体诗创作入门做了一些引导、扶持工作。每一位学生创作的进步,都让笔者由衷欢欣。评阅这届诗会的旧体诗作,更加坚定了催笋成竹、润花著果的信心。

  本届诗会作品征集,面向了全国的校园诗人,因而收到的稿件的总体质相,也在一定程度上体现了当下全国大学生诗歌创作的大致面貌。总的来看,校园诗人们创作热情高涨,神思飞扬,对古今诗歌体式有一定的认知,构建意象的能力较强,但经典诗歌阅读量普遍有限,基本功训练过程明显不足。

才气多出于天赋，功力却来自修炼。苛求"青春诗会"的作者们都能写出成熟、老辣的诗篇，是不现实的，但有守有为、且行且思总是一切行当的通则。有了一定创作积累的年轻诗人，更有必要时时反察自己的不足，有效调整自己的走行姿态。

这里仅就旧体诗的创作略申浅见。据有人粗略统计，近年来，全国旧体诗的年均创作量，都在数十万首，但佳作、杰作总体无多，少数质相两劣之作，令人不忍卒读。

西大文学院教授、业师费秉勋先生尝言："现在写旧体诗的人很多，但写得内行的很少。所谓写得内行，不是指外壳形式如平仄对仗等等能够中规中矩，而是指内在气质和韵味具备古典精神。能做到这一点不是靠一种或几种技术，而是凭文学才情积淀而成的文学铸造能力。我尝言，写旧体诗，不光要用特定的词语，而且要用特定的语法。特定词语当然不可能全是古代的词语，更多的是要依凭铸词能力熔铸出具有古典意味的新词，有时还须直接揽入新时代里产生的鲜活词语。但入旧体诗的新词语，却要如手术移入的人体新器官，须不使旧体产生排异反应。"这是极中肯的见解。

创作旧体诗，"上阶"容易"登堂"难，"入室"尤其难。基于前贤经验和个人体会，我对青年爱好者提出三点建议：一要完成一定数量的经典阅读，从中切实体会旧体诗的古典美感和基本绳墨；二要经历一个类似练习书法的读帖、临帖过程，即心追手摩一位古典诗人（如陶渊明、王维、李白、杜甫、白居易等）的"道"与"法"；三要不断扩大文言文的词汇识记量。

"纵观近百年来的中国诗史，旧体诗、白话诗的发展，可以说都不够理想。毛泽东数次谈话中说的'迄无成功'，至今仍未有实质性的改变……白话诗的形式定型即实现文本的'民族化'，与旧体诗的自臻新境即获得气骨的'现代性'，并是一个艰难的、漫长的过程，尤其后者。"

（拙文《"火气"与"挚情"——评杨宪益先生诗》）这是历史和现实向中国当代两大阵营诗人布置的大作业。雷抒雁先生晚年的几点重要设问，便是期待每一位当代诗人认真作答的思考题：诗人如何克服个人体验与经验的局限性？新诗如何坚守诗性并对民族语言有所贡献？新诗如何汲取母土传统诗歌文化营养？

我常常回味西大杰出校友牛汉先生和雷抒雁先生的重要诗论。兹录两小段与校园诗人们共勉：

牛汉："对于诗创作者来说，无论如何想象和幻想，写人世间从未有过的景象，都可写得真真切切，其中绝无虚构的成分。这是因为每首诗都是诗人生命的体验的结果，语言浸透了作者的真诚。"

雷抒雁："一个人写诗写成什么样子，往往是他自己的修养、情感和理念所决定的。我觉得一个大的诗人，他的胸怀和志向也应该是大的。有爱心，有同情心，以之来抚慰全人类，献给大自然，这是一个诗人应该具备的素质。"

2018年6月

选自《年华暗换在西京》，陕西人民出版社，2020年，原文无副标题

# 五味子散文的新收获

## ——评《且从诗句看青史》

散文家赵君倚平，笔名五味子，陕西蓝田人，客居南粤多年，公务之余，笔耕不辍。新著《且从诗句看青史》即将付梓，嘱不佞为之弁言，予不可辞、不能辞，然披览数过，竟迟迟不敢下笔，何故？家中多事，羸体有恙，精力不济，固是原因，然更要紧的缘故，是赵君之于我，乃一线朋友，故说道其人其文，岂敢率尔？

我与赵君结识不过数年，却肝膈相通。我年轻时"有交无类"，各路朋友可谓多矣。中岁以后，重新掂量了交游与生趣的关系，遂自疏了不少泛泛之交，唯愿与文化立场趋近者同勖互勉。倚平兄与我远隔万水千山，但彼此三观一致。无论平时的微信互动，还是偶尔的把盏谈宴，俱多三益之获。生逢斯世，这样的友人难得多有，其实也不必多有。我曾写过一首绝句，是题赠书法家赵熊先生的："暌违翻酿想思醇，尘市隐踪祈莫嗔。名士东京俱识见，爱君不似那帮人。"何谓"那帮人"？当今乡愿是也。我觉得后二句转呈倚平兄，也合适得很。

我也算得上赵君文章的忠实读者了。多年以来，不仅从报刊和网络上拜读过他的若干随笔、杂文，还集中品味过他的两部选集——《五味字》和《深夜记》。我很认可杨争光先生和南翔先生的评说："已经一把年纪的五味子，依然还是那种心骛八极、胸有风雷之人，或庙堂或江湖，都能牵动他感应的神经。……随情遂性，不拘大小，信笔拈来，可都是用心的朴素的文字。"（杨争光《五味字·序》）"倚平的集子，五彩斑斓，五音错落，五味杂陈；既有二三十年前的历史画卷，亦有当下的风情拾遗；大可扣及时代走向，小可棘刺闾人街景……"（南翔《镜相杂陈的五味子》）我尤其赞赏其"时论"散文共有的质相：正义、清气在骨，同情、悲悯在血。没有激浊扬清的热忱，则无前者；没有民胞物与的丹衷，则无后者。学究气、江湖气、浮躁气等，在他的文章里踪影全无，这与他曾经扎实做过的一门"功课"有关——对鲁迅思想资源的读解与汲取，有编著的《鲁迅论中国社会改造》等为证。邵燕祥、商子雍等杂文大家，都看到了他以鲁迅为师的文心持守。

作为赵君散文创作的新收获，《且从诗句看青史》可以说是作者在最合适的年龄段写出的一部佳作。关于成书缘起，作者在后记中有明确交代："我在对古诗词的泛泛阅读中，往往是咏史诗最能打动我的内心，让我沉吟再三，击节三叹！……当去年某报副刊的一位编辑朋友约我给他写点国学方面的文字时，我看到各种古诗'赏析'的文章已经不一而足，觉得从以诗证史、以史证诗、诗史互证的角度来写，会有点新意，便陆续地写出了这本书里的内容。"这段话引起我强烈的共鸣。"诗史互证"不只是中国古代文史研究的重要方法、传统的文学批评方法，不只是属于陈寅恪、钱锺书们的治学路数，也是作家和读者考察史实、熔冶史识、把握诗心、评判诗格的必由途径。道理是明明白白的，但从了然于胸到得心应手，却需要长期的修炼过程。

在我国的类型众多旧体诗中，以历史题材作为感情载体、咏写对象的咏史诗，滥觞于先秦诗骚，定名于东汉班固，累代形成了规模不小的库存，大体上可分为述古、凭吊、论评三类。纵向而观，浮泛之叙、迂腐之论、偏执之说，间或不免有之，然更多的作品，出以个人怀抱和公共立场的双重给力，因而也就透散着言说者强烈的精神呼吸和热烈的情感体温。这是咏史诗较诸史著尤其官修正史的生气、活力、优长所在。比如"历史不能假设"这个命题,作为著史者的戒律之一是成立的,但咏史者则不必死守。"周公恐惧流言日,王莽谦恭未篡时。向使当时身便死,一生真伪有谁知"(白居易《放言五首》之一)的精彩论议,其谁曰不能?又比如很多主体生命意志介入程度很高的咏史诗,不惟揭橥了被史书忽视、绕过或遮蔽了的真相,更呈现了作者最本真的人格气象、精神向往,因之别具认识价值。龚自珍和鲁迅正是通过《归园田居》《饮酒》和《咏荆轲》《读山海经》等的对读,剀切地明察到陶渊明并不是"浑身静穆",也有着"金刚怒目"的一面。

康德将人的认知分成感性、知性和理性三种,知性是感性和理性之间的一种认知能力。众所周知,诗歌是典型的感性文本,其主要任务是张扬情感、情绪而不是表达抽象认知或科学结论。但咏史诗有一定的特殊性:知性介入程度一般高于纪行诗、述志诗、抒怀诗、赠答诗、咏物诗等。一言以蔽之,它是感性思维和知性思维共同作用的结果。

历代咏史诗虽林林总总,但主要所涉所指不外事实认定与价值判断两个方面。后人涵泳、评说咏史诗,同样主要关乎这两个方面。赵君撰为此书,眼力、心力、笔力之所聚焦,亦在是矣。全书收文二十六篇,皆以随笔出之,长短不一,紧扣"同题吟咏"之作,在集束性考察与互文性辨析中申说己见、论长较短、明事明理。窃以为,原始察终以走进历史的具体场景,条分缕析以疏解咏史诗具体内容,揆情度理以评价骚家史识与诗才,措意准确而明晰,文字清通而简练,大抵为各篇基本质相也。

从西安到深圳,从风华正茂到命入秋年,赵君生活与工作的环境数次变换,不变的是持道有恒、格物有方、行止以直、立言以诚的自持与自为。如前所引,他作为读书人的读诗和读史,历年累积量已至丰厚,但能感受到融入生命体验、理解到允古允今、评析到不偏不倚,所依凭者不仅仅是一般意义上的博览群书,由乎经历、阅历、价值理性、审美趣味等交互生成的学养,才是最有效的解诗识史的"探照灯"

和"度量衡"。这些条件与优势,赵君都充分具备了。从这个意义上讲,我不仅满怀欣喜地拜读了这部新著,更希望作者创作出更多的同类佳作。

2019年11月

选自《且从诗句看青史》,陕西师范大学出版总社,2022年

# 我眼里的三秦女子诗社

## ——建社五年创作览评

三秦女子诗社的成立，经历了一个水到渠成的过程。与全国各地诗坛情况大同小异，陕西诗词学会1988年成立之初，女会员寥寥无几，因此其后较长一段时期，男性诗人构成了学会的主力，标杆性诗家为霍松林教授。近十年来尤其2014年之后，情况有了可喜变化——女性会员占比与年增大，其中的"角儿"诗人越来越多。2014年冬，经李雄飞先生、杨青云副会长倡议而举办的陕西女诗友座谈会，2015年起在李耀儒先生关注支持下《陕西诗词》创设专版持续刊发陕西女性诗人诗词作品之举，2016年出版的《陕西诗林撷秀·巾帼编》对当代陕西女性旧体诗人创作实绩的集中展现等，为诗社的成立打下了基础。2016年秋，在陕西省诗词学会领导办公会上，孟建国会长提议成立女子诗社组织。经过充分筹备，2017年1月15日，三秦女子诗社这艘大船隆重鸣笛起锚，开始了扬帆远航之旅。

五年来，我虽非三秦女子诗社"一觞一咏"的在场者，但因为有幸受聘为"导师"之一，因而一直是诗社"风雨兼行"的关注者。而作为一个男性诗人，我对"女社"的"操练"与"实战"的感受，又有着一种别样的"战友情"。我满心欢喜地看到，短短几年里，"女社"人才纷涌、扬葩振藻，逐渐把"巾帼不让须眉"变成了陕西诗坛的一种常态。

顺手举例：魏义友先生曾写过一组咏物七绝，总题《田花四咏》。第一首咏菜花："未见春风锦已铺，平生哪敢负农夫？劝君休重金黄色，先献鲜花后献珠。"第二首咏麦花："错把锋芒头上簪，谁知从此绝知音。悲君更复悲人世，剖腹方才见素心。"另两首咏豆花和棉花，这里略去不引。无独有偶，我从2020年3月的"三秦女子诗笺"上见到李维娟女史的一组咏物诗，大约有二十八首之多，其中两首与魏诗同题，兹转录于此。《菜花》："花开春日陇畦黄，澹荡风光漫野乡。名不惊人身不贵，济民尤未见声张。"《麦花》："花微谁记白还黄？忆里惟知穗穗长。无那牡丹褒姒美，却关万国一存亡。"

魏先生是诗界斫轮老手，李女史是骚坛后起之秀。对读上引同题作品，可以看出各有其妙、不相上下的"诗眼"与"诗心"。

类似的"悦读"，近年来不止一次。仍以咏物诗为例。我读到女诗人张定敏的《白河桃花》："村口斜枝露粉腮，娇柔几许引蜂来。多情更在云深处，十万桃花为我开"，便想到男诗人王彦龙的《见人画桃花》："描摹苦费十年功，素稿才匀数点红。争似东君一回顾，人间万树闹春风"；读到女诗人莫雨涵的《玉兰》："剪影浮光里，白衣香未匀。东风颜色改，江月淡檀唇"，便想到男诗人田甗的《玉兰》："天生性蛮霸，拒让叶扶来。来不居C位，莫如休上台"。同样可以说，我的对读感受，不是"雄飞雌从绕林间"，而是"梅雪争春未肯降"。这是"横向比较"。如果"纵向比较"，我的欣喜更多。"女社"不少中青年诗人的创作"过去完成时"，我在六年前的《陕西诗林撷秀·巾帼编》里和网络上有过印象，比年见到她们的新作，每每有"木兰舟稳桃花浪""两岸山花似雪开"之感，不能不为她们鼓掌叫好。

关于三秦女子诗社五年来"这边风景独好"的气质、气度、气象，有大量的"史料"存焉，如社委会每年的工作总结、"三秦女子"微信公众号、"三秦女子诗笺"微信公众号、"三秦杯"诗赛公告等等。回望来时路，兰泽多芳草。在五年社庆到来之际，我要为诗社奉上三个赞。

首先要点赞社委会的运筹有方、主事有恒。诗社成立伊始，即擘画椎轮大辂，谋定而行动：一是选举产生了社委会，同时成立了学术指导委员会。王小凤、王秦香担任正副社长，周谊平、张曼利、胡宝玲担任学术指导员；聘请李耀儒先生为诗社顾问，乔树宗先生等为诗社导师。二是建章立规，拟定了《章程》，确定了"守正创新、格物致知"的社训和"真诚坦率、优雅从容"的社风。三是成立了三秦女子诗笺微信群，及时搭建起了网络交流平台。五年以来，社委会各项工作的渐次推进，既一念执守、不折不扣，又与时俱进、有经有权。前者表现为始终围绕抓队伍建设、抓社课推进、抓创作活动三个关捩统领诸多环节细节，以收"纲举目张"之效。后者表现为根据发展需要，适时调适机构设置、管理方式及其他。如立社第二年即2018年，增设了常务副社长，负责日常工作；增设了秘书处，负责微信群的管理、社课的安排、专题讲座的筹划与落实、公众号的制作和推送等；扩大了社委会，吸收各地市级诗社社长加入；扩大了微信群规模；协助各地市区县建立诗社；等等。立社第三年即2019年，特邀中央民族大学教授蒙曼女士出任诗社名誉社长；将社员管理、社员活动、网上社课、公众号作品征集及编辑、赛事宣传等工作进一步系统化、条理化，分工明确，各司其职；"诗笺群"由一个增为二个；接受巾帼诗书画创作研究社申请，列入诗社二级组织。立社第四年即2020年，建立了社员登记制度，定期向《陕西诗词》杂志、"陕西省诗词学会"微信公众号推荐社员新作，同时向《中华诗词》《中华诗词微刊》《华商报》《文化艺术报》等纸质、电子报刊推荐社员作品五十多首。立社第五年即2021年，接纳了书画研究院、清音吟咏社、红楼梦沙龙等二级组织，开展了丰富多彩的线上诗词创作活动十次。

请看一组数字：

2017年，诗社成员共计30人，诗笺群成员共计178人。

2018年，诗社成员共计94人，诗笺群成员共计433人。

2019年，诗社成员共计104人，诗笺群成员共计589人。

2021年，诗社成员共计近200人，诗笺群成员共计1000多人。

数字在很多时候是枯燥的，但我以为这一组数字不仅不枯燥，还风姿曼妙、芳香馥郁，因为它们所体现的，是"女社"的佳木葱茏、欣欣向荣。2021年诗社工作总结中的一段话说得好："三秦女子诗社的发展不仅仅体现为人数的增多，更体现为认识的提高、精神的凝聚。作为一个省级诗社，三秦女子诗社以可观的社团规模、成熟的办社机制、规范的日常管理、广泛的社会影响成为全国女子诗社中的佼佼者，成为女诗友们普遍认可的诗词团体。"（王秦香、李维娟《2021年工作总结》）

其次要点赞诗社成员热忱饱满、经年如一的学习态度。在2017年工作总结中，社委会就明确指出："一年来的实践，我们清楚地看到存在很多问题，重点是：创作水平，亟待提高；理论修养，亟待加强。这是不争的现实，也是我们需要认真进行研究解决的课题。""需要在创作实践中不断发现问题，不断地组织引导大家学习。初步考虑在新的一年，采取走出去请回来的方式，有针对性地开展培训讲座，不搞花架子，不搞大呼隆，踏踏实实地做一些具体的工作，争取把陕西女子诗词创作水平提高一步。"的确，热爱是从事文学创作的必要前提，却不是走向成功的充分保证。和沈祖棻、叶嘉莹等前辈诗人相比，很少有家学渊源，很少有"童子功"，确是"50后"到"90后"的诗词爱好者最大的短板。所以我在《漫作精神自驾游——答记者问》说："创作旧体诗，'上阶'容易，'登堂'难，'入室'尤难。攀上'高原'已不易，跃上'高峰'何其难！从前贤经验和个人体会出发，我想对旧体诗爱好者提出三点建议：一要完成一定数量的经典阅读，从中切实领会旧体诗的古典美感和基本绳墨。要做出质地合格的旧体诗，首先要从这方面补课。二要经历一个类似练习书法的读帖、临帖过程。三要不断扩大文言文词汇量。如果词汇量不足，即使诗性思维很好，也不容易构建最合适的意象。"这个看法至今不仅没有改变，而且愈发坚定。但我为高校学生开设"诗词曲赋创作"课近二十年，每一轮只有三十六课时，学生考过试，"继续教育"也就难以为继。不要说若干年后，即使几年后与学生再见，他们中的多数人也会感慨"老师教的差不多忘光了"。如何弥补基本功的欠缺，如何循序渐进练成作诗的扎实本领，三秦女子诗社的诸多有益做法值得参考和借鉴。其一，坚持安排和督促社员每日晨读，注重读名篇、通典故。其二，坚持每天发送资料供社员学习，内容包括基本文言知识、经典作品赏析、古今名人逸事、学术争鸣信息等，春夏秋冬，从不间断。其三，坚持每月一次社课创作，注重律绝练习，兼顾各种体裁写作尝试。其四，坚持每周一次讲座，主讲人以社委会艺术指导员为主，穿插有诗词专家讲座和社员讲座，并邀请在朗诵、服饰、家风、新诗、书法、绘画、楹联等方面造诣精湛的艺术家授课。其五，坚持每周在"三秦女子诗笺"公众号发文，持续推作品、推诗人。其六，坚持每年举办一次"三秦杯"诗赛，体式坚持限于"技术元素"丰富的七律，以此强调习诗必先注重传承"守正"。2017年8月大赛，收到作品168首；2018年大赛，收到作品386首；2019年大赛，收到作品486首；2020年大赛，收到作品497首；2021年大赛，收到作品759首。其七，开展省际间女子诗社联谊，先后与山西杏花诗社、湖北楚凤诗社、湖南省诗协女工委共同组织举办了"迎端午诗咏秦晋""秦楚依依《蝶恋花》""春天的旋律湘韵秦风"等活动。

前不久，我曾对"女社"几位诗人说："大家入社修业五年，不啻读了一个旧体诗的'专硕'学位，值得祝贺。"世界上一蹴而就的事情或许有，但从来少之又少，旧体诗写作基本功的养成，尤其没有"速成班"。正是在日复一日、月复一月、年复一年的坚持不懈、互勉互励之下，"女社"成员的知识储备、审美品位、动手能力得到了实在的拓展、提升、增强。

以近两年的社课为例。从2020年4月的"和韵《钱塘湖春行》"，同年6月的"同题《双调·沉醉东风》"，同年8月的"对句练习"到2021年3月的"五绝专辑"，我看到了组织者的特别用心，更看到了业课者的格外用力。

请看"和韵《钱塘湖春行》"诗课，仅"集锦"所展现的诗篇，就有近80首之多，无一不合律，大多结体有致，诗语流美，题材涉及写景、咏物、抒怀、纪事、感时等方面。运思精巧、意象鲜妍的佳句，虽非篇篇皆有，但也往往可见，如"深春解疫踏城西，汉水悠悠艾草低"（张紫均）、"云裳拂水千层影，燕信飞空万点泥"（王秦香）、"神州合力撒天网，天使挥刀斩疫蹄"（杨青云）、"日迟几处人挑菜，墒好一犁牛奋蹄"（星星）、"千里柔风熏柳浪，一坡芳草绿羊蹄"（张彩琴）、"秦峰横卧古城西，灞柳轻依渭水堤"（张晓萌）、"庚子新年灰暗史，疗伤慰藉在春堤"（风铃）、"历历春行教百折，已无事可破心堤"（冰黛儿）、"昔日帝王游宴处，黎元笑语漾金堤"（韩西利）等，限于篇幅，不作逐一赏析。

再看"对句练习"课。主持人冰黛儿精选了李丽华的多副联语作为出句。第一轮练习的出句是"雨后新苔侵碧甃"，"甃"意为以砖瓦所砌的井壁，而今并不常用，所以不少社员要做的功课，恐怕要先从查字典开始，而方位词"后"、形容词"新"、颜色词"碧"，在句中又都用得颇为讲究，因而很能激发练习者运才运思。我看到了以下对句：庭中老树啭黄莺（王秦香）、风中小杏出红墙（雷君玲）、阶前绿叶宿青枝（紫晗）、窗前爽气纳青山（云外之云）、门前瘦竹问苍穹（安时），皆可称佳对。第三轮练习的出句是"菡萏清香风暗递"，是从周邦彦词《南浦》的"菡萏里风，偷送清香，时时微度"三句浓缩变化而来的。"暗递"一词，副词加动词，韵致十足而成对难度较大，我看到了以下对句：蔷薇媚语叶偷听（云外之云）、蜻蜓红影日欣投（静云）、芭蕉隐笑雨轻拂（紫均）、芭蕉翠影雨狂吟（杜小霞）、婵娟浅淡月轻舒（云外之云）、蘑菇低矮雨轻梳（林雪岩），也都称得上出色。佳对如此之多，不惟出于绣心锦口，更出于勤学苦练。

诗社成员业诗的收获，既呈现在以"三秦女子诗笺"微信公众号为代表的网络平台上，又呈现在不少报刊的版面上，还呈现为获奖数量的逐年增多。仅以2019年度为例，诗社社员十多人荣获国家级奖项，包括张曼利《石门歌》获"《中华通韵》全国诗词大赛"一等奖、王珍《新农村老人》获"中华经典诵读工程诗文创作大赛"一等奖、卢晓霞《戍边战友》获"第四届诗词中国传统诗词创作大赛"一等奖等；共有五十余人荣获省级诗赛奖项，一百多人荣获地市、区县级诗赛奖项。多数获奖作品，不是"啸傲烟霞，流连光景"的骸骨诗或"空话甚多，诗味甚少"的口号诗，读来令人神清气爽。获奖不是好作品唯一标志，但多数时候是作品好的重要旁证。

我还更为欣喜地看到，部分社员的作品，已经初步显露出自家面目。如王小凤的大气妥帖、张曼丽的稳健精到、胡宝玲的活泼犀利、周谊平的高拔俊博、王秦香的深情绵邈、张琼的婉丽清新、王霏的典雅灵动、李维娟的体物精微、贺娟芳的才气腾跃、雷君玲的爽朗独到等等。创词、创句、创意、创境、创体，一重难于一重，但只要每个人崇笃行以精进，就总能积跬步而臻高远。

再次要点赞专家对三秦女子诗社成长壮大的鼎力扶植与支持。陕西省诗词学会以孟建国会长为首的领导团体不仅关心关注诗社工作，还经年为诗社的发展出谋划策，并调动各种力量倾力支持诗社重要活动的举办。诗社名誉社长蒙曼教授、顾问李耀儒先生、导师乔树宗先生以及学者兼诗家的胡安顺教授、李晓刚教授、刘能英老师等，对诗社无不给予热忱帮扶，对学员创作的具体辅导尤多。如乔树宗先生2019年3月撰写的《情景交融谱壮歌——张曼利女史〈石门歌〉赏析》一文，洋洋乎近三千言，目光如炬，识见剀切，对作品读得细，看得透，评得准，是一篇质量很高的诗评。周谊平老师2017年2月的诗评中对《三秦女子诗笺选》中王秦香《蝶恋花·探春》、张琼《蝶恋花·甘西烈士纪念碑感怀》、刘艳琴《［中吕·十二月带过尧民歌］马问》、华芳《梅花》、王霏《冬日感怀》、李频《青玉案·花非花之杨花吟》、王珍《扫尘土》、张萍《有感》等作品的点评，要言不烦，语短情深，归旨于"相因不守旧，创新不逾矩"，已可谓"点面俱到""曲终奏雅"了。但作者意犹未尽，又热切赞美道：

"她们在偌大而无形的花笺上，描摹出大千世界，展示着自己的风采，读着这些美妙的诗句，仿佛看到那盛开四时的花姿：桃之夭夭的璀璨，榴之灼灼的热烈，菊之凌寒的浓郁，梅之清幽的高雅……这些，无一不使人心生感动而倍加怜爱。"（周谊平《花开四季，各领风骚——由〈三秦女子诗笺选〉说起》）我从字里行间，能近距离地看到周老师眉眼里跃动着的"如莲的喜悦"。

另外，各地市学会、高等院校、爱心企业、社会贤达等也从组织、场地、资金等各个方面给予"女社"有力支持。行业、单位、各界人士弘扬中华诗词的一片赤子之心，令人感动。可以说各方面的合力，促成了陕西女子诗词蓬勃发展的局面。

在"中华诗人节"前夕，陕西诗词界人士聚首长安，举办三秦女子诗词工作会议，不只是为了给五岁华诞的三秦女子诗社送上鲜花和掌声，更重要的是为了"时时上征，时时反顾，时时进光明之长途，时时念辉煌之旧有"（鲁迅《摩罗诗力说》）。基于这样的本衷，我仍要强调本人一贯的"诗词观"与女诗人们共勉。

魏义友先生绝句《读诗放言》深得我心："诗山回首万千重，不信前人顶已封。我欲狂歌君莫笑，要从当代铸高峰。""高峰"不会横空出世而必赖众多人、几代人"积土成山""增山为峰"。这一愿景要求每一位当代旧体诗人不仅要做到"不薄今人爱古人，清词丽句必为邻"，而且要有自己心中"理想的当代诗词"标尺，进而追求自己的"当代诗词理想"。我认可的"理想的当代诗词"标志有三：一曰有真切的当下生活气场感而不是古典诗歌的仿制品，二曰有足称丰沛的诗化了的情韵而不是汤头歌诀般的韵语连缀，三曰有自觉自为的规矩法度循守而不是胆大而滑稽的自出机杼。（《要从当代铸高峰——评〈庐外庐诗稿〉》）

齐白石先生曾有名言："学我者生，像我者亡。""学"的关键是掌握精湛技术和领悟艺术精神，关键在于守正；"像"乃亦步亦趋的照抄，实际上等于一味复制。白石老人的意思很明白：向我认真学习者可能会成功，但不能在继承前提下勇于创新者，必然难有出息甚至会走向死胡同。这个道理，百行千业无不适用。毫无疑问，发轫于固本守正，行远于开拓创新，应当成为当代旧体诗人的自觉自为。诗人能够创新的标志：一是写出前人不曾写出的人、事、物、景、情、理等，主要关乎题材内容；二是措辞、运句、结体、造境、调味等，主要关乎广义修辞。我欣慰地看到，"女社"诗人们十分重视师法前贤、学有所本，但我也不得不说，在创作紧接生活地气和时代风云，热切书写个人精神生命体验方面，在"寻找属于自己的句子"（海明威语）即追求诗风的独特性方面，三秦女子诗社成员的意识和作为还有明显不足。比如就题材摄取来说，"吟风咏月""摹花绘草"多了一些，关注"人间烟火""闾里生息"相对较少；就人文情怀向度而言，瞩目故国多于放眼世界；唱和、步韵活动中的"扮演性"创作往往不免，书写"当下真我"之作还不很多；风格雷同的情形，仍比较普遍地存在。总体而言，借用明代何良俊《四友斋丛说》中的评画术语尺之，可称"能品"的诗作很多，接近"妙品"的诗作甚少，堪当"神品"的诗作尚付阙如。

"理想的当代诗词"必定是古典美和现代性兼具的诗词。前者无可争议，后者不无争议，但我坚信不具备后者或后者骨羸血贫的诗词，无论写得多么精致，大多只是古人作品的一般复制品或高级仿制品。我依然坚持近些年多次申述过的观点：诗词的现代性，首先指向精神情感与当下文化情境的多维交结，其次指向形式要素的必要改良，再次指向遣词造句对古今语词的兼重并采。

当代旧体诗人要加强四方面的自我建设并相互勉励：

第一，遵守旧体诗最基本的"道法"。如果全以白话成诗，又何必称旧体诗？写作新诗便好。如果不守必要的平仄规制和韵部划分，又何必说自己作品是"近体"和"曲子词"？写作古体诗就是了。邓拓先生就曾调侃过一些人不按词谱要求填词，却标明作品是《满江红》的可笑："不讲平仄就不是《满江红》，而是'满江黑'。"由于多种原因，当代中国人

225

多数没有写作旧体诗的童子功。要作好旧体诗，唯有从头补课一途。

第二，以"当代真我"发为吟咏。古今中外大多数优秀诗歌所承载的，都是炽烈的情感，或如风暴雨骤，或如山崩海立，或似烈火熊熊。即使貌似平和者，也如瓶中醇酒、地下岩浆。当然，我们反对使读者产生排异反应的"恶劣的个性化"的情感泛滥之诗。当今诗坛，仍不时可见如明代徐渭所批评的"言非身有"，没有"真我面目"，下笔仅能"徒轨于诗"的假古董式的诗、词、曲。对此，我们必须与之保持距离。一言以蔽之，真诚性是诗人精神生命的第一范畴，诗人拒绝任何做作、虚伪、欺骗。

我之所以在"真我"之前标明"当代"，重在强调中国当代旧体诗人固然是"风骚"传统的继承者，却不应是古代诗人的奚奴、跟班。身处信息化时代的"地球村民"，我们的诗心固与"李杜苏辛"们的诗心有着一定的交集，但我们的生活气场，和他们所在的封建社会、士大夫职场，有着巨大的差别。因此我们的"真我"吟咏，不仅绾连着五洲风雨的"进行时"，更建立在我们的文化维度、精神坐标之上。清人叶燮《原诗》中的一段立论，我以为并不过时："（诗人）当争是非，不当争工拙。未有是而不工者，未有非而不拙者，是非明则工拙定。"这里的"是非"所指，近于今语的"价值观"，涉及作者的心性、眼界、立场、见识等。

举一个例子。三秦诗人没有不知道大雁塔的，不少人也登过此塔。如果有了兴感，想写一首有关它的诗，就应当在动笔之前回检历代前贤诸作：古往今来有过多少"雁塔诗"，各自的"是非"何在。有诗友可能立刻想到唐人的四首：天宝十一载（752）秋，储光羲、高适、岑参、薛据、杜甫同登慈恩寺大雁塔，各有吟咏，后薛据之作失传，其他四位之作，各有可圈可点之处。也有诗友可能知道宋元明清以至当代旧体诗人的一些相关之作。但如果眼界再宽一些，就至少还知道两首当代白话诗名作：杨炼的组诗《大雁塔》和韩东的《有关大雁塔》。它们的"是非"，与唐代四位名家之作有极大的不同。有了这样的视域，你写大雁塔诗，就可能再一次别开生面。由此可见,"是非"之于诗人有多么重要。

第三,格律体创作"旧不妨新"。《中华通韵》已于前年正式颁布,在旧体诗坛引发了广泛的反应。创作格律诗,沿用"平水"或试用"通韵",是诗人的自由,但无论从旧还是趋新,都不应当无视或漠视局面的新变化;接受或拒绝"通韵",都应当建立在了解汉语音韵史和诗歌史、评量近年"双轨并行"实际效果的基础之上。

我一向反对贸然急进的革新,但赞同"知古倡今,双轨并行"(马凯《"求正容变"——格律诗的复兴之路》)的主张,欢迎《中华通韵》的颁布。包括三秦女子诗社成员在内的不少诗人的积极实践,可以证明"声情自古重圆融,旧韵新声两可工"(拙作《论诗十五首之十一·声律》)。兹引胥春丽《题图》:"寒露轻沾色更真,清凉一片洗浊尘。纵然华彩终将暮,也把痴情道几分。"胡宝玲《平安七唱》其二:"短巷长街村或邻,古城一夜战壕深。病毒检测三千帐,院落排查百万军。合力援驰捐大爱,同心封控为回春。平安夜落平安雪,也似人间守护神。"两诗皆以新声新韵措句成篇,抑扬跌宕有致。其中"浊""毒"二字作平声用,"一"字平仄两可,韵字兼取"平水"邻韵"十一真""十二文""十二侵",读来并无叶韵违和感。

第四,诗语"文言"与"白话"合理并用。我在五年前说过:"相对于形式改良,改变诗语的重古轻今乃至荣古虐今现状,对于当代旧体诗坛更为紧要。……在白话书写取代文言书写已近一个世纪的当今时代,旧体诗创作便没有理由拒绝口语词汇和语句的介入。"(拙文《旧体诗的现代性问题》)我欣喜地看到,近几年来,全国各地不少旧体诗人的相关探索越来越富于实效,借助网络之便的相互交流成为常态,自如得体地融汇今昔语词的佳作巧构不时可见。

行文至此,想起了叶嘉莹教授创作于1977年的歌行《大庆油田行》。其小序云:"今年四月底,作者回国探亲,正值全国学大庆工业代表在京开会。每见报章所载有关大庆之报道,不免心怀向往,因要求一至大庆参观。其后于六月中得偿此愿。……对大庆艰苦创业精神，深怀感动，因试写长歌一首以纪其事。惟是在大庆之所见闻，皆为古典诗中所未曾前有之事物，作者虽有意为融新入古之尝试，然而力不从心，固未能表达大庆之精神及个人之感动于十百分之一也。"其诗为鸿篇巨制，兹截取其中片段："松花江北嫩江东，草原如海迷苍穹。空有宝藏蕴万古，老大中华危且穷。……一从日月换新天，江山重绘画图妍。奋发八亿人民力，共辟神州启富源。当时誓把油田建，海北天南来会战。荒原冰雪聚雄师，朔风凛冽红旗艳。总为国贫创业艰，吊车不足运输难。全凭两手双肩力，共举钻机重似山。井架巍巍向天起，急欲开钻难觅水。以盆端取递相传，终送钻头入地底。屹立钻台队长谁？玉门油工王进喜。临危抢险气凌云，博得英名号铁人。钻杆伤腿不离井，身拌泥浆压井喷。革命雄怀拼性命，草原果见原油迸。国庆十年肇此田，遂锡嘉名名大庆。从兹祖国展新猷，一洗贫油往日羞。工业有油方起步，油工血汗足千秋。……我来一十八年后，喜讯欣传除四丑。抓纲治国共争先，大庆标竿（杆）工业首。……吁嗟乎创业艰辛业竟成，飞鹏从此展云程。中华举国兴工业，大庆红旗是典型。"全诗热情洋溢，叙事生动，句式、用韵、结构等，无不合于歌行体传统笔法，但在遣词方面，体现出较黄遵宪等前贤诗作更敢于"纳新"的追求。这样的"融新入古之尝试"，是值得充分肯定的。

　　三秦女子诗社成员近年的创作，时有对当今口语、俗语等的恰当摄取，值得肯定。如在以"师生情"为主题的"三秦杯"女诗人诗词写作大赛（2021）中获得一等奖的陈彩萍七律《忆初中班主任李老师》："一别簧门三十春，师恩每念忆弥新。解疑课上真珠唾，罚站檐前软语嗔。只道杏坛花似火，翻怜鸠杖发如银。光阴若使能回转，再做当年立雪人。"全诗写得语语情深、意象鲜明、气脉流畅，但其中的"簧门""杏坛""立雪"虽都义关教育，皆有用典出处，可见作者的文言文词汇量之大，已足供自如驱遣，但就描述当代初中情境的真切度而言，它们未必是本诗用词的最佳之选，因而略有王国维说的"隔"的不足，反不及新旧词汇互持的领联"解疑课上真珠唾，罚站檐前软语嗔"生动传神。我这样的量长较短，或许不无苛求之嫌，却非故意吹毛求疵。再如王小凤《题画》："独爱秋光胜春色，白云红树绕田庐。撷来自自然然果，皴作甜甜蜜蜜图。"王秦香《临江仙·致三秦女子诗笺中的自己》："独占风情宣四季，三秦女子如花。千红万紫向生涯。一朝笺上聚，无愧好诗家。解韵铺怀豪与婉，都成最美嗟呀。转眸流彩满天霞。未来何所惧，我有众娇娃。"胡宝玲《平安七唱》其四："帐篷隔去几分寒，阵地今朝三尺宽。十里长街当背景，一张绿码护平安。桌前忙碌民生宴，手上耕耘数据田。灯火古城相掩映，风情这里最宜篇。"张晓红《心对花和柳》："身材难胜柳，容貌不如花。但要心灵美，留情爱大家。"李维娟《瑞香》："初于诗卷见芳名，浅绿深红貌未清。读到蓬莱山梦处，更添百度一搜情。"皆有今语的适度入诗，艺术效果可圈可点。

如何适当、自如地结合使用文言词语和白话词语写诗，使两者相得益彰而没有"排异反应"，是当代旧体诗人的共同课题。就个人的实践摸索而言，虽偶有小满意，然常多不满意，由此获得两点体会：一是诗中戒用"死字"和"死词"，少用生僻词，慎用方言词，以免造成"能指"和"所指"的错位或脱节；二是新旧词语"混搭"于一诗之中，不可导致凿枘圆方的别扭感。

我很同意王秦香社长2020年工作总结里体现出的"文化自信"："未来的日子里，三秦女子诗社将继续坚持'真诚坦率，优雅从容'的社风，秉持'格物致知，守正创新'的社训，和所有爱好诗词的朋友们一起，以发现美好歌颂生活为动力，以传承和弘扬中华优秀文化为己任，抒写心灵，讴歌时代，创作精品，以慰诗心！"

原载《陕西诗词》2022年第3期

# 情怀·识见·格局

## ——读周燕芬《燕语集》

学生楚姜从北京回西安,我请她餐叙,并约了多位友人,有作家、学者、书家、记者。次日收到楚姜短信:"被您每次邀请来的人,总是各具风采。这回印象最深的,是初次见面的周老师,一言以点赞:真有好格局!"楚姜是才女,也是素心人,和我的交流,从来没有虚套。

这是十一年前的事。"周老师"就是周燕芬。那一阵,西北大学中文系1981级正在筹备入学三十年班庆活动,议定的"项目"之一,是编辑一本图文并茂的《八一集》,我自告奋勇将为每位同窗题诗一首。楚姜的"格局"说,令我心头一亮,此词遂成了题周燕芬那首的"诗眼":"格局天生是大家,玉如才德两无瑕。……"

拙诗累年涉及周燕芬的还有几首,多与格局有关,为免夹带私货之讥,这里不能再引了。我想说的是,"真有好格局"这句话,固可以用来嘉赞很多人,但用给周燕芬尤其"合身"。格局本是古代棋盘术语,后来被用到更多语境下。谓一个人有好格局,当然是指其视域宽阔、襟怀善美、气度从容等人格要素相加的"总分"很高。而对"格局天生是大家",就不宜做村学究式的呆看了。我这样措句,只是为了特别强调,周燕芬的好格局,在她很年轻的时候,就往往表现了出来,而推究"慧源",焉能没有"基因"之赐?但若有读者一定和我较真"其来有自",

我便不能不说她的格局之好，主要还是后天养就的——无论"德养""学养"还是"文养"。作为"八十年代新一辈"在青葱岁月里如饥似渴汲取知识和思想的多方面收获，西北大学读硕、华中师大读博前后六年的严格学术训练，其后至今的精心育才、潜心治学与多方交游等，都是她的好格局的所由成。

1981年9月，周燕芬和我成了西北大学中文系同窗。近三十年，又在同一院系从教，且是楼上楼下的近邻，过从不可谓不多。每个人来到世间，都面对着先在的时空，对大多数人而言，其后的漫长生涯，是一个不断克服、超越局限性的过程。当还是"外省青年"的时候，我的孤陋寡闻与浅薄狭促，周燕芬未必没有，但在"西漂长安"而后的岁月里，她的"出自幽谷，迁于乔木"的"速率"，确实令我自愧弗如。尤其近十多年间，看到"燕堂"精神气象的"扩容"与"升级"，我既为之由衷欢忭，亦不免心生些许嫉羡。品读这本《燕语集》，让我再次感受如斯。顺便说几句不算题外的话：我比她早十年出过散文自选集，而今倘许重新取舍，我会删去若干篇什。文章良莠另当别论，出书严于律己，我是应当和她一样做好的。

现在说说《燕语集》的格局及其他。收入这本书里的文章，大多写成于近十年间，也就是作者"知天命"前后的时段里。在后记中，周燕芬真切地交代了诸作的缘起，其中一段话令我读来格外心有戚戚："我在十年前开始有所觉醒并努力开始重磨自己的笔墨，试图在所有自己下笔的文字中能留下属于自己的个人印记，即便是偏于史料考据或学理论证的专业论文，有无写作者的生命体验渗入其中，能否显示出研究者的思想格局和精神面相，乃至营造出有感觉有体温的行文风格，都成了我向往和追求的著述理想。于是，写随笔杂感的兴趣渐渐浓厚起来，杂七杂八的文章或者付诸报刊，或者贴在博客里自娱自乐，虽然写论文的正业须臾不敢荒废，甚至所谓的随感性文字也不时地会露出论文体的马脚，但付出努力的这十年，我还是收获了前所未有的写作的满足和快乐。"我之所以强烈共情，是因为无论作为读书人、教书人还是作为文学研究者，就中岁以后"心路"与"笔路"的调适而言，周燕芬的知与行，也就是我的知与行，稍有不同的仅仅是，我在写白话文之外，还偶尔作文言文。

为什么我们这样以"学者"作为第一社会角色的人，在疲于应付压力山大的教学、科研以及其他事体的望秋之年，还热衷于写作散文随笔之类？我想主要原因，约在二端。一是来自经历和阅历的种种精神生命体验，固然可以通过学术文字直接或间接呈现，但由于书写"规范"太多，呈现的充沛度、鲜活性每觉不够。换言之，学者对世界的"有话要说"，不仅有赖于知行文本，还有赖于感性文本以及两者兼具的文本。二是基于对学界一种优良传统的心仪行效，这便是研究与创作的并重，既见诸历代士林，更见诸现当代学府。周燕芬的导师赵俊贤、黄曼君、陈思和，都既是知名学者，学术著述丰硕，又无一例外兼事文学创作，各有不少作品发表和结集出版。他们的性灵文字，对弟子的触动和激发不言而喻。我清楚地记得，赵俊贤教授晚年创作完毕一部长篇小说后，吩咐我们先读稿本，"直言看法"。面对恩师三十多万字的新作，我们既感到十分意外，又顿生见"贤"思齐之想，期望重圆少年的"作家梦"。我读《燕语集》，不时会不禁地"链接"赵俊贤教授《学府流年》、陈思和教授《黑水斋漫笔》等随笔集和黄曼君教授诗歌的思致和才藻，并进而联想到"导师的导师"贾植芳先生那一辈大家的文字风华。

《燕语集》里的文章，编排为"读懂至亲""学路遥迢""高山仰止""触摸文心"四辑，分别选自作者的博客、书序书评、文艺短论、学术研究"副产品"。如果我没有记错的话，最早的一批作品，公播于博客，时在2008年前后。那一阵，受染于网络时代到来的"流行风"，我们几个老同学都看重了博客这种新颖的交流方式，相约"开博"并互相督促"不要让新园子荒了"。自从读到《父亲的宝剑》和《家有九妹》之后，我就对学者周燕芬刮目相看了，认定她是一位可以写出精美散文的女作家。在她的笔下，不是出于"觉悟"而是因为"小时候不想受苦"而参加革命队伍的父亲，"当官"后"从来与世无争"的父亲，晚年"回转到自己农民本色"的父亲，"手中无剑，心中有剑，勇于妥协，善于妥协"的父亲，一语惊四座"要是能看到收复台湾就好了"的父亲，合成了一位立体的、跃然纸上的"具体人"，让我一"睹"不忘。而"性情像极了母亲，一样的健朗阳光、真诚直白，一样的肆意任性、说一不二"，"大胆而时髦、坦荡而骄傲"，时而如史湘云、时而似尤三姐的"七零后的九妹"，更被她摹现得风神摇曳、惟妙惟肖。在激赏作者写人散文生动表现力的同时，我也感动于作者的"亲情延伸"——她心目中的"至亲"不惟家人和亲戚，还有导师、弟子、同学等。读《永远的导师》《师徒速写》《少杰这孩子》《三十年一壶好酒》等，我每每为之动容。在作者的生命历程中，各秉其情其性的人们、悲欣命运变奏的人们，构成了一个温馨美好的伦情圈，作者的书写格局，既深切见情，又宽厚见义。

如果说收入"读懂至亲"一辑中的文章大多为感性文本，读者从中主要看到的是人物形神的各具风采和作者文笔的情致盎然，那么在其后三辑里，读者更多感知到的是作者知人论世、知人论文的宽度、深度和高度。其中关于"读书故事"的一组随笔，皆为应约而作，我知道成文缘起。当时我也写过几篇，收在拙集中。周燕芬学识积累过我，态度认真又过我，自然就比我写得既有看头又有嚼头。《相约鲁迅》的回忆，把我带到了少年和青春时代，但最获我心的是一段"中年心得"："通读《鲁迅全集》的愿望压在心底很久了，我希望这次阅读不再是被动的，不再迫于'学术功利'的压力，也尽可能抛开'学术成果'的干扰。我希望自己一个人出发去重新接近鲁迅和认识鲁迅，就像我们以前未曾谋面，期待能发生'一见倾心'的感觉。我希望我是一个普通读者，在自由的纯粹的阅读中触摸鲁迅的文字，从鲁迅那里获取个人化的心灵滋养和精神力量。"可以说，作者与鲁迅的"中年相约"，与我作为古典文学研习者之于司马迁、杜甫的"秋岁重会"相庶几。当初读文至此，我眼前重影着一个留着两条长辫、双脸稚气未脱、同我一起在教室里聆听张华教授"鲁迅思想研究"课的大三女生周燕芬和一个姿态从容、心神定静的大学教授周燕芬。没有多年的生活历练和精神淬炼，是不大可能写出这段"心语"的。《文学女生与〈安娜·卡列尼娜〉》《在诗的季节里想起普希金》等，有着同样的气象和品位。

《燕语集》中最可称情怀与识见并著的文章，我以为当推"高山仰止"一辑对胡风、梅志、绿原、贾植芳、牛汉、胡征等现当代文坛前辈的追述和论议之作，它们是周燕芬用深情之笔雕刻的一组"坚挺的背影"。诸文之成，多出于访谈。在这些世纪老人的迟暮之年，作者克服多重困难，走近他们的书房、病房，与他们深入交流，不只出于治学的资料抢救意识，也不只是为了还原、澄清若干历史现场，更是为了致敬、传承、执守文学的人间正道，否则她就不会发出深沉的嗟叹和凝重的自问："时间正在愈来愈远地拉开我们和那段历史的距离，这是我们所需要的审视的距离。历史曾经那样离奇那样荒诞地捉弄了我们，以悲剧和灾难为代价，我们是不是已经获得了清醒地审视历史的眼光，和理性地读解历史的能力了呢？"（《历史的背影，沉重的思绪》）经由作者的书写，这些饱经沧桑、命途多舛的新文学先驱们，从文学史、教科书、资料库里走到了我们面前，让我们不仅仰视其倔强身姿，更近距离地看到他们复杂的"心电图"。合而观之，这组随笔又贯穿着同一的"恒道"，那便是万古不息的"自强不息"和"厚德载物"。从《"平庸"的力量》到《一个高大身影的倒下》等，无不旨归于此，亦无不具有"沉甸甸的分量"（陈思和评语），因而"读之可感心灵的洁净和人性的庄严"（贾平凹评语）。

收入《燕语集》的近二十篇文艺评论，涉及陈忠实、莫言、杨争光、马治权、薛保勤、仵埂、李浩、朱鸿、穆涛、鹤坪、海波、张艳茜、李道新、胡坪、马河声等活跃于当代文坛、诗坛、书坛、学界、批评界的俊彦之士的道德文章。他们中的大多数，我很熟悉或比较熟悉。实话实说，多年以来，愈是面对熟人的新作，我愈不敢贸然置评，因为敷衍一篇"顺毛摩挲"的读后感之类并不难，写出作者看了心服、行家读了"认卯"的评论，实在不是一件容易事。作为新世纪文学界、艺术界既"在场"又

"旁观"的高校学者,周燕芬对评说对象的量长较短,建立在宏阔的文化坐标之上;而作为有着经年创作甘苦体验的女性作家,其言说又往往具有别样的"辨眼"和"心灯"。要而言之,以富于智性和诗性的才力感受和读解其人与其作,平和持论中每见剀切,温润行文里隐含棱角,成了这组文章的格局共性。如评说杨争光的"人"与"文",由"从文学思想的含金量而言,杨争光是对得起他所处的文学时代的"的定位延宕开去,层层揭橥"他小说中的故事情节和人物意象,内含了极深沉的思想负担……终归不给你轻松和舒服"的质地与"鲁迅传统"的多维关系,进而定格近年的杨争光:"他是注定不会做'无用型'文学的一类作家,无论小说还是杂文,都面对着我们身处的时代和现实真问题……耳顺之年后,他自己已然变成了发光体,照自己也照别人。"(《杨争光的"光"》)我也是常常"沾光"之人,却惭愧未能做出如此文一般精确的"光谱"分析。又如评介仵埂《文学之诗性与历史之倒影》一书时,在充分肯定、细致分析著者的长文和短论"写得开阔恣肆而又有思辨力量""怀抱责无旁贷的批评使命,鲜明地昭示着自己的文化立场"等的难能可贵之后,又以"了解之同情"(陈寅恪语)的态度,既直率又婉约地收篇:"批评家也是现实中人,参与当下文学活动时可能难免世俗人情的牵扰,且评论对象的艺术水准也难保都令人满意,所以,评论集中文章的参差不齐也就无可厚非了。"(《批评家自我心灵的敞开》)

在《燕语集》后记中,周燕芬写道:"期待有一天,我的文章真的能长出自己的灵魂模样,是那种丰富和宽阔的、干净和美好的东西。"我要说,她的期待其实已经提前实现了,而更大的灵魂格局,必将在兹后的文字里,越来越多地呈现于读者面前。当然,我还有一个苛望:如果有一天,读友拿来隐去作者姓名的新作给我看,我能阅读一段就脱口而出"这是周老师的文章",那就再好不过了。

原载《美文》2022年第9期

# 后　记

　　整理完成这本文学评论自选集，心中不禁涌起些许感慨。杜甫《偶题》曰："文章千古事，得失寸心知。作者皆殊列，名声岂浪垂？……"我是一个凡庸的写作者，自愧拿不出精彩文章，但对"得失"的在意程度，去诗圣并不甚远。写诗作文如此，"客串"文学评论亦如此。"得"在偶为评论，言必由衷，意不虚表，此中愉悦，往往而有。"失"在学植瘠薄，睿见阙如，回检拙作，遗憾甚多。

　　我正式写文学评论，始于本科毕业论文《贾平凹小说印象》，长达三万多字。前些日子找它出来重读一过，既为年少的热情洋溢感动，又为彼时的文笔幼稚羞赧。但不管怎么说，这是我评论生涯的起点。我不是勤奋的笔耕者，也不专执于某一种文体写作。近四十年教学工作之余，务弄诗词、散文、论文、评论等，都属于兴之所至，信笔为之，并无具体规划，更没有远大追求。"漫作精神自驾游"是我赠给一位学兄的诗句，其实也是"适我愿兮"的心语。

　　我在青年时代，可说是当代文学的狂热"悦读"者，尤其在20世纪八九十年代，适逢文学的红火岁月，对广为传播的、引发激烈讨论的、获得重要奖项的作品，都给予过热切关注。但在2000年之前，仅仅发表过几篇短小的文学评论。2001年以后，虽较多介入当代文学批评，但一直自视为一介"票友"以至于今，因为我的第一职业是高校中国古代文学教师，讲授、研究古代文学和诗词曲赋创作，才是我的"饭碗"。

但近二十五年来，我还是与很多当代作家保持着比较频繁的互动，也参与过场次不算少的文学批评活动，并因之写了数十篇相关文章。这本集子选取了其中的近三十篇，依据发表时间的先后编排。它们既是我多年文学阅读与思考的小结，也是我与新时期陕西作家作品以及更大范围文学场景对话的一个见证。

三秦大地文学力量深厚而蓬勃，孕育了无数优秀作家和作品。以新时期陕西作家作品为主要评说对象，是我首要的评论兴趣所在。同时，我也努力将目光投向更为广阔的时代文学场域。我深知，只有以更宏远的眼界关注文坛，才能更全面、更深刻地理解和剖析文学的意义与价值。文学的发展如同一条奔腾不息的河流，我希望自己是一个在场者，既能感知它的波澜壮阔与蜿蜒曲折，又能瞻望和呼唤它的流向更趋合理。因此，我试图冷静观察、公允评说当代文坛风云变幻、纷繁复杂的景象，诚愿和评论家一起为其健康发展寻求新的可能。

对作家精神人格的尺衡，是我文学评论的又一个兴趣点。作家是文学创作的主体，其文化立场、价值持有是作品诞生的内在力量。注重"知世论人"，察析作家的内心世界，由兹读解其作品的思想意旨和艺术品相，是我一以贯之的追求。每一篇评论，无论写得良莠妍媸，都是我对作品深入阅读、仔细揣摩的结果。

在这部集子的若干文章里，我特别用心用力地探讨了当代旧体诗的历史、现状与未来。20世纪以来，我国旧体诗创作面临着前所未有的挑战和机遇。我试图从更大的文化坐标上观察旧体诗的当代命运，并对一些优秀创作群体和个人的诗艺予以简要分析评价，力求为当代诗歌的守正创新贡献一分绵薄之力。

部分拙文的立论，曾引发过文坛和学界的关注和争鸣，我为此深感欣慰，并衷心致敬与我对话交流的学者、作家和读者。他们对拙文的回应——赞同或部分认同也好，反对乃至鄙夷也罢，无不促使我更加严谨、深入地去探究文学创作和研究的是与非。毫无疑问，只有观点的交融与碰撞，才能推动文学评论的深入发展，促进文学创作的繁荣进步。

这本自选集收入"当代陕西文学评论文丛"，我感到荣幸，谨向陕西作协文学院致谢。同时，我也要感谢多年来给予我支持和鼓励的文友和学人，感谢陕西师范大学出版总社的编辑们。因为有你们同行，我的文字生涯才不感到孤单。

刘炜评
2024年5月于半通斋

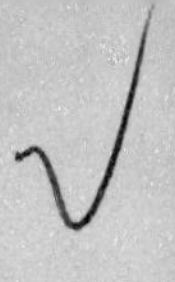